程秀龙 吕福利 著

解放太原之战

山西出版传媒集团

山西人民出版社

图书在版编目（CIP）数据

解放太原之战／程秀龙，吕福利著 .—太原：山西人民出版社，2016.4

ISBN 978-7-203-09300-8

Ⅰ．①解… Ⅱ．①程…②吕… Ⅲ．①纪实文学–中国–当代 Ⅳ．①I25

中国版本图书馆 CIP 数据核字（2015）第 224035 号

解放太原之战

著　　者：程秀龙　吕福利
责任编辑：吕绘元
装帧设计：刘彦杰

出 版 者：山西出版传媒集团·山西人民出版社
地　　址：太原市建设南路 21 号
邮　　编：030012
发行营销：0351-4922220　4955996　4956039　4922127（传真）
天猫官网：http：//sxrmcbs.tmall.com　电话：0351-4922159
E－mail：sxskcb@163.com　发行部
　　　　　sxskcb@126.com　总编室
网　　址：www.sxskcb.com

经 销 者：山西出版传媒集团·山西人民出版社
承 印 厂：山西出版传媒集团·山西人民印刷有限责任公司

开　　本：720mm×1010mm　1/16
印　　张：18.25
字　　数：236 千字
印　　数：1—3000 册
版　　次：2016 年 4 月　第 1 版
印　　次：2016 年 4 月　第 1 次印刷
书　　号：ISBN 978-7-203-09300-8
定　　价：38.00 元

如有印装质量问题请与本社联系调换

CONTENTS 目 录

》第一章 山西形胜，天下独厚

表里山河

山西，凭山控水，据高负险，进能依险势而攻，退能据关塞而守。历史上曾有据山西之险，则"俯天下之背而扼其吭"的说法。东有太行山可依恃，西、南有黄河天险相围绕，北有恒山做屏障，南有中条山为依托。内地依山脉、河流走向，分成了若干个丘陵地势。一道山一道川，山川相间，形成了大同、忻定、太原、上党、晋南几个平原。同蒲铁路将南北贯通，正太铁路与冀中相接。依仗这样的地理形势，东面据守娘子关，卡住了山西与河北的出入咽喉；北面控扼大同，关上了北部的大门；西南镇守天险禹门口和咽喉风陵渡，就掌握了秦晋来往的主动权；东南把守长治，便腰系了通达中原孔道的锁钥。

当年，陈毅元帅曾做过这样的描述："山西在怀抱，河北置左肩。山东收眼底，河南示鼻端。长城大漠作后殿，提携捧负依陕甘。"认为自古以来，这里"外河而内山"，是个可为依托的天险。

解放前，表里山河的山西省是阎锡山统治的天下。阎锡山，号龙池，字伯川，是山西省五台县河边村（今属定襄县）人。1883年农历九月初八，出身于一个地主兼商业高利贷者的家庭。他是家中独子，6岁丧母，由外祖母抚养成人。因从小过着寄人篱下的生活，遂养成了刁钻顽猾的性格。以后，他随父阎书堂到太原，边当伙计边学习。后考入武备学堂研习军事3年，被选派赴日本公费留学。其间，加入同盟会，成为早期同盟会会员之一。1907年，参加铁血丈夫团，成为革命党的军事中坚。1909年，回山西，任职山西新军，第二年升为第八十六标标统（相当于团长）。辛亥革命率部参与起义，光复太原，并被推举为山西都督，组织军政府。从此，总揽山西军政大权，实行封建割据，把山西变成了他的一个"独立王国"，成为独霸一方的"山西王"，人称"阎老西"。

中原大战时，他与冯玉祥联合反蒋，失败后被迫下野，避走大连。九一八事变爆发后，就任太原绥靖公署主任，负晋绥绥靖之责。全面抗战爆发后，任第二战区司令长官，组建第二战区司令长官部，部署晋绥抗日军政，负责指挥晋绥军（阎锡山的地盘曾扩至绥远省，相当于今内蒙古中西部，呼和浩特、包头等管辖范围，故名）编成的第六、第七两个集团军以及中国工农红军改编的第十八集团军（亦称国民革命军第八路军）。

在抗日进入相持阶段后，他一度与共产党领导的抗日武装发生摩擦，并以反共的十二月事变把蒋介石的反共高潮推向峰巅。

抗战胜利后，他率部返回太原接收政权，并指挥所部迅速占据临汾、运城、大同、长治等主要城市。

阎锡山在独霸山西长达38年的历史中，凭借山西的地理形势，在政治上、经济上、军事上都自成体系，成为山西的"土皇帝"。

1945年8月10日前后，阎锡山得悉日本将接受无条件投降的消息，立即命令晋绥军向太原挺进。8月12日，日阎双方在汾阳举行最后会谈，协商了日阎交接太原的措施和步骤。8月15日，日本宣布无条件投降，中国人民取得了抗日战争的胜利。第二天，阎锡山即令第二战区部队配合行政接收并全面挺进，与共产党八路军争夺山西的地盘。

阎锡山令第六集团军总司令王靖国率第三十四、第六十一军分别占领运城、临汾；令第八集团军副总司令楚溪春率一个军分五路向太原挺进，占领太原；令第七集团军总司令赵承绶赴太原组织前进指挥所。

阎锡山还依据蒋介石关于特别注意接收上党地区的指示，以第十九军军长史泽波率四个步兵师及一个挺进纵队（相当于师），约1.7万人自临汾、浮山、翼城进入长治，先后占领了长子、屯留、襄垣、潞城、壶关五个县城。

抗战时期，阎锡山对这块战略要地落入共产党人之手非常痛心，为此寝食不安，几次想把八路军挤走，但都没有得逞。

第十九军军长史泽波在日伪军的协助下，按阎锡山的计划抢占了上党。可是，好景不长，很快就被由延安返回的八路军晋冀鲁豫军区司令刘伯承、政委邓小平发起上党战役，打了出去，3.5万余人被歼灭，副总指挥胡三余及史泽波等将官27人被俘。

阎锡山不仅没能摘到桃子，反而损兵折将，做了蚀本买卖，也打乱了国民党的内战日程。

上党战役后，阎锡山不遗余力地准备新的战争。他借助日军力量，搞所谓"日本寄存武力于中国"，以日本军人自愿为原则，办理就地退伍手续，然后重新编制，置于阎锡山的指挥之下。凡留用的日本人享受军官待遇，在现有级别上一律提升三级。合同期暂定为两年，届时由山西地方负责归国事宜。所留日本人被编为六个护路大队，兵力5000余人，分驻太原、榆次、阳泉等地，负责守护、抢修铁路交通线和掩护运输。接着，又组织特务团，随即改为暂编第十总队。这些部队都参与了同共产党军队的作战。

1946年1月10日，国共两党签订了停战协定，规定双方自1月13日起停战，并由国民党、共产党、美国政府三方代表在北平成立军事调处执行部。为了谋求和平，周恩来率八路军总参谋长叶剑英、晋冀鲁豫军区司令刘伯承等来山西，同阎锡山进行商谈。但是，阎锡山耍两面手段，表面上拥护调处，暗中却与美国代表马歇尔及国民党代表互相勾结，破坏调处，竭力主张美日蒋合力剿共。

6月26日，内战全面爆发，山西的战局迅速升级。

7月初，阎锡山以占领晋南解放区为目的，与晋冀鲁豫部队进行晋南战役。经过洪（洞）赵（城）、临（汾）浮（山）战役，以及此后贺龙、李井泉发起的晋北战役，陈赓与王震先后发起吕梁战役、汾（阳）孝（义）战役，解放了晋北、晋西南的广大地区，将敌压缩到同蒲沿线和晋中盆地。到1948年，阎锡山及其晋绥军所能控制的地区，只剩下临汾、大同、太原几座孤城了。在解放军的沉重打击下，顽固坚持反动立场的阎锡山，损兵折将，失城弃地，日子越来越不好过了。

太原百里防线

太原位于山西中部、晋中盆地的北部，濒临汾河东岸，它的东、北、西都有高山拱卫，形成一道天然屏障，是一座易守难攻的要塞城市。

太原是山西省的省会，有人口40余万；又是全国著名的军事重镇和重工业城市，拥有钢铁厂、兵工厂、机械厂等80多个，能制造山炮和多种常规武器。

早在第二次国内革命战争时期，太原就修有工事。日寇侵华时期，做了增修。抗日战争刚结束，阎锡山就从晋西回到太原，命令他的太原地区守备司令杨舆振召开军事会议，研究太原的防御方案，制定了一个"百里圈"的防御计划。阎锡山专门成立了碉堡建设局，在日本技术人员的指导下，以太原为中心，大修碉堡。

经过一番苦心经营，太原的设防由城内一直延伸到城外几十里。防线东起罕山，西至石千峰；北起黄寨、周家山，南至武宿、小店，在这个方圆百里的范围内，构筑了5000座防御碉堡，彻底把太原武装起来了，并以杨家峪、淖马、牛驼寨、观家峪、马庄、南坪头、杨家堡、大小马庄、大小井峪、白家庄、西铭、上下兰村、新城、向阳、赵道峪、东坪、北黄家坟等支撑点为依托，在城垣和城郊有利地形组成了三道环形防御。

他以留用技术人员为名，收编日军战俘和技术人员5000余人（其中完全有战斗力的3000多人），同伪军一起正式改编为五个省防军，加强太原城防。在加修城防工事中，还吸收中外城市设防的经验，到处布设坚固奇巧的堡垒。各式碉堡应有尽有，到处都是。低的一层堡叫伏地堡，还有二层、三层堡；有半班碉、班碉、排碉，还有炮碉，全是砖石、砖夹洋灰和钢筋混凝土结构。各式碉堡依地形而筑，修筑的碉堡有圆形、方形、长方形、六角形。在山头的叫守山碉，围山坡的叫护山碉，山沟里的叫杀伤碉和伏地碉。火力点的形状，有半月形的、长方形的。有的能向周围射击，有的是专向两侧射击。有的在前面不开射口，专门倒打，称为"没奈何碉"。为防堵外来子弹射入碉堡，还将碉堡的射口改为球形射口——在射口内藏一活动圆球，圆球上开有供步枪、机枪向外射击的射孔。停止射击时，将圆球旋转至实处向外，即行堵塞。

阎锡山怕守堡士兵逃跑，在碉堡里储备了粮食和水，把口给封堵起来，让其死守。

为了构成火力网，加大火力密度，阎锡山对碉堡的配备，也是多种多样：有品字形、倒品字形、菱形和梅花形。而且，在每个碉堡周围，配备有三个火力点，下面伸出三条暗道，互相策应，形成掎角之势。

还在太原城墙上修了工事。一般城墙由上中下三层工事构成。为加强硬度，中下两层全用水泥钢筋被覆。在城墙四角，修了步炮联合使用的坚固工事。把新南门两边豁口堵起来，另开了两个门，城门上修了能容纳一个营兵力的四层射击工事。

为加强城东北方向的防御，还在城东北角修了炮碉。在城外护城壕及城里的各主要街道，尤其是靠近城门和接近城楼的地区，修了许多种类不同的工事。在太原东门外，还筑有十几里防御全城的地下坑道。淖马、牛驼寨、剪子湾,皆有坑道互相贯通。在西城、北城等处,修了九条暗道,通向城外,与各主碉相连。这样,太原就形成了一个全面的、纵深的、鳞次栉比的集团防御体系。即使这样,阎锡山还不满足。他说:"地球转动一天,工事就要加强一天。我们的工事要随着地球的转动而不断加固。要把每个阵地,都修成能经得起1万枚炮弹轰炸的永久性工事!"

对于太原的工事,美国人见了感到吃惊;蒋介石把它捧为"反共模范堡垒",并号召所有国民党的军事将领向阎锡山学习。

阎锡山认为,有了这样的工事,加上近千门大炮,有日本人的技术、美国人的支援,还有几万士兵,蛮可以维持住他的统治。

陈毅曾来太原前线看过工事,说:"好厉害哟!阎锡山吹嘘他已将太原武装为'要塞城市',足可抵抗150万共军的进攻。"

》第二章　徐向前受命内线

带病请战

1944年7月，时任抗大校长的徐向前因患结核性胸膜炎，住进了延安柳树店和平医院。由于高烧持续两个多月，身体极其虚弱，七大亦未出席，直至抗战胜利后，身体才逐渐有所恢复。一次，毛泽东去医院看望时，徐向前说："日本鬼子投降了，再不让我打仗就没有仗可打了。"

毛泽东劝慰他："身体还未痊愈，还是继续安心静养，以后国民党是不会叫你闲着的。"

1945年冬，徐向前出院了。他离开医院作为毛泽东的客人，住进了延安枣园。

徐向前，原名徐象谦，字子敬，1901年11月8日出生于山西省五台县永安村。早年当过杂货店学徒、小学教员。1924年4月，考入黄埔军校一期。1927年3月，加入中国共产党。参加广州起义后，转往海陆丰地区，先后任工农革命军第四师第十团党代表，第四师参谋长、师长。后任红军第十一军第三十一师副师长、鄂豫边革命军事委员会主席。1931年，任红四军参谋长、红四方面军总指挥兼红四军军长。参加了长征，被任为红军前敌总指挥部总指挥，同张国焘的分裂活动进行了斗争。1936年11

月，奉军委命令任西路军军政委员会副主席兼西路军总指挥率部西进，奋战四个月，歼敌两万余人，有力地策应了河东红军的战略行动。抗日战争时期，任八路军第一二九师副师长。1938年3月，率第一二九师和第一一五师各一部进入河北南部，提出在平原地区依靠群众建立"人山"，开展游击战争，并创建冀南抗日根据地。1939年6月，调山东任八路军第一纵队司令，统一指挥山东和苏北、皖北八路军，开展抗日游击战。1940年底，返回延安，任陕甘宁晋绥联防军副司令，后任抗大校长。

当时，中央调整和健全各大区党的领导机构，成立了晋察冀中央局，由聂荣臻任书记；撤销北方局，成立晋冀鲁豫中央局，由邓小平任书记；成立鄂豫皖中央局，改称中原中央局，由徐向前任书记，但徐因病未到职。

1946年6月，蒋介石调集160万大军向解放区大举进攻，内战全面爆发。

毛泽东曾考虑，如果徐的身体恢复，就去中原局工作，后来进一步了解了徐的身体状况后，还远谈不上恢复健康，更不能胜任紧张工作。所以，徐向前上前线的要求没有实现。

11月18日，胡宗南部图谋偷袭延安，党中央做出撤离延安的决定，并决定将后方机关及非战斗人员先行疏散，分批向晋绥解放区转移。徐向前与徐特立同乘一辆敞篷车来到绥德。住了20多天，徐向前再也按捺不住了，他与夫人黄杰商量："战局这样紧张，老待在后方转来转去，实在不安，我们还是一起到太行前线吧！"

黄杰是湖北江陵人，1928年入党，曾任中共松滋县第一任县委书记，领导和参加了九岭岗暴动，后长期在上海中央机关工作。后到延安，1946年5月，与徐向前结婚。

黄杰虽然怀孕，但全力支持丈夫上前线。于是，徐向前给中央写报告，要求去太行解放区。中央同意了，让他先到太行山休息，恢复健康后在晋冀鲁豫军区工作。

1947年元旦前夕，徐向前和黄杰收拾行装，与警卫员、伙夫、女儿鲁溪，带着两匹马，向山西进发了。一路上，北风刺骨，寒冷异常，只有在中午时分方暖和一些。他们在军渡渡口乘船渡过黄河，冒雪到达晋绥根据地柳林。贺龙得知后，专程从兴县赶来看望，并向他们拜年。

一个月后，陈赓得知徐向前要到晋冀鲁豫军区上任，派了军区独立第二旅旅长查玉升带一个连来晋绥根据地迎接。陈赓知徐向前身体不好，还特意嘱咐查玉升预备了一副担架。

他们途经离石，翻越吕梁山，抵达汾阳，渡过汾河，进入太岳山脉。当翻越绵山时，徐向前对黄杰说："这就是介子推被烧死的地方。"

他们驻足遥望，在前边盘山小路的拐弯处，驮行李的牲口拐不过来，把徐向前的几箱子书全翻到山沟里了。徐向前很心疼那些书，但他没有责怪谁，反而安慰说："书箱掉沟里就掉沟里了，人安全就好。"提醒大家要小心，慢慢走。

下山时，风很大，行走更难。他们好不容易下得山来，在一个山窝子里见到几户人家，小歇了一会儿。

在山脚下的马村，他们遇到了前来迎接的陈赓。陈赓还是那样幽默，几句玩笑话就解除了他们的疲劳。

陈赓接上他们继续前行，到安泽住下后，陈赓向徐向前介绍了太岳军区的情况和山西的战局，还给他调配了警卫人员。

2月中旬，徐向前一行到达长治。陈赓把他安排在据说是当年日军师团长住过的一所日式宽敞的住宅里。

6月13日，中央军委任命徐向前为晋冀鲁豫军区第一副司令。他即到太行山军区驻地河北省武安县冶陶村住下，并见到了薄一波、滕代远等人。

当时，晋冀鲁豫军区司令刘伯承、政委邓小平根据中央"大举出击，经略中原"的指示,准备率主力部队强渡黄河,挺进大别山。晋冀鲁豫军区已分为前方、后方两部分。刘邓已在前方加紧训练和动员,做着出征前的准备工作。

第二天,徐向前与刘伯承通了电话。他们自七大后,两年没有再见面。徐向前兴奋地说:"我终于如愿以偿,由大后方来前方了。"

刘伯承安慰他说:"还是要注意身体,把身体养好才能与国民党作战!"

徐向前说:"我很愿意与刘司令在一起啊!"

刘伯承说:"中央已任命你为军区第一副司令,这个命令下得好,我和邓政委将率野战军出征,后方军区正需要你这个战将指挥少量野战军和大批游击队坚持斗争呢!"

徐向前说:"我身体一直不好,多少年没有带兵打仗了,还是做你的助手,一块儿带部队出征作战吧!"

刘伯承说:"我考虑过,你在军区后方独立指挥作战更能发挥你的军事才干。"

刘伯承了解徐向前。抗战初期,中国工农红军改编为第十八集团军时,中共中央原定编为四个师,确定徐向前为其中一个师的师长,后因蒋介石不同意,缩编为三个,让他到刘伯承任师长的第一二九师出任副师长。在山西前线,他们并肩作战,但刘总感到过意不去,他曾与参谋长李达说:"按理,我这个师长应该由向前来当。指挥打仗,他最有办法。我一直在机关做参谋长工作,徐向前才是带兵打仗的好司令。他在鄂豫皖、川陕,都曾独当一面。他是红四方面军的总指挥,曾统率数万红军打了许多漂亮仗。"

他们共同指挥的夜袭阳明堡机场、响堂铺战斗,让八路军威震华北,也让刘伯承更加了解了徐向前,夸他不愧为红四方面军的总指挥,打仗打得干净利落。

徐向前留在后方,负责主持军区的军事工作。他上任后,全身心投入,与滕代远、薄一波密切合作,担负起内线作战、消灭阎军、解放山西的任务。

太行是抗战胜利前解放的地区,经过几年的斗争和建设,基本上解决了农民的土地问题,并取得了很大成绩。特别是经过土改,极大地调动了广大农民的革命和生产积极性,给正在胜利发展的解放战争以源源不断人力上、物力上的支持。3年中,晋冀鲁豫解放区参军的农民累计达148万余人。

徐向前上任后,做出三大决策,办了三件事:

第一件事,是向军区提出扩军15万的建议。作为刘(伯承)邓(小平)大军的后方大本营,要源源不断地给出征的主力部队输送兵员。

第二件事,他认为刘邓大军、陈(赓)谢(富治)兵团相继南进,军区留在内线作战的正规部队数量太少了。他的想法是,应使地方武装升级,组建内线野战部队,也可做补充兵员。

第三件事,选择攻击敌人的战略目标,拿下运城。

这三件事,军区都同意了。

从8月至12月,他以太岳军区的基干部队和地方武装为基础,组成第八纵队,辖第二十三、第二十四旅共六个团,作为晋冀鲁豫军区的主力部队;以太行军区的分区团队、县独立营的主力部队,组成太行独立第一、第二旅共六个团;以冀鲁豫第八军分区地方武装为基础,组成冀鲁豫独立第二旅;以太岳军区第十八、第十九、第二十军分区的地方武装组成四个团;以冀南地方武装组成两个独立旅,从而使晋冀鲁豫军区的总兵力达到5万余人。

三战运城

1947年9月,解放军举行全国性的反攻,以主力打到外线去,将战争引向国民党区域,在外线大量歼敌。同时,以一部主力和地方部队继续在内线作战,歼灭内线敌人,收复失地。

山西境内的敌人,多盘踞在铁路沿线的大同、太原、榆次、临汾、运城及晋中地区的一些县城,已处于解放区四面包围之中。

在刘邓大军挺进大别山之时,原在晋南担负对阎锡山军队作战的陈谢兵团也横渡黄河,向陇海铁路进击,执行外线作战任务。这样,运城便成了插在我军后方的一个孤岛。

徐向前考虑,如果我攻克运城,西可出击关中,南可威胁陇海铁路、潼关要冲及黄河渡口,还可封住山西的门户,切断山西之敌南逃的去路,不仅对巩固晋南解放区具有重要的战略意义,而且可以解除陈谢兵团从豫西出击陕东的后顾之忧,切断敌人南逃的去路,对钳制陕西之敌胡宗南部于渭北地区,配合西野作战亦有积极意义。

为策应陈谢集团在豫西、陕南地区的作战,拔除敌人的孤立据点,于是,徐向前向中央军委提出了由刚刚组建的晋冀鲁豫军区第八纵队围攻运城的报告。

运城,古名凤凰城,是山西的南大门。运城原为阎锡山部队的防地。1946年秋,胡宗南派整编第一军军长董钊率四个整编师进入晋南,名为配合阎锡山作战,实为借机占领。随后,国民党南京国防部即将临汾及东西一线以南各县,划归胡宗南的西安绥靖公署管辖。当时,驻守运城的是国民党军整编第三十六、第十七师各一个团,炮兵第十一团第二连,国防部汽车第六团,阎锡山保安第五、第十一团以及其他杂顽武装1万余人,均有一定的战斗力。此外,城内还有阎锡山武装起来的政权机构3个专署、16个县政府以及许多逃亡地主等。

抗战胜利后,阎锡山对他的部属说,晋南这块地方不能丢。他说:"我喜欢河边村,那里有山有水,是生育我的地方;也喜欢晋南,那里产粮棉,是维持山西这个地盘的基础。"还说:"孙连仲和胡宗南的一些人员,都要经过风陵渡过河,由山西去保定和北平,看来,山西以后的事是复杂的。"

运城城防工事是日军留下来的坚固堡垒。外围以高低碉堡、野战工事组成交叉火力网,13米高的砖石结构筑成坚固的城墙,外有深宽各8米的护城外壕;加上在城墙上、城墙中、城墙外构筑有大量的明暗火力点,构成护城火力网,确是一座坚城。

早在1947年4月6日,晋冀鲁豫野战军发动晋南攻势之后,中央军委就曾指示晋南我军:"应乘胜夺取运城。"

时任太岳军区司令的王新亭率第二十二、第二十三旅及第十九军分区部队,在解放了襄陵、汾城、蒲县、乡宁四座县城后,立即转到运城前线,与陈赓的第四纵队第十、第十一、第十三旅,并指挥太岳军区第二十四旅和第二十分区的部队围攻运城。

从5月1日开始,攻城部队攻占了运城西北郊的羊驼寺机场和运城的西关、北关,控制了运城东、南两面敌人的要点,并控制了黄河北面从风陵渡至太阳渡的渡口,截断了豫陕援敌的通路。

就在这时,陈赓奉军委命令,率第四纵队南渡黄河,挺进豫西,执行外线作战任务。5月9日,围城主力主动放弃对运城的围攻,其余部队仍然留在晋南担任围困运城、牵制敌人内线作战的任务。

胡宗南见陈赓放弃了对运城的围攻,也准备撤军。他先从运城调走第八十三旅及第八十旅一部去西安,后又调驻运城的青年军第二〇六师,增强陇海路东线的防务,并指派所谓"王牌御林军"、原蒋介石驻重庆的警卫团青年军第二四八团护送渡黄河。

王新亭立即下令部队及时赶到预定地区设伏,待敌第二四八团路经庙底村时,全歼了这个美式装备之敌,俘敌团长刘麻子以下1400余人。这就是一打运城。

时过五个月后,徐向前提出攻打运城的建议,这是二打运城了。

9月9日,中央军委同意了徐向前的建议。

徐向前、滕代远、薄一波研究后,于9月10日,致电第八纵队司令兼政委王新亭、太岳军区司令刘忠,共同完成攻克运城的任务。

当时,徐向前要协助薄一波主持晋冀鲁豫中央局在冶陶召开的全区土地工作会议,贯彻全国土地会议精神,脱不开身,不能亲临前线指挥,他将自己的想法电告了王新亭。

他在电报中说:"你们攻运城,务做充分周到准备,打有把握、有准备的仗,不能打消耗战,不轻打消耗战,不轻敌。"

为更有把握,徐向前又与晋绥军区司令贺龙商量,调来吕梁军区独立第三旅,与太岳军区部队准备打援。

10月7日,二打运城的作战开始了。

王新亭指挥第八纵队第二十三、第二十四旅,吕梁军区独立第三旅,太岳军区三分区基干团等部队,突然从东、西、北三面包围了运城。

当时,攻城部队的技术装备很差,只有两门旧炮,其中一门还是牛车拉的,撞针很短,要用镢头撞一下炮屁股,才能打出一枚炮弹,攻坚作战颇感困难,但部队打得非常英勇。经过数日激战,基本上扫清了敌外围据点,进到距离城外壕100米左右的地域。

战斗中,徐向前不断做具体战术指导,要求"专心致志攻城,充分进行土工作业,并激励全军奋勇战斗,为人民立新功"。

运城守敌遭受打击,不断请求支援。阎锡山却有自己的小算盘:从山西地理位置上说,运城虽是一个军事要地,而对阎要保住以太原为中心的地盘,却无关紧要,因为运城离太原太远了。

但是,运城对于蒋介石实施重点向陕北进攻却甚为重要。所以,蒋介石一方面要胡宗南竭力保住运城,另一方面又要阎锡山加强防御力量。但阎锡山只做一点表面文章,当守城的阎锡山第十四专署专员、保安司令谢克俭请求驰援时,他并不出兵,而是一概推给胡宗南。

运城外围战打了一个月，外围据点基本上被扫清。就在运城据点危在旦夕之际，胡宗南将增援陇海路的钟松第三十六师四个旅撤回，北渡黄河，增援运城。

王新亭判断，敌增援部队从太阳渡、茅津渡北渡黄河，很快就会进至平陆的杜马村、柳沟一线，那距运城就只有几十里了。他认为，增援之敌如若翻过中条山主峰，直下运城，将对围城部队形成居高临下的大威胁。王新亭当即决定，撤围运城，集中兵力迎击援敌。他仅留下独立第三旅和太岳军区部队共五个团监视运城之敌，率第八纵队主力两个旅前去打援。

平陆县南临黄河，北上中条山顶，中间地带的南北纵向，完全由条形鱼脊似的黄土高垣连接，梁与梁之间沟深壁陡，只有羊肠小道通行，对部队行动非常不便。敌我双方谁先占领主梁，谁就得地形之利。援敌渡过黄河后，占领了沿杜马村、柳沟一线的黄土梁，已控制了有利地形。

王新亭率第八纵队进击该敌，要翻山越岭，兵力高度集中和机动受到限制，不能形成优势于敌的兵力部署，只在南向攻击柳沟时，歼敌四个团的大部。

运城之敌在援兵支援下，破坏了王新亭的攻城阵地，烧毁了构筑工事用的门板15万块，使王新亭部无力再攻运城。二打运城未能成功，部队士气受到影响。王新亭做了检查："此次撤运城打援敌，打成了一个大消耗战。"之后，部队进行了两个月的休整。

这时，西野第二纵队司令兼政委王震率该部路过晋南，在曲沃休整待命。徐向前与王震商量，拟请西野第二纵队参加攻打运城，王震很痛快地答应了。

12月1日，王新亭和王震一起来到晋冀鲁豫军区司令部驻地，徐向前和他们一起研究了三打运城的方案，并上报中央军委。

第二天，毛泽东复电说："一、同意你们打运城。二、王震纵队应位于黄河北岸要点,确实保证河南之敌不能北渡,方有把握。"

那时,胡宗南在黄河南岸的潼关、陕州、洛阳一带有四个旅另一个骑兵团,是渡河增援运城的主要力量;黄河西岸的黄龙山区有一个步兵师另一个旅,因受陕甘宁我军牵制,渡河援运可能性小些。所以,毛泽东提醒,要注意黄河以南胡宗南的北渡行动。

王新亭和王震回到运城前线第八纵队指挥所水头镇,立即召开团以上干部会议,传达军委、毛泽东和军区再次攻打运城的指示,并经军委批准,组成了运城前指,因徐向前参加军区土地会议,决定王新亭任司令、王震任政委,统一指挥运城前线部队作战。

随后,又召开前指扩大会议,具体研究了攻击运城的方案和实施办法。12月16日夜,大雪纷飞,寒气袭人。王新亭第八纵队和西野第二纵队等部队再次对运城发起围攻。经过连续数日作战,扫除敌外围据点,城西、城北两面登城障碍全部被扫除。

运城守敌阎锡山的专员侯屏翰、朱一民、谢克俭见势不妙,连续电告阎锡山、胡宗南说:"为挽救一线生机,仍请飞电胡主任及中央,立即投送大量弹药,日夜派机助战,尤其黄昏及拂晓前后,大量轰炸,并立即派军救援,为祷。"胡宗南接电后,派出四个旅集结在黄河南岸陕州至潼关一线,企图渡河增援。

得到这一情报,王新亭和王震决定把总攻时间由25日提前到24日夜间进行。徐向前同意这一决定。但由于接敌运动的交通未完全开辟,冲击受阻,攻城失利。25日晚,又组织了一次攻城,仍以同样的不利情况而被迫停止进攻。

王新亭、王震决定27日再攻。

26日,徐向前下了死命令:"坚持最后5分钟,坚决攻下运城。"

命令传到运城前线,部队战斗情绪沸腾了。各旅在阵地前召开作战会议,研究作战方法。第二十三旅指挥所设在城北不远的一个砖瓦窑内,距城墙根1000多米,虽在敌火力威胁之下,但地形便于观察城外情况。王新亭对到会的干部说:"胡宗南派四个旅的援兵来,距运城只有一天的路程。我们要接受第二次攻打的教训,一定要赶在敌援兵到来之前,拿下运城。"

参谋长张祖谅分析说:"这次除城墙在敌手中外,我已控制城墙外的阵地,还是有足够的取胜把握。"

他继续说:"大家知道,我们有12门野炮,只有12枚炮弹,靠这个火力是轰不开城墙的。"

第二十三旅旅长黄定基马上站起来说:"我旅有坑道爆破曲沃城的经验,请由我旅来完成这一任务。"

王新亭当场拍板说:"好!这一任务就交给你们,相信你们,一定完成任务!"

王震说:"现在晋南人民和整个运城前线部队都在看着,等待你们爆破成功!"

强行挖掘坑道的期限只有一昼夜,黄定基立刻与第六十九团团长张国斌、副政委蔡剑桥研究了一个方案:第七连交通壕已挖到城北外壕20多米处,决定从那里深入到外壕去挖坑道,填好炸药爆破,开辟冲击道路。

当天夜里,第七连排长刘明生和战士车元路等九名勇士,分成三个战斗小组,分头行动,进入外壕,奋力挖掘坑道。终于在拂晓前,挖成长5.5米、高1.6米的坑道和可容纳3000公斤炸药的药室,将地道延伸到运城城下。

12月27日黄昏,攻城部队按预定时间再次发起总攻。第八纵队第二十三旅的爆破队用40分钟完成了3000公斤炸药的传递和装填。在老北门的坑道爆破成功,将城墙炸开了一道20多米宽的斜坡。

第六十七团第二营和第六十九团第二营两支突击队趁着爆破烟

雾,分别登上城墙和城北门楼。第六十九团团长张国斌亲自带领第二营冲上突破口,在烟雾尘埃的掩盖下,迅速突入城内。他指挥突击队,一面扩大战果,一面拦截向突破口增援的敌人。敌人用猛烈的炮火轰击、封锁突破口,使我后续部队无法前进。登上城楼的部队又遭敌人暗堡袭击,伤亡很大。

敌人投入一个营的兵力,从东西两侧夹击登上城头的部队,并沿城墙向突破口轮番反扑。登上城头的部队终因寡不敌众,突破口被敌封锁。

第二梯队被敌人隔绝于城外,张国斌带领突击队的五个连被敌人反包围在突破口内。在这十分紧急的时刻,王新亭和张祖谅来到第二十三旅指挥部,令黄定基要不惜一切代价,坚决再次打开突破口,并立即多路进攻,分散敌人封锁突破口的兵力。

黄定基立即组织部队勇猛反击,同时,王新亭又令第二十四旅王墉旅长调部队加入争夺突破口的战斗。

第二十三、第二十四旅在老北门东西两侧,再次向突破口冲击。被反包围在城内的突击队同守敌反复进行白刃格斗,打退敌人的数次反冲击。经过激烈战斗,突破口又被第八纵队夺回。

在突破口夺回之后,第二十三、第二十四旅勇猛攻进城去。西门被王震的第二纵队突破,几路大军迅速攻入城内,勇猛歼击敌人。

12月28日7时,运城解放。运城战役全歼蒋军第三十六、第十七师各一个团,国防部汽车第六团,阎锡山保安第五、第十一团,阎锡山杂牌军一部以及阎锡山的3个专员公署、16个流亡县政府,共1.3万余人。

运城解放,新华社发表评论说:"此次战役,有力地配合了刘邓、陈粟、陈谢三路大军对平汉、陇海两路的破击战;同时,证明了我军打到外线后,我内线兵力还很强大,不但能拉住它,而且能反击并消灭它。"

山西南部攻下运城不久,山西北部应县也被攻克。阎锡山的地盘,南北两面又缩小了许多。

激战临汾

运城失守后，国民党军失去了晋南的半壁河山，临汾成为一座孤城。阎锡山立即召集赵承绶、梁化之等高官到自省堂,寻求办法。阎锡山对他们说:"陈赓动用五个旅打运城,占了飞机场、西关和北关,竟然不再攻击而突然撤围溜走了。这次共军指挥官可不寻常啊!他胆大包天,竟敢以他刚组建的野战纵队再来攻打,此人雄才大略啊!是不是我的五台老乡徐向前呢?"

历史上许多事情,几乎巧合得让人难以想象。没想到从运城战役开始,到临汾战役、晋中战役,直至解放太原之战,最终成为徐向前与阎锡山的几场决战。

阎锡山的老家是五台县河边村,在河之南;徐向前的老家是五台县永安村,在河之北,两村只有滹沱河一河之隔。

阎锡山辛亥革命率部参与起义,光复太原,并被推举为山西都督,组织军政府,总揽山西军政大权。

1919年,徐向前曾在阎锡山创办的太原国民师范学校速成班读书。该校设有军事课,学生生活半军事化,军人装束,来师范上军事课的教员都是阎锡山军队营级以上军官。军事操练亦很严格,而阎锡山每周还要来学校听课和训话。于是,徐向前认识了阎锡山。按说,阎锡山还是徐向前的师辈。

当徐向前从黄埔军校毕业,分配到国民革命军第二军回永安村老家探亲时,阎锡山曾派人动员徐向前来晋绥军中任职,登坛拜将。徐向前没有答应,而是重返南方,先到上海,后到武汉,加入了中国共产党,南征北战,成为中共的一位著名战将。

薄一波有一段回忆。他说:"徐向前是五台人,阎锡山、赵戴文也是五台人,梁化之是定襄人,我也是定襄人。'事有必至,理有固然',这可能不是巧合。七七事变后不久，向前等同志首先随周恩来同志到太原与阎锡山商谈共同抗战事，阎给以热情招待。一天阎锡山约我和赵戴文、梁化之谈话。其间，阎忽然谈到，徐向前这样的人才，怎么也走到共产党一边了，不是楚材晋用，而是倒过来了，得人者昌，失人者亡，不胜感慨之至！"

阎锡山万万没有想到，20多年后，自己的命运竟然掌握在既是他的学生，又是他的老乡徐向前的手里。

说到运城失守后的山西形势，阎锡山转移了话题，他感慨不已地说："临汾可不是运城，它自古以来就是襟带（黄）河汾（河），翼蔽（潼）关洛（阳）的军事要地。抗战太原失陷后，绥靖公署和省政府军政官员一并撤至临汾，就是因为临汾是军事要地的缘故。"

阎锡山认为，临汾是晋中的桥头堡、太原的南大门。要想保住晋中和太原，并牵制中共晋冀鲁豫部队对西北战场的支援，就不能没有临汾。

临汾西临汾河，城区地势高，城外地势低。城墙高达15米，顶宽10米，底宽25米至30米，城周长近10公里，城外的东南部又加修了一座护卫城，高度与厚度略次于主城，周长3公里多。整座城西傍汾河，南、东、西三面均为开阔地。从远处看，临汾城宛如伏在汾河东岸的一头黄牛，故有"卧牛城"之称。临汾守敌是胡宗南第三十旅两个团及一个炮兵营，另有阎锡山杂牌军和地方保安团八个，共3万余人。

临汾虽然高城深池，又有3万余坚甲利兵守着，但阎锡山还不放心，他要参谋长郭宗汾起草命令，派驻介休的第六十六师徐其昌部接防。为统一调动指挥，阎锡山任命临汾守备军第六集团军副总司令梁培璜兼任晋南武装总司令。阎锡山叮嘱他的参谋长："再给梁将军发个电报，要根据运城失守的教训，加修、改造城防工事。"

梁培璜上任后，为固守临汾，四处抓丁、抢粮，聚积大批军用物资，并在内部大力进行反共教育，实行特务控制。

多年来，在日军和阎锡山的盘踞经营下，临汾成为一座易守难攻的坚固要塞。梁培璜又凭借临汾的有利地形，继续构筑坚固、复杂的防御工事，形成四道防御体系。

第一道防线是外围警戒阵地，以城东、南、北各5里，城西15里内的较大村镇为据点构成。筑有高碉堡、明暗火力点和外壕、电网、地雷等障碍物，形成一个独立的支撑点，各点驻有一个连至一个营的兵力，配有重机枪、迫击炮、山炮，既可独立作战，又可互相支援。

第二道防线是护城阵地，以环城周的31座碉堡构成，3座碉堡一组，品字形布局，以水泥、片石构筑的主碉堡居中，距城50米至80米不等，周围并有地堡、暗火力点和外壕、铁丝网、地雷等防御物，还有暗道通往城内。

第三道防线是外壕和城墙阵地。外壕在旧护城壕基础上挖成，深20米、宽30米，紧靠城墙，在城墙顶部四角和四个城门楼上修有火炮、各种枪和喷火器使用的据点工事，将城墙腰部挖空，修筑了轻机枪、步枪和喷火器的射击掩体。

第四道防线是城内纵深阵地和地道工事，城墙内有一条深、宽各3米至6米的内壕，壕内每隔15米有一座伏地碉，城内主要街道和高大建筑物上，修了11个巷战据点。在城东偏南的东关，高度略低于主城门，也构筑了完备的防御工事，与主城形成一个整体。

阎锡山并不满足，又做出加强临汾防卫力量的决定，并下了死令：一定要死保临汾。

为拔除敌人晋南的最后一个据点，徐向前于攻占运城后，即开始做夺取临汾的准备。

1948年2月3日，经中央军委批准，组成临汾前指，由徐向前任前指司令，统一指挥参战部队攻克临汾。参战部队是第八、第十三纵队及太岳军区、吕梁军区各一部，共5.3万人。徐向前考虑，为防止敌人北逃，争取不失时机地在野战中予以歼灭，是战前兵力部署的关键。

徐向前认为，临汾附近没有适当地区可以屯驻大兵团，且过早逼近敌人，势必暴露作战企图，所以做出这样的作战部署：以第八纵队第二十四旅位于浮山、大阳以西地区；太岳军区部队一个旅位于洪洞、赵城以东地区，控制同蒲路东侧；以吕梁军区指挥的西野独立第三旅和第七旅隐蔽在汾西地区，控制同蒲路西侧；主力部队仍按原计划集结于翼城、曲沃地区。如敌固守不动，各部队整训待机；如敌北窜，即以汾河东侧两旅占领要点，阻敌于赵城以南地区，西侧两旅截击从汾河西岸北逃的敌人，并迟滞南下接援的敌人。

为了不过早暴露行动企图，在战役发起时，主力部队从翼城出动。徐向前做了计算，一天半的急行军即可北上抵达洪洞、赵城一带投入战斗。

19日，徐向前把这一考虑向中央军委报告，得到中央军委的同意。毛泽东在复电中说："部署甚好。"

2月21日至23日，徐向前带领前指人员来到翼城。他的前指很精干，仅有参谋处处长梁军、宣传部部长任白戈，队列科科长廖加民和十几个参谋、干事。徐向前和他们同坐一辆卡车赶到翼城，召开了营以上干部大会。徐向前让工兵连的连排干部也赶来参加，共1000余人。

打临汾，与打运城一样，都是攻坚战。所以大会开始后，徐向前让王新亭总结报告了运城攻坚战的经验。王新亭概括了六条：一是注意攻击准备。二是强行坑道作业。三是采用小组连续爆破。四是兵力使用上反对平均主义。五是坚决执行命令，不打滑头仗。六是要有韧劲，坚持最后5分钟。

然后，徐向前做了攻打临汾动员报告。徐向前说："解放临汾是军区春季攻势的第一个战役计划。夺取临汾，不仅可使晋南全获解放，而且可使晋冀鲁豫和晋绥、吕梁解放区连成一片，为下一步北上晋中，解放太原,全歼阎胡守敌,解放华北扫除障碍。”

能不能攻克临汾? 徐向前分析后认为“是有胜利把握的”,“临汾城内的敌人,总计不过两万五千来人,而且受过我打击。临汾工事,同运城差不多,可是临汾城的四周,比运城大得多,这也是便于我们突破的”。

徐向前说,我们攻下临汾,要重点学习攻坚战术和技术。干部重点学战术,但要懂技术;战士重点学技术,但要与战术结合起来。要把勇敢和技术结合起来,勇敢与智慧结合起来。他强调:“要牢记自己的缺点,努力扬长避短,接受运城的教训。谁能把更大的勇气和毅力坚持到最后,谁就能取得胜利。”

他告诉大家,阎锡山一贯是“乌龟战术”,胆小如鼠,轻易不敢伸头,估计不敢在解放军围攻临汾时派兵南援,但我们要把“老鼠”当“老虎”打。一个指挥员,首先一条,要胆大心细。打以前要心细,一旦打开了,就要胆大,要有“打鼠如虎”的精神,把弱敌当强敌打,把强敌当更强大的敌人打。军队的作风应该是:谨慎、细致、迅速、果断、沉着,不怕困难,不叫苦,胜不骄,败不馁。

战役预定3月10日发起。会后,部队进行了紧张的准备和训练。

3月6日,胡宗南派整编第二十九军军长刘戡率四个旅驰援宜川,连同守军一个旅被我西野全歼,3万余人无一漏网。胡宗南慌了手脚,急令将在临汾协防阎锡山的第三十旅于3月6日空运回西安。

徐向前得知此情报,判断胡宗南有逃跑的企图,立即电告中央军委:“临汾敌三十旅,今鱼(6日)辰(7时)已开始向西安空运(我们只发现两架大运输机)。我决提前出动,以八纵全部明虞(7日)拂晓前控制飞机场,肃清临汾以南外围之敌。太岳一个旅肃清城北之敌,十三旅肃清城西及西南之敌,尔后即开始攻城。”

临汾战役提前3天,于3月7日打响。

3月6日晚,第八纵队第二十四旅从翼城出发,以急行军方式抵近临

解放太原之战

汾郊区,包围了敌人。3月7日早晨,第二十四旅以炮火封锁了敌人的城南机场,击毁敌机两架,其余八架飞机慌忙起飞逃往城内。第二十四旅控制了机场,打破了胡宗南的空运计划。

3月8日,第八纵队第二十二、第二十三旅立即按预定目标与敌展开外围争夺战,先后攻占了柴村、张吴、尧庙宫、乔家庄、东西赵村等外围据点。临汾守敌,成了瓮中之鳖。

3月16日,各部队攻击临汾城外围据点和城东关之外壕外围的主要据点,紧缩包围圈。

梁培璜凭借坚固工事和优势火力,顽固坚守。他下了一道"八杀"命令:奉令进攻迟延不进者杀,奉令赴援迟延不进者杀,未奉令放弃守地者杀,邻阵被攻有力不援者杀,邻阵被陷不坚持本阵地者杀,滥行射击虚报弹药、阵前无敌尸者杀,谎报军情企图卸责者杀,主官伤亡次级不挺身而代行职务者杀,妄图靠这些毒辣手段,让官兵为他效命。

从3月22日夜开始,攻城部队全线发起攻击,重点是临汾东关和南北之外围据点。各部队经一周激战,夺取了城外敌人的大部分主阵地。

徐向前的前指,移驻距离临汾10公里城东的堡头村一座土窑里。他到前沿观察地形,了解敌人的火力配置情况,感到临汾攻坚战远比预想的要复杂得多、艰难得多。

临汾城呈横吕字形。西、南、北三面只有城垣、城门,没有城关,犹如吕字的下部;城东设关,不仅有密集的居民建筑,而且有城墙护卫,恰似吕字的上部。城西紧靠汾河,不便大部队运动;城南为开阔地带,敌人的工事林立,壕沟交错,使接近城垣的部队受到极大限制;城北地势较高,有登城阵地,敌人守备亦较薄弱,但因地势空旷,部队不易隐蔽行动,攻城势必要付出极大代价。

他认为,只有东关有利于部队隐蔽、接近城垣和实施突破,但那里又正是敌人的主要防御方向,由阎的第六十六师重兵扼守。徐向前权衡再三,决定改变从东、南、北三面攻城的作战方案,重点放在攻击城东与城北。以第十三纵队向东关突击,力争消灭守敌第六十六师主力,并策应城北的部队攻城;以第八纵队第二十二、第二十三旅位于城北门及以西地区,攻击兴隆殿等要点,以太岳军区部队四个团位于北门以东地区,攻击日本坟等要点,两支部队进而全力攻城;以第八纵队第二十二旅及太岳军区部队两个团,位于城南,实施助攻,牵制和迷惑敌人。

方案调整后,各部即迅速进行攻城准备。不幸的是3月22日,第八纵队第二十四旅旅长王墉在城北察看地形时,中弹牺牲,年仅33岁,徐向前很是痛惜。

3月23日,全线攻击开始。担负攻击东关任务的第十三纵队,以第三十八旅从东南方向突击护卫城垣,以第三十九旅从东北方向突击电灯厂。守敌一个团前沿被突破后,阎锡山第六十六师师长徐其昌调来援兵,亲自组织反扑,拼死顽抗。经三昼夜反复争夺,第三十九旅终于将守敌一团另两个营歼灭,占领电灯厂。

在东南方向,第三十八旅采取坑道掘进和炮火袭击相结合的打法,从护城垣上打开一个10多米的缺口,由于协同不好,主力未能突入,两次攻击均失利。在城北方向,第八纵队和太岳军区部队攻打日本坟、兴隆殿要地,连续炸毁敌人三道外壕和障碍物,占领部分碉堡,歼敌一个排,苦战一昼夜,消耗甚大,也未获成功。

连续作战22天,虽扫除临汾周围据点,但攻城计划未能实现。3月29日,徐向前下令结束第一阶段作战。

因攻击受阻,伤亡又大,士气颇受影响。有的干部对能不能打下临汾产生动摇,甚至建议撤兵。徐向前没有采纳。他说:"战争胜负,有时往往系于一念之差。作战要坚持最后5分钟,决心一旦下定不可轻易改变,唯有坚决执行方有胜利的把握。"

毛泽东对徐向前攻坚临汾的作战计划完全同意,一再来电,要他们坚持到底。

关键时刻,徐向前做了冷静分析,认为打赢这场持久而残酷的攻坚战,取胜的把握甚大。解放军大举向外线进攻,蒋介石的大量兵力被牵制在中原、西北、华北战场,无力顾及山西战局。山西处于内线作战,阎锡山以死保太原为主要目标,他不敢派兵南援,虽派了一个军,但进至洪洞、赵城以南,就不再南进了。

徐向前告诉大家:"这是一个有利的战机,绝不能被暂时的困难和失利吓倒。我们要横下一条心:不拿下临汾,誓不收兵!"

3月31日,前指召开了团以上干部会议。徐向前做了《关于攻临汾外围作战检讨及今后作战等问题》的报告,总结教训,调整部署,鼓舞斗志,准备再战。徐向前说:"阎锡山花样多,一贯主张防守战法。我开始包围临汾时,敌远距离外围据点,不战而退;但近距离城壕,外围据点则拼命固守,土顽换为正规军。守敌待援无望,突围有被歼危险,只有死守一条路。"徐向前做了自我批评,认为在战役指导上开始对敌工事估计不足,想以小的伤亡解决战斗。部署几次变更,企图打东关的同时登城,没有集中最大火力,兵力有些分散。他强调:"坑道是我军攻坚的主要手段,我们要实行土行孙的战法,钻到地下去,用坑道破城。"

徐向前对王新亭说:"临汾哪有攻不下的道理,就是把胡子打白了,也要打下临汾,打不下,你我都到五台山当和尚。"

王新亭说:"我们一定拿下临汾,打不下来就是围困也要把它围下来。"

徐向前最后说:"哪个旅最先登城,就授哪个旅为临汾旅的荣誉称号。"

王新亭立即号召全纵各旅,争当临汾旅。第二十三旅旅长黄定基要求把最艰巨的任务交给他们。他是运用地道爆破战法的高手。

4月15日,徐向前重新确定攻城部署,决心集中兵力,突击一点,用坑道爆破打破敌人的"铜墙铁壁"。具体部署是：以第十三纵队担任南门至城东南角地段的突破任务，以第八纵队担任城东南角至大东门地段的突破任务，以太岳军区部队担任大东门至城东北角地段的突破任务，并决定以大东门为主要突破点，以坑道爆破为主要攻城手段，在完成大量土工作业及其他各项准备工作后，发起总攻。

会后，各部队按照新的部署和任务，侦察地形，挖掘坑道，进行战地练兵。至4月9日，攻击部队共挖出接近护城垣的四条坑道，当夜将1.6万多斤炸药，从10里外运进坑道，并装填完毕，做好了攻击准备。

10日下午4时，第二阶段夺取东关的战斗开始。炮火准备一个小时，92门各种火炮同时开火，对敌阵地进行了摧毁性的轰炸。随后，各种火器同时开火，又是一个小时，火力准备长达两个小时。

这时，三条主坑道同时引爆（有一条导火具失灵，未引爆），从护城垣炸开两处缺口。突击部队冒着滚滚浓烟，争先恐后，迅速登城，后续部队紧紧跟进，向纵深发展。经过一夜激战，歼敌第六十六师大部，一举拿下了临汾东关。

临汾东关被破，蒋介石、阎锡山慌了神。为挽救临汾危局，蒋介石给阎锡山、梁培璜打气，并下令飞机助战，疯狂轰炸临汾城外的我军阵地，向城内投送面粉、大米、罐头，以示支援。

阎锡山无力派兵支援，多次打电报给梁培璜，要他"人尽物尽，城存成功，城亡成仁"。梁培璜有苦说不出，除勒令属下死守城池外，已黔驴技穷，无计可施。

夺得东关之后，部队斗志倍增。徐向前迅速调整兵力，准备乘势攻克临汾城。敌人飞机整天对第八、第十三纵队的阵地狂轰滥炸，给部队运动和补给造成很大困难。

党中央对攻克临汾极为重视。朱德、刘少奇连连发电，鼓励再接再厉，一举拿下临汾。毛泽东在去往晋察冀的途中，亦发电："庆贺你们歼灭阎敌六十六师及肃清临汾外围和攻占东关的胜利。"党中央的鼓励，给了广大指战员以极大的信心和力量。

徐向前确定了第三阶段的攻城部署：首先肃清城壕外沿敌人据点，从城东、城南挖掘多条坑道，接近城垣，爆破登城，全歼敌人。以第十三纵队在城南门以东地区，第八纵队在城东南角至大东门地区，太岳军区部队在城东北角至大东门地区，要求扫清城外守敌与挖掘坑道同时进行。

他将这一部署电报华北军区（此时徐向前所部归华北军区），军区司令聂荣臻很快给予批准。

4月15日，第三阶段全线展开了激烈的登城阵地争夺战。战斗首先在城东及城东1号碉堡，"老鸦嘴"、"火车头"阵地，20、21号碉堡等地打响。

敌人以杂牌部队守碉堡，而以精锐的胡宗南第三十旅进行反扑。你夺过来，我夺过去，每一个阵地都要反复争夺多次。

太岳军区部队第四十四团第九连夺取城东1号碉堡后，一天之内，敌以一个营的兵力进行了三次反扑，第九连最后只剩下五名战士，仍坚守在阵地上，最后在第五连的配合下，向敌人反击，终将敌人一个营打垮。

敌人飞机频频出动，向攻城部队的阵地轰炸扫射，一个团的指挥所被炸，全埋在土里。敌人为夺回失去的阵地，竟然使用了毒气和燃烧弹，使城垣外围陷入一片硝烟火海之中。经过10多天激战，城壕外围阵地大部为我控制。

挖掘坑道的战斗更加残酷。从3月16日开始，各部队与敌人展开了以挖掘坑道与破坏坑道为中心的激烈斗争。敌机日夜轮番轰炸我城东攻击部队的主要阵地，敌人炮火也不断轰击我挖掘坑道部队，并以对挖坑道来破坏我之攻城坑道。

第八纵队在城东一线挖掘的破城坑道、在环绕破城坑道两侧及其上方的掩护坑道，大部遭敌破坏。由于缺乏机械工具，坑道基本全靠人力挖掘。至5月16日，攻城部队共挖出破城坑道15条、掩护坑道40条。其中把两条各110米长的破城坑道通过外壕底部，挖至城墙底下，分别放置黑色炸药6200公斤和黄色炸药3000多公斤。

5月17日19时30分，攻城部队向临汾城发起了最后的总攻。在炮火袭击中，坑道爆破首先在东城爆破成功，城门城墙被炸开两个宽近40米的缺口，突击部队在炮火掩护下，趁爆破烟雾迅速登城，突入城内。紧接着，大部队相继攻入，与敌人展开巷战。

敌人在城内埋设了大量地雷，加上工事坚固，火力又强，攻城部队伤亡不小。但指战员发扬勇猛顽强、前赴后继的战斗精神，向敌人纵深猛插猛进，逐垒夺取，终于当日24时全歼守敌，解放了临汾。

部队占据了临汾城，阎锡山第六集团军中将副总司令兼晋南保安司令梁培璜却不见了。经查，他带领少数残兵败将从西门过汾河逃走了。

徐向前速令汾西部队迅速跟踪捉拿，当天夜里，终于将其抓了回来。

徐向前兵团历时72天的临汾战役，共歼敌2.5万余人，其中俘获1.8万余人，拔除了晋南地区敌人的最后一个据点，使太岳和吕梁两个解放区连成了一片，有力地配合了中原和西北战场我军的作战，并腰斩了同蒲南路，切断了阎锡山与蒋介石的陆上联系，从南面关上了山西的大门，为进军晋中消灭阎锡山的主力部队创造了有利条件。

5月18日，王新亭陪同徐向前进入临汾城。傍晚，徐向前看望了被俘的梁培璜。见他光着脚，让人拿了一双鞋子给他穿上，问他："你是保定军校几期的？"

梁培璜回答："三期。"

"打了几十年仗，难道没有记住'无必救之军者，则无必救之城'这条基本城防法则吗？"

"知道,可是……"

"临汾已是一座孤城,阎锡山远水救不了近火,胡宗南自顾不暇,蒋介石更帮不上忙,你咋还死守?"

"如果贵军晚两天攻城,我们就要突围了,本计划从西山突围,逃往西安。然而……"

徐向前告诉他:"已是天罗地网,走不了哇!"

说完,吩咐把梁培璜的家属找来,让他们团聚。梁培璜万万想不到共产党、解放军会这么对待他这个手下败将,连连作揖叩首。

第二天,徐向前带领各纵队和旅团的指挥员,从城外到城内、从城下到城上,走遍了那些残碉破壕和敌人的主要防御地带。徐向前说:"临汾这一仗,我们是以坑道爆破为主要手段进行夺关攻城的。"徐向前用"伤亡大,胜利大,锻炼大"九个字做了评价。他说,这是"我们用鲜血换来的攻坚经验,很宝贵"。

经中央军委批准,黄定基第二十三旅被授予临汾旅荣誉称号。这是战争年代,旅级单位被中央军委授予荣誉称号的唯一的一个旅。

临汾之战是在晋南人民全力支援下进行的,徐向前特别感谢负责这方面工作的裴丽生,说他组织得好,整个战役过程中,地方党组织动员支前民工达20余万人,支援的作业器材仅门板就26万块,木檩条10万根、麻袋6万条、粮食数百万斤,从而保障了作战的需要。徐向前在接见新华社晋南前线记者时,说:"此次临汾作战之所以能取得完全的胜利,主要是由于人民的支援。如要论功行赏,那第一功就该归之于后方的支援。"对于人民群众的支援,给予了极高的评价和赞誉。

5月19日,中央军委发来贺电,说:"你这次以新成立之兵团,取得攻临汾经验,将为继续消灭阎锡山敌据点开辟胜利道路,望于休整中总结此次战役经验电告。"

临汾战役之后,利用部队休息之机,徐向前写下了《临汾战役战术总结》等长篇报告,并在兵团作战会议上做了总结讲话。攻打临汾的经验上报中央后,毛泽东十分重视,立即向其他部队推广。

6月1日,毛泽东在电报中说:"徐向前同志指挥之临汾作战,我以九个旅(其中只有两个旅有攻城经验),攻敌两个正规旅及其他杂部共约两万人,费去七十二天时间,付出一万五千人的伤亡,终于攻克。我军九个旅(约七万人)都取得攻坚经验,是一个很有意义的大胜利。临汾阵地是很坚固的,敌人非常顽强。敌我两军攻防之主要方法是地道斗争。我军用多数地道进攻,敌军亦用多数地道破坏我之地道,双方都随时总结经验,结果我用地道下之地道获胜。"

6月16日,中央军委向各战略区通报了临汾战役战术总结。

鏖战晋中

在临汾战役进行期间,徐向前兵团所属晋冀鲁豫野战军划归华北军区。这时,中共中央移至河北省平山县西柏坡。晋察冀和晋冀鲁豫两个中央局合并成立华北中央局,两个军区合并为华北军区,聂荣臻任司令,薄一波任政委,徐向前任第一副司令(同时兼华北野战军第一兵团司令和政委)。这样,徐向前就离开刘邓,而归到聂荣臻麾下,成为聂的军事助手。

毛泽东很欣赏徐向前的军事才能,但在后来的军事生涯中,徐向前一直担任军事副手。在晋冀鲁豫军区,他是刘伯承的副手;到华北军区,又成为聂荣臻的副手。他虽为副手,实际上却常常独当一面。在华北军区,就一直负责山西的战事。他不争权夺利,不计较地位,总是全力配合,一切请示报告,绝不越位。他与聂荣臻,一个主帅,一个副帅。新中国成立后,他们先后就任总参谋长,也合作得很默契。

早在打临汾时,徐向前就把下一个目标选在晋中。为不惊动晋中敌军,他组织地方部队佯做主力,进军风陵渡,摆出要横渡黄河的架势。同时，释放一些俘虏，让他们放出徐向前部队主力将支援西北战场的消息，不会马上向北推进晋中。

这次北行，徐向前兵团增加了西野第七纵队。因为攻打临汾牺牲1.5万余人，部队严重缺员。他想起"独臂将军"彭绍辉的第七纵队。他与陕甘宁晋绥联防军区司令贺龙商量，想将第七纵队补充进来，贺龙马上同意，并令彭绍辉与政委罗贵波率第七纵队独立第三、第七、第十旅于6月19日开赴晋中，归徐向前兵团指挥。

彭绍辉任红四方面军第三十军参谋长时，开始在徐向前麾下作战，时隔13年后，他很庆幸又能在徐向前指挥下作战。他与罗贵波都表示：一定打好仗，打胜仗，完成任务。

在地方部队佯动下，徐向前指挥部队主力开始秘密行动。他首先令彭绍辉、罗贵波率第七纵队和吕梁军区部队攻击汾阳、孝义的敌人；令刘忠、王鹤峰率太岳军区部队由南向北，正面推进，趁机占领灵石；兵团主力第八、第十三纵队由太岳山区东侧，隐蔽向晋中开进，直入敌之腹地。

6月7日，徐子荣、鲁瑞林率第十三纵队自临汾东进，经安泽，沿山区北转沁源、沁县，向太谷、祁县以南的来远镇、神堂头一带集结。6月8日，王新亭率第八纵队从洪洞出发，向东入山后，经岳阳镇、祁县，开向沁源、平遥交界的王河镇地区待命。部队行动后，《人民日报》发表了《徐向前将军谈临汾胜利意义》的文章，进一步造成徐向前第一兵团正在休整的假象。

临汾战役之后，我解放区各战略区刚刚转入反攻。当时，西野彭德怀致电中央军委，希望徐向前率第一兵团横渡黄河，赴西北战场打胡宗南。华北野战军第二兵团杨得志、罗瑞卿也几次向中央军委建议，要求徐向前第一兵团出战绥远，打傅作义。

对此，党中央和毛泽东均未批准。6月18日，毛泽东告诉他们："徐向前兵团业已经北上,日内发起晋中战役,嗣后,该兵团拟固定在晋中打阎,直至攻克太原为止。你们不要希望其西调。"

临汾战役之后,阎锡山兵力大量被歼,虽不断补充,总兵力已降至13万人,地盘也大为缩小。此时的太原绥靖公署,主任阎锡山,副主任杨爱源、孙楚,参谋长赵世铃。

太原绥靖公署之全部兵力为3个集团军、5个军、14个师,均防守在同蒲路灵石至忻县段。其中,高倬之第三十四军、赵恭第六十一军全部及韩步洲第三十三军(两个师)、温怀光第十九军、刘效会第四十三军主力共14个师及暂编第八、第九、第十总队,分布在榆次至灵石段铁路及太原至孝义公路沿线的各个城镇要点,并以其中的步兵、炮兵13个团组成闪击兵团,机动应援,以加强对晋中地区的控制。

当时,已近麦熟季节。阎锡山要守住太原,首先要解决军队的粮食问题。13万军队,按每人每天平均1.5斤计算,每月耗粮585万斤,加上城市居民口粮就更多了。如此庞大的粮食需求量,无疑是阎锡山防守太原最头疼的地方。晋中平原纵贯山西中部,北起阳曲,南达灵石,北高南低,被云中、系舟、吕梁、太岳四山环抱。汾河、文峪河贯穿其间,交通便利,土壤肥沃,盛产小麦、谷子、玉米、高粱、花生、大豆等,历来是山西的粮仓,也是阎锡山军粮的供应基地。

阎锡山判断,徐向前迟早会北上晋中。为了抢在前边,他决定利用麦收季节,出动部队抢麦、抓丁,以解决其军粮、兵员问题。他还提出一个口号,叫"抢粮、屯粮,保卫晋中",以此作为他坚守太原的重要步骤。阎锡山将韩步洲的第三十三军第七十一师和暂编第四十六师分置于祁县、太谷地区;将高倬之的第三十四军第七十三师,暂编第四十四、第四十五及第四十师分置于平遥、介休、灵石地区;将刘效会的第四十三军第七十师,暂编第三十九、第四十九师及亲训师分置于汾阳、孝义地区;将赵恭的第六十一军第六十六、第六十九、第七十二师置于文水地区;

同时,组织闪击兵团,专门担任阻击徐向前兵团北上和机动作战任务,并配合各县保安团及警备大队,四处抓丁、抢粮,加强防守。为了大捞一把,阎锡山不惜投入晋中平原的兵力占到他总兵力的4/5多。

阎锡山对他的军政要员说:"共军在临汾伤亡两万多,大大损伤了元气,不可能很快恢复。我们要永保晋中万无一失,保有晋中,就保有太原,不能再有任何损失了。"

阎锡山还向他的军长、师长们说:"解放军打胜仗,是在于他们的指挥员善于打运动战,能打则打,不能打就走。共匪不要城,可是想出了不要城的办法,就是会跑,使我们打他,百打百空。"还说:"我们有飞机,有大炮,沾了这飞机大炮的光,学了个守;受了飞机大炮的害,没有学下个跑。"他告诉部下:"只要能学会跑,就能打胜仗了。我们要按照'万事俱备,只欠东风,一跑万有,一跑万胜'这个十六字诀打运动战。战机好,就从太原出去打,看见形势不好,就跑回太原来,寻找战机,再出城消灭共军。目的在于抢粮,屯粮于手,巩固晋中,死保太原,熬到第三次世界大战爆发,美军在中国登陆,便可趁机反攻,卷土重来,'以城复省,以省复国'。"

华北军区第一兵团在研究下一步作战计划时,徐向前提出:"我们打野战,好比吃肉;攻城,好比啃骨头。敌人为了抢粮,四面出动,肥肉送上门来,我们不妨狠咬几口,吃他几个师,免得日后费时费力去攻城,啃骨头。"

部队没有打过大规模运动战,又很疲劳,有人担心吃不掉,反被敌人吃掉,提出胃口不宜过大,以歼敌一两个团较为稳妥。

徐向前说:"艰苦的战役刚刚结束,按常规理当休整。但是打破常规,正可出敌不意,攻其不备。"

大家就此展开讨论,讨论来讨论去,未能取得一致认识。

徐向前说:"战机紧迫,就按歼敌一两个师的目标,进行战役部署。"

徐向前告诉大家:"阎锡山心里笃定泰山,念念不忘他那个十六字诀,其实他那个十六字诀纯属无稽之谈,实际上是'一事无备,东风不吹'。但对他的'一跑万有'的跑字,倒要十分注意。不要以为他出动那么多部队布防晋中,是要与我决战。其实,他最怕损失兵力。他出动野战军,名为打仗,实际上是时刻准备跑的。我们的方针是抓住战机,不使敌人轻易跑掉。阎的地盘已越来越小,到目前只剩下被解放区四面包围的晋中这个柳叶形孤岛,大同已成为悬在北方的孤城。阎锡山与外界的联系,只能依赖不牢靠的空中通道。虽然太原有军工厂,弹药还可维持,但粮食全部要由晋中各地供给。这是他不可能固守太原,而不得不找上门来挨打的根本原因。"

徐向前还说:"现在的关键问题,是如何有计划地给敌人造成错觉,将它的主力而不是小股,引诱出巢,给以出其不意的攻击。我们要超额完成华北局和军区交给的任务,争取消灭他四至六个师的计划。"

会议之后,徐向前于5月30日向中央军委、华北局上报了《关于晋中作战的意见》,提出:

此次晋中作战,虽以保卫麦收为目的,但应充分估计阎锡山处此失地失人的情况下,势难坐以待毙,必纠集其主力与我决战,以图解救其粮缺兵缺之危难。我亦必须攻下若干据点,揳入其纵深地带分割包围,求得歼其主力一部,争取在敌主力与我决战时,予以歼灭性的打击,方能达到确保麦收和创造尔后攻取太原之有利条件。

为完成上述任务,建议:

一、晋中军区应早日组成。

二、周士第来一兵团工作,亦请早日决定,以加强一兵团的军政领导。

6月2日,聂荣臻复电徐向前,明确:"由向前、士第统一指挥华北野战军第一兵团(后改为第十八兵团)、太岳军区主力、太行军区二分区、北岳军区二分区全部地方军、晋绥部队。决定将太行军区二分区与北岳军区二分区部队,统组成一个集团,由萧文玖指挥。晋绥所有参加战役的部队,亦组成一个集团,并请指定专人指挥。"

聂荣臻规定第一兵团的任务是:保卫晋中麦收,削弱阎锡山的军事力量,相机在运动中歼敌一至两个师。这与徐向前的预想是一致的。

徐向前认为,军区这一决定既是着眼于全局的战略需要,又符合山西战场的实际。

中央军委和军区采纳了他的意见,做出相应的决定,立即组成太原军区(始称晋中军区),受华北局领导,调军政兼优的罗贵波任中共太原区党委书记兼军区司令和政委。萧文玖接到军区关于组成一个集团的命令时,正在阳泉地区准备阻击配合傅作义偷袭石家庄的阎锡山部。电报命令,北岳军区二分区、太行军区二分区组成一个作战集团,统一由萧文玖指挥,于6月19日前进至榆次城南地区参战,归徐向前指挥。

萧文玖接徐向前晋中战役的电令,即给两个分区下达任务:一、令北岳军区二分区司令王耀南、副政委李兆炳、副参谋长孙子芳、政治部主任邓经炜,率该分区直属队及第三、第四团,分别由盂县城北上社、中社地区和阳泉北刘备山地区出发,于6月19日前到达榆次麓台地区待命。二、令太行军区二分区司令邹善芳、政治部主任胡立信,率该分区直属队由左权县马厩出发,第四十二团由寿阳城以南松塔地区出发,于6月19日前到达榆次城以南许村、福堂地区,与第四十三团、榆次独立团会合,迅速断敌交通,攻克附近敌据点,保护群众麦收,打击抢粮敌人。三、令太谷、祁县、寿阳三个独立营共3000人,仍在各县附近边沿地区打击小股敌人,保卫麦收。

萧文玖集团的五个团都是由地方武装扩编而成的,总共7300多人。虽然装备差,但部队决心大,情绪高。

当时,华北野战军第一兵团虽宣布组成,但指挥机构人员并没有增加。领导成员也不齐,参谋长陈漫远、政治部主任胡耀邦均未到职,周士第也是在徐向前建议之后才到任的。

周士第到来以后,从晋中战役开始,协助徐向前指导太原地区的党、政、军、民工作,并直接指挥太原军区及其所属的地方部队,成为徐向前的得力助手。

徐向前与周士第研究了作战方案,于6月5日致电中央军委、华北局,报告晋中战役部署:

第一步,以分进合围态势,北上晋中,割裂阎锡山部的防御体系,斩断其交通,分割包围其要点,肃清外围某些据点,清剿敌地方武装,确保晋中麦收。

第二步,相机攻取某些要点,诱敌与我决战,于野战中求得消灭其主力一部,以达削弱敌实力,缩小敌占区,创造攻取太原的有利条件。战役重心放在消灭敌人的有生力量上,力争给敌以致命性的打击。

6月9日,下达晋中战役基本命令,部队开始做行动准备。然后,徐向前派周士第到西柏坡,向党中央和华北局汇报晋中战役的作战计划和行动部署。他则带领梁军、任白戈、廖加民、刘凯、杨弘等指挥所的人员去了长治住下,找到一份五十万分之一的沁县地图看了起来。

周士第返回前线,在下八洞村向徐向前传达了毛泽东的指示。毛泽东说:"一、'保卫麦收'这个口号很好,可以动员广大人民参加。晋中人民要收麦子,阎锡山要抢麦子,这是一场严重的斗争。二、战役的重心,要放在消灭敌人方面,只有消灭敌人,才能更有效地保卫麦收。三、敌人要抢粮,就得出动,便于你们在运动中消灭之。阎锡山还有十四座县城,只要打掉他一两个,敌人就慌了,下面的文章就好做了。"

毛泽东还说："要达到消灭敌人,保卫麦收的目的,要经过艰苦的战斗才行。不但要善于打运动战,而且要善于打阵地战,不但要会攻,而且要会防。"

毛泽东的指示在兵团上下传达后,更加明确了晋中战役的指导思想,对统一各级领导的认识,放开手脚,北上作战,起了重要作用。当油印的小报传到战士们手中后,它便变成了摧枯拉朽的物质力量。部队中,随即提出了"消灭敌人就是最有效地保卫麦收"的口号。

6月10日,王新亭的第八纵队从洪洞出发,向东进入山区,然后经岳阳镇、祁县,开向沁源、平遥交界的王和镇地区待命。

6月11日,彭绍辉、罗贵波指挥吕梁军区部队独立第三、第七旅出敌不意,突然出现在汾河以西的高阳镇地区,威逼汾阳、孝义两城。

6月12日,沿同蒲铁路北上的太岳军区部队刘聚奎的第四十三旅,解放了晋中南端的灵石县城。之后,刘忠的三个旅全部集结在灵石县城东北的静升镇地区待命。

部队开始运动以后,被阎锡山的军队发现了。阎锡山原本判断徐向前兵团已经他调,仅留两个地方部队掩护麦收。现在发现,徐兵团向北运动,他慌忙采取了几项应急措施。其中,最主要的就是派出了他的闪击兵团。

第二天,阎锡山急令坚守晋中南大门的第三十四军军长高倬之率闪击兵团共13个团的兵力,由平遥、介休、汾阳分三路出动,以所谓"藏伏优势"和"三个老虎爪子"战术,向心合击高阳镇,企图一口吃掉吕梁军区部队。

彭绍辉指挥吕梁军区部队坚守阵地,以牵制敌人。在高阳镇,杨嘉瑞率独立第三旅坚决抗击敌人,拖住敌人,不使其脱离,双方打得难解难分。

高阳镇上空,炮烟滚滚,尘土飞扬。阎锡山为迅速进战,急调他的亲训师第七十二师和亲训炮兵团前往高阳镇增援。这样一来,阎锡山的五大主力师——韩步洲第三十三军第七十一师、暂编第四十六师,赵恭六十一军第七十二师,高倬之三十四军第七十三师,温怀光第十九军暂编第四十师全被调动了。

徐向前得到报告,当即率兵团指挥所离开长治,向子洪口日夜兼程进发。这里是晋东南进入晋中平原的门户,也是唯一的通道。当时,徐向前身体仍然较虚弱,走路慢,在不能乘车骑马时,只好坐在担架上行进和指挥作战,不得已时就由战士轮流抬着担架一溜小跑……

6月18日,晋中战役拉开了帷幕。阎锡山的闪击兵团被吸引到汾河以西的高阳地区,受到吕梁军区部队的坚决抗击,并形成对峙,而平遥、介休、祁县地区敌人的守备力量大为空虚,徐向前便速令王新亭第八纵队、鲁瑞林第十三纵队与刘忠太岳军区部队于6月18日,以突然动作,拦腰侧击介休至祁县间之东南山口的敌据点,并前出同蒲铁路东南的平川作战。

徐向前此举,意在诱引阎锡山的闪击兵团回援,将其在回窜的途中予以歼灭。同时,徐向前率兵团指挥所人员到达子洪镇地区。

这里的昌源河谷,两侧群峰耸立,是晋东南通往晋中的孔道。白晋公路经长治盆地入山,越过沁县北面的分水岭、来远镇,依着河的东岸前行,沿途悬崖峭壁,直至子洪口才豁然开朗。在这势险路窄、两山峡谷的咽喉之地,阎锡山构筑了星罗棋布的碉堡群,其中最为坚固险要的是白狮岭据点,它处在子洪镇南侧,居高临下,控制着公路的出入口,阎军称之为坚不可破的"金刚岭"。整个要塞区是从东面山区进入晋中的门户,距盆地中央、同蒲路转折点的祁县不过30里,由敌第三十七师防守。

徐向前侦察得知,高居子洪口山头的敌据点碉堡群易守难攻,乃令鲁瑞林第十三纵队于19日黎明前,趁黑夜绕过白狮岭,直出山下;以旅长王诚汉、政委张春森指挥第三十七旅,以旅长钟发生指挥第三十九旅,分头突袭敌人菩萨村、元台沟两个据点;以旅长安中原指挥第三十八旅插至东观镇与子洪镇之间,监视、阻击东观镇守敌出援。

徐向前做此布局,意在拔除敌人据点,歼灭封锁山口的小股敌人,打开晋中敌人的大门,乘势于平遥、祁县地区做宽正面展开,近迫同蒲铁路,给敌以严重威胁。同时,令北面集团按计划向忻(县)太(原)、榆(次)太(谷)间破击,攻歼据点,斩断铁路交通线,牵制敌军。

6月19日4时30分,战斗打响。防守在子洪口的是刘效会第四十三军第三十九师一部,面对奇袭,上下惊慌失措,军心动摇。战至下午4时许,两处据点被攻占,守敌全部被歼。鲁瑞林率领第十三纵队继续前进,敌人的子洪口要塞被隔断在后面,成为一着死棋。

与此同时,王新亭的第八纵队与刘忠的太岳军区部队也分别攻占了平遥、介休东南山口的东西泉、段村、洪山等多处要点,迫近同蒲路,切断了敌军北逃的道路。吕梁军区八分区部队在汾阳东北神堂头地区,以两个团的兵力歼灭刘效会第四十三军第七〇师大部,毙其少将师长侯福俊,然后乘胜北进,牵制敌军。太原城北面的部队均按计划向忻县至太原、榆次至太原间破袭,攻敌据点,断敌交通,继续迷惑和牵制敌人。

6月20日,徐向前兵团突然从祁县、平遥间突入晋中腹地,打乱了敌人的部署。阎锡山急令闪击兵团回援,并遣榆次、太谷所部南进,与回援祁县、平遥的属下靠拢。

凌晨,徐向前得到报告,说晋绥方向敌之闪击兵团主力第三十四军已开往介休。他即令第八纵队及太岳军区部队进至平遥、介休东侧,进行堵截,以彭绍辉、罗贵波主力追击,在运动中求歼第三十四军主力;令第十三纵队将主力转至祁县以南、洪善以东地区,切断平遥、祁县之间交通,以阻击南来之敌;同时,令吕梁军区部队一部对敌实施猛烈追击,尽速赶敌入网。

中午,徐向前率指挥所由山上的三贾村下到平川,随第八纵队行动。

傍晚,大雨如注。第八纵队第二十四旅旅长邓仕俊率部先行进入介休、平遥之间的铁路沿线,在张兰镇以北的大甫村一带,冒雨组织部队抢修阵地。当晚,旅长黄定基指挥第二十三旅一部攻占了平遥西南的桥头镇,并就地布防。

回窜之敌高倬之也鬼得很,他判断徐向前在张网以待,遂指挥其第三十四军从汾阳以东渡河,直插平遥县城。敌亲训师(即第七十二师)和亲训炮兵团则趁机返回介休。这样,原拟歼敌于平遥、介休之间的计划,未能实现。

徐向前发现敌有北窜的企图,立即重新调整部署,速令部队北移,进行多路拦截,集中兵力,连续打了两仗。

一是大战张兰镇。第八纵队接到拦截命令,即令第二十三旅速至汾河桥,堵击敌第三十四军。第二十四旅为第二梯队,从阵地撤出后,后卫变前卫,在第二十三旅后面跟进。该旅第七十一团团长北沙告诉第一营营长李元:"你们变成团后卫,也是纵队后卫,千万不能放松戒备警惕。"6月21日,第七十一团与一股敌人在张兰镇以北的大甫、曹村遭遇,团长北沙立即组织围歼。激战三个小时,因只一个团,人数太少,无法结束战斗,敌人仍在顽抗。

北沙后来回忆:"一营长李元同志负伤了,还在坚持指挥。他说抓住俘虏后,才知道打的是亲训师……全师1万多人。我们一个团像这样打下去,消耗太大,不能持久。他向我建议,催二十三旅赶快出击。"

黄定基率第二十三旅直奔平遥城南的三狼渡口,截击改道回援的高倬之部。24日14时,闻知第七十一团的情况,黄定基立即率旅主力从三狼渡口折回,参加围歼战斗,将敌人的队形打乱。此时,太岳军区部队也尾追而至,猛打该队尾部。阎锡山的亲训师遭突然打击,前缩后拥,乱成一团,被压制在汾河岸边的开阔地带。第八纵队居高临下,对亲训师的密集队形实施火力急袭，多路出击和穷追猛打。经过三个小时激战，歼敌7000余人，敌师长陈震东负伤率少数人逃逸。

二是激战北营村。阎锡山第十九军军部率暂编四十师由平遥北开赴祁县，进入设伏地域，遭我第十三纵队东西两面突然打击，丢盔弃甲，尸横遍野。当晚，歼阎锡山一个军部、一个师部、两个团，共1500余人，俘虏第十九军参谋长李又唐以下4000余人。至此，晋中战役第一阶段结束，共歼灭阎部1.7万余人，缴获各种火炮120余门。

徐向前就晋中战役第一阶段情况向军委做了报告。

毛泽东阅后，批转各兵团并指出："我们很需要此种战役报告。希望各兵团在每一战役结束后，不论胜负及胜利大小均向军委做一总结报告，以利交流和总结经验。"

在太原绥靖公署急切等待"万有、万胜"消息的阎锡山，等来的却是第七十二师、暂编第四十师相继被歼，他痛心疾首，一下子病倒了。

远在南京的蒋介石给他打气说，共军主力已开往中原、西北、华东和东北战场，山西只有地方部队数万，要他大胆决战，保卫晋中要地。

阎锡山屈指一算，剩下的野战部队只有第三十四、第四十三军及暂编第九总队了，还有一支由日本军人组成的暂编第十总队，那是用来保卫野战军司令部的。为保卫晋中，阎锡山决心同徐向前决一死战。他急令第七集团军中将总司令兼太原绥靖公署野战军总司令赵承绶和副总司令原泉福立刻前出祁县，到南线指挥作战。

赵承绶是阎锡山的五台老乡，保定军校五期毕业。当时，他曾奉阎锡山授意，带一笔钱在保定军校拉人，共拉了13个人，被称为"十三太保"。从此，成为阎锡山的心腹，历任师长、骑兵司令。他当上第七集团军总司令兼野战军总司令后，整天与日本人原泉福下棋、打麻将，花天酒地，寻欢作乐。有亲信向他进言："从目前形势看，我们同解放军的仗是非打不可。平遥、介休不打，太谷打；太谷不打，榆次打，总之是躲不过的。现在晋中地区有五个军，各有各的领导，要打一个大的战役，没有一个总司令统一指挥怎么打呢？如果我们在榆次等死，倒不如你亲自赴平遥、介休，统一指挥，好好打一下。如果把解放军顶回去，咱们还可以安生半年；如果失败，也就完了。不管怎样，总比在这里等死好。"听了此话，赵承绶产生了打一打的打算。正在此时，阎锡山的命令到了。

赵承绶奉命亲赴前线指挥。6月25日，他一面令高倬之率第三十四军两个师由平遥北上，一面令沈瑞率第三十三军两个师由祁县南下；同时令原泉福率以日军为骨干的暂编第十总队由榆次开抵东观，企图在祁县、平遥以东地区与徐向前兵团进行决战。

兵团的参谋人员见敌人加大了兵力，有些担心。徐向前却高兴地说："不用担心，来了才好。"徐向前知道原泉福骄傲自大，赵承绶昏聩无能做不了原泉福的主，正可利用他们的这些弱点，寻找机会把敌吃掉。

6月26日，徐向前决心集中主力，在祁县、平遥以东地区与敌决战，重点放在消灭敌第三十四军上。由于敌人非常警惕，其第三十四、第三十三军始终紧紧靠拢，白天出战，夜间即龟缩在铁路沿线据点。加上个别部队指挥员对敌情判断有误，处理失当，分割围歼敌第三十四军的计划没能实现。

6月29日，徐向前召集各纵队领导开会，决定修改作战方案。在会上，他指出，阎锡山虽然摆出了与我决战的架势，但决不会叫赵承绶指挥的野战军继续南移，他怕离太原过远。假如我军主动继续北移，把歼灭敌人的战场放在太原以南，倒可以诱敌出来，有可能前截后逼，在运动中歼灭敌人的有生力量，置赵承绶于死地。如果阎锡山仗着战场离太原较近，敢于派守城部队出援，我则可回师，将它吃掉。

对于战场的选择，徐向前提出，榆次守敌暂编第八总队、太谷暂编第九总队、徐沟冲锋枪大队，战斗力均比较弱，唯有祁县守敌第三十七师两个团加地方武装2000余人，有一定战斗力。榆次、太谷、徐沟、祁县间的犄角形地带,敌人守备空虚,距铁路线不远,这正是我军在运动中歼灭赵承绶集团的好战场。

会议决定,以刘忠太岳军区部队并北岳军区萧文玖集团攻歼太谷守敌,破袭榆太铁路;以彭绍辉吕梁军区部队袭取徐沟;以王新亭第八纵队主力控制祁太铁路以南地区,以一部破袭祁太铁路;以晋绥军区孙(超群)张(达志)七个团切断黄寨至太原的铁路,威胁太原并占领有利地形,牵制阎军第六十八、第四十九师南援。如赵承绶集团由平遥、祁县向太谷增援或回窜太原,我则集中第八、第十三纵队,吕梁军区部队及太岳军区部队一部计九个旅的兵力,在祁太铁路南北地区消灭之。

作战时间,定于7月1日黄昏开始。

这一战役部署,意在拦头切断敌人北逃太原的通道,在预设战场迫敌就范,聚歼赵承绶集团。战役部署报中央军委、华北军区后,中央军委很快复电指出:"部署甚好。"

6月30日上午,兵团各部开始按命令行动,徐向前决定打开子洪口,拿下敌白狮岭据点,使后方的粮、弹等物资能通过白晋公路运出来。

这时,赵承绶获悉太岳军区部队向北运动,即停止在洪善地区的攻势,令第三十三、第三十四两军由祁县沿铁路东开,利用沿线的一系列县城与据点作为依托,准备回师北窜。

7月1日5时,第十三纵队第三十九旅旅长钟发生指挥第一一七团打响了对敌白狮岭据点的进攻战斗。音部队以勇猛、迅速的动作,步、炮、工协同密切,充分发挥"单兵爆破,小组突击"战术手段的威力,以极小代价,攻克了要塞。

阎锡山的守敌暂编第三十七师一个营大部被歼,敌营长怕被歼,仓皇率10余人逃至第三十七师师部躲了起来。赵承绶知道后,极其气愤,将其就地枪决。

部队打开子洪口,解除了封锁,这一运输线打通了。

当时,正值夏季,烈日炎炎。王新亭第八纵队因连续作战,消耗很大。在山地行军,部队十分疲劳,速度甚缓。王新亭电话请求徐向前:"司令员,部队实在走不动了,能不能休息一两天,缓缓劲再走?"

徐向前在电话里斩钉截铁地回答说:"不行!走不动,爬也要爬到指定位置!"

晋中平原地势狭长,中间同蒲铁路直通南北,敌人占据沿线的县城和据点,既能就地据守,又可运动集结,不能歼灭,一昼夜就逃之夭夭。打运动战,捕捉战机是关键,要求部队必须有一股狠劲,有一种过硬的作风。

徐向前解释说:"新亭呀,告诉大家,现在还不是休息的时候,运动战就是打活战,动作要快,等歼灭了敌人才能休息。"

为争取时间,创造战机,徐向前令各部队大力加强政治思想工作,发扬吃大苦、耐大劳的精神,战胜一切艰难困苦,按既定部署行动。

徐向前、周士第将兵团指挥所设在徐沟以南的张家庄。徐向前匆匆赶到第八纵队,随部队行动。他身体不好,经常坐在担架上指挥作战。白天在烈日下赶路,晚上写文电报告,常常熬夜至天明。这一情况很快在部队传开,极大地激励和鼓舞着纵队官兵。

敌人发现徐向前兵团向北移动,惧怕后路被切断,立刻停止了对祁县、洪善东南地区的进攻,立刻回师,去保卫其"心脏"。

7月2日,敌第三十三军军长韩步洲率主力进至太谷地区,第三十四军军长高倬之率部及暂编第十总队亦向祁县集结,并继续沿着铁路北撤,遭刘忠的太岳军区部队顽强阻击。

徐向前迅速变更部署,以"前牵后逼"战法,诱歼赵承绶集团。首先集中兵力,歼敌主力,而后再回师横扫汾河东西两岸之敌。遂令王新亭第八纵队紧紧咬住敌第三十四军于祁县不放,并以一部攻占徐沟;令刘忠的太岳军区部队及萧文玖集团坚决顶住太谷之敌的攻击;令鲁瑞林第十三纵队袭占东观镇，将敌逼入徐沟、太谷、榆次之间的三角地带，然后包围聚歼之；令彭绍辉吕梁军区部队置于河西，阻击敌第六十九、第七十师渡河东援。

北线的太岳军区部队按照徐向前新的作战部署，昼夜兼程，北进至榆次和太谷间的铁路沿线，协同太行军区部队展开破击战，控制了北起东阳镇，南至董村地段，死死封住了敌人逃往太原的退路。

7月3日，孙超群、张达志集团的七个团在太原以北张开大网，将从忻州逃向太原的敌人一部全歼。

赵承绶获悉南面斩断逃往太原的通道，北面回归太原的忻州一部人马遭伏击，大部被歼，极为愤怒，急令一部兵力攻击萧文玖集团的东阳镇阵地。赵承绶和第三十三军军长沈瑞亲自坐镇董村指挥。能不能守住董村防线，是堵截赵承绶集团予以歼灭和取得晋中战役胜利的关键。

赵承绶指挥其第三十三军主力第七十一师、暂编第四十六师一个团、暂编第九总队共九个步兵团和一个炮兵团，配属装甲车3辆、山炮30余门、轻重迫击炮40门，在飞机掩护下，轮番猛攻董村，拼死突破，企图逃往太原。

坚守董村的第八纵队第四十一团坚持三天三夜，伤亡惨重，一个连队只剩下九人，仍英勇抗击。

刘忠报告："部队已坚持多日，十分疲劳，伤亡极大，请示后撤，稍作休整。"

徐向前下了死令："不行！再疲劳也要打，把钉子钉在那里，坚持最后5分钟，坚持到最后一个人也要守住阵地，绝不让敌人跑掉！""坚持最后5分钟，坚持到最后一个人。"这"两坚持"是徐向前的军事名言，也是他克敌制胜的法宝。

命令传达到前线，战士们更加坚定信心，克服困难，坚持最后5分钟，说我们能打下临汾，就能守住董村。前线指挥员将部队的这一情况报告兵团，徐向前回复："你们防守董村的部队是好样的，就是要那样坚决守住，不能让敌人跑掉。"

7月6日，阎军连续四昼夜猛攻董村防线。第四十一团以一当十，顽强坚守阵地，打退敌人的多次进攻，毙伤敌人1000余人。有的连队打得只剩下几个人，阵地依然在手，岿然不动。战后，第四十一团获得"稳如泰山"的光荣称号。

赵承绶见沿铁路北逃路被堵死，无法突破，于夜间撤离铁路线，改由榆次和徐沟之间夺路北逃。他这样做，正好进入徐向前预设的战场。

深夜，徐向前得悉赵承绶集团被赶入预设的包围圈，当即下达了聚歼的命令：以第十三纵队全部及第八纵队第二十二旅，跟踪追击由东观镇向徐沟逃窜的敌第三十四军，抢先一步插入徐沟以东、子牙河以南、尧城镇以东地区，切断敌往徐沟的逃路；以北岳军区部队由东阳地区西插车辋东西一线，与第十三纵队接通，切断敌人向榆次的逃路；令太岳军区部队在东阳以南地区堵击第三十三军；以吕梁军区主力独立第三、第七旅自汾河以西东进，位于榆次西南的永康地区打援堵溃；以第八纵队主力第二十三、第二十四旅猛攻祁县，攻下后兼程北上，由南面封闭合围圈，协同友邻歼灭赵承绶集团。

徐向前的指挥部一直在向前靠近。现在，他和周士第率兵团指挥部距敌不到2000米。为能直接了解到战场情况，他有时只有一副担架、一部电台、一个通信排、两名参谋、几个警卫战士，轻装紧随。身体不好时，就让战士用担架把他抬去。

7月7日晨，吕梁军区部队解放交城，逼退清源之敌，控制了太汾公路的北段，独立第三、第七旅遂向永康地区急进。

下午6时，王新亭指挥第八纵队用炮打开祁县一个缺口，4小时攻下祁县，全歼守敌第三十七师师部及所属两个团和保警队3200余人，从而把平遥、介休、孝义、文水等县之敌与太原完全隔断。

徐向前令第八纵队留下少数部队打扫战场,第二十三、第二十四旅立即集中出发,马不停蹄,兼程北进,迅速赶到大常镇地区,围歼赵承绶集团。

7月7日晚,第十三纵队与第八纵队第二十二旅也不顾极度疲劳,赶到指定位置,与在车辋东西一线的太岳军区部队和晋中军区部队形成合围,将赵承绶集团3万多人包围于太谷以北的大常镇、小常村、西范村、南庄等东西一线长20余里、南北不足10里的狭长地带。

这正是徐向前6月29日在作战会上预设的歼敌战场。

赵承绶一步步进入徐向前的预设战场,是他犯了两个致命的错误:

一是反应迟缓,用兵分散。7日晚,徐向前已经对其形成包围,鼎鱼幕燕,危在旦夕,他尚未察觉,而且从8日起,还分兵三路去攻击徐向前的北线阵地。激战四昼夜,徒劳无益,所有阵地仍然牢牢地掌握在我军手里。

二是犹豫不决,好谋无断。后来发现被围,处境岌岌可危,赵承绶却不知所措,拿不定主意,一味依靠原泉福摆布。

原泉福是原侵华日军独立步兵第十四旅团旅团长,肆意骄横,根本不把"土八路"放在眼里,认为没有必要突围,决心"同共军决一死战"。他在兵分三路攻击、攻不动的情况下就收兵防御,企图依托优势火力和野战工事与我决一雌雄。

不料,徐向前迅速调整部署,以第十三纵队从北和西北方向,第八纵队从西南方向,萧文玖集团从东北方向,太岳军区部队从东和东南方向,从六个方向紧缩包围圈,将赵承绶集团紧紧包围在13个村镇的狭小地域,使其成为瓮中之鳖。

为防敌突围逃跑,徐向前遂命作战参谋杨弘骑上快马,连夜向祁县至徐沟一线的部队下达命令:各部赶快收拢部队,如果一时收不拢,有一个班走一个班,有一个排走一个排,有一个连走一个连,旅长走前边,追上去加强包围圈,包围起来后做两面工事,先不要打,但必须守住,敌人要来就打回去,要是敌人在谁的地段跑出去,就唯谁是问。

7月8日上午,徐向前、周士第致电中央军委、华北局说,现在部队伤亡较大,一个主力团的连队战斗员仅27人。第十三纵队第三十七旅为人数最多者,每营最多只两个步兵连,每连两个排,每排两个班。为此,恳请迅速补充新兵1.5万人(每纵5000人)。第八纵队打下祁县,又增许多伤亡。第二十四旅第七十一团伤员已占1/3,团干部大部分带伤。凌晨,北沙团长接到兵团命令,把部队集合到城西,打算做一个简短动员,晨曦中发现根本无人听,战士们几天几夜没有休息,全都抱着枪睡着了。

晋中平原的村镇,较大较密,四周有坚固围墙,房屋是青砖结构的瓦房,相当坚固。被困之敌凭此坚守,且时有空军出动助阵。

为不给敌人以喘息的时间,徐向前将部署做了调整。不平分兵力对这些村镇同时进行攻击,而是采取集中兵力、火力逐个进行村落攻坚,以战斗小组逐屋爆破、逐屋夺取的战法,由西向东,逐步压缩包围圈,以求全歼敌人。

就在距离发起总攻还有三个小时的时候,王新亭请示把总攻时间推后一天。他提出的理由是因为大部队从祁县北进时,运送炮弹的牛车全部被挤掉队,只有步兵和配属的四门山炮于7月9日半夜到达戴李青村的西北。

徐向前坚决不同意,他说:"大兵团作战,统一协同动作,四个方向都统一于明日(10日)拂晓发起攻击,你们一个纵队要推迟,那我们行动就失去了突然性,伤亡代价更大,这是错误意见。没有阵地,夺下敌人阵地就有了进攻出发阵地,明日晨要克服一切困难,按规定时间发起进攻,必须突破。"王新亭不再犹豫,立刻指挥第八纵队向被围之敌发起攻击。

7月10日晨6时,围歼赵承绶集团的总攻开始了,部队自西而东,分割歼敌。徐向前确定两个突击方向,一是由鲁瑞林的第十三纵队,从西北出发,向东西贾村的敌人发起攻击;二是由王新亭的第八纵队,从西南出动,对戴李青村的敌人发起猛攻。同时,令位于东南、东北方向的太岳军区部队和萧文玖集团担任助攻。

各路大军以山炮、野炮为骨干,配以平射迫击炮,猛摧敌人村边的火力点,开辟突破口,掩护步兵突入,分割、歼灭敌人。

战至7月12日晚,经两天一夜激战,大常镇、南庄被全部攻占。敌第三十四军、暂编第十总队被摧垮,中将军长高倬之被击伤后,丢下阵地,化装逃回太原。

激战两天,赵承绶仍然无可奈何,阎锡山急令所有部队迅速脱离战斗,撤回太原。但是,赵承绶走不了了,他率1万多人,被困在西范、小常、南席、新戴四个村庄里(赵的总部在西范村),粮食吃光了,连骡、马、羊、犬也都吃掉了。阎锡山每天派八架飞机空投食物,也无济于事。

赵承绶电令太谷的暂编第九总队队长郭熙春,率队向小常村方向出击,接应主力返回。郭熙春早知徐向前是一个气魄非凡、威风凛凛的中共将领,指挥千军万马,所向无敌,于是非但没有行动,反而放弃城池,抛戈弃甲,逃往榆次去了。

7月15日拂晓,徐向前下令100多门火炮猛击赵承绶的总部西范村阵地。10时左右,第十三纵队的两个旅和第八纵队的一个旅由西范村之西、北、南三面突破敌人的阵地前沿,敌人拚命顽抗,不断反扑,一时形成对峙。

7月16日晨,再次组织攻击。垂死之敌竟施放毒气,第三十九旅两个突击连全部中毒。第三十九旅群情激奋,义愤填膺,旅长钟发生以突击队率先攻坚,与敌展开搏斗。其他方向的各路大军,以泰山压顶之势,勇猛冲杀,敌人则一退再退。经过激战,赵承绶集团总部及第三十三军两个师与暂编第十总队残部1万余人,被压缩在小常村一处,赵承绶集团覆灭已成定局。

在攻占西范村不久，兵团侦察科从报话机中截获阎锡山呼告赵承绶的内容，说太原绥靖会署参谋长郭宗汾率领的南援兵团（由敌第四十五、第四十九师及第四十四师残部组成）就来接应，另派飞机到小常增援，等飞机一到就突围，向北出动，与郭宗汾会合。

徐向前当即令鲁瑞林的第十三纵队抽出一部兼程北上，配合北岳、太行军区部队插到潇河以北地区，待郭宗汾南渡即断其归路，主力则于解决赵承绶部后往北迎战，两面夹击，吃掉这个来援之敌。

徐向前利用赵承绶急欲逃跑的心理，对其实施了"围三阙一"，令第十三、第十五纵队故意放松小常东北角的网，从其余方向逼近，迫使赵承绶向东北方向突围，以使其脱离设防阵地，以便在野战中歼灭之。

阎锡山一面急令郭宗汾率南援兵团行动，一面慌忙收拢晋中各县杂牌兵力，速向太原集中。结果，一夜间，汾河两岸10余座县城的守军，纷纷弃城北窜逃命。

徐向前抓住这一野战歼敌的良机，调整部署，除第十三纵队及太岳军区部队主力继续围歼赵承绶残部外，其余各部队均投入追堵北窜之敌、聚而歼之的战斗。

几名战士冲进一间挤满日本兵的屋子，为首的日本军官并没有下令手下开枪，而是走过来问："你的太君的徐向前？"

战士们大声说："对。"

日本军官转头一声呼叫，满屋子的敌人立刻缴械投降。

上午，阎锡山野战军的副总司令原泉福带着几个随从刚从西范村狼狈溃逃到小常，即被一枚迫击炮弹击成重伤。临死前，他对参谋处长哀叹道："没想到徐向前的厉害，十总全完了！"

随后，七名日军高级军官也纷纷自杀，暂编第十总队主力被全歼。

16日下午，徐向前兵团攻占小常村，万余敌人全部被歼。缩在避弹坑里的阎锡山野战军总司令赵承绶、中将参谋处长杨城、第三十三军军长沈瑞、少将参谋长曹近谦等,均被第十三纵队第三十九旅第一一七团第三营俘获。

村外失去指挥的敌人被赶到一片野地里,纷纷放下武器投降。

郭宗汾得悉赵承绶部被歼,遂徘徊在王都、张庆一带,始终没敢过河。南边的枪炮声一停,他便迅速折回榆次去了。

历时一个月的晋中战役,于7月21日胜利结束。此役俘赵承绶以下将官14人,毙师以上军官7人;阎部主力第七集团军总部、五个军部、九个整编师、两个总队全部覆灭;共歼敌军10万余人,解放县城11座。

7月16日傍晚,徐向前在兵团机关院子里,见到了被押来的几名身穿将军服的战俘。他问赵承绶:"印甫呀,你还认识我吗?"

赵承绶低声答道:"怎能不认识呢,是子敬吧。"

那是1937年秋,为了与阎锡山商谈两军抗日事宜,徐向前作为中共中央代表团成员来到太原,曾与赵承绶多次见面。在一次集会上,他还把徐介绍给他的部属说:"请俺五台徐向前将军训话!"

警卫员搬来凳子,徐向前让他坐下,说:"你们应该认清形势,太原已是一座孤城,要选择自己的道路,站到人民这边来,为解放太原做些事。"赵承绶点头。

徐向前又说:"太原还有多少粮食,能维持多久?"

赵承绶长叹一声,说:"谁人不知,阎锡山历来是不准管粮的问枪,管枪的问粮。不过,估计也只能维持几个月的样子。"

徐向前要他回城劝说阎锡山和平解决,可以保证他人身财产安全。

赵承绶说:"我损失了他这么多军队,回去,他非杀了我的头不行!"

"你可以写信劝说。"徐向前说,"这件事过些日子再说,今天先休息吧!"参谋人员把赵带走了。

在歼灭赵承绶集团后,徐向前又先后歼灭阎锡山第四十三、第六十一军军部,第七十一师全部和第六十九师,暂编第三十七、暂编第四十师一部。从忻县南逃的暂编第三十九师,被陕甘宁晋绥联防军部队全歼于小豆罗村。

至7月21日,除太原、大同两座孤城外,山西全境均获得解放。

毛泽东向全军通电说:

> 我徐向前同志所部三个纵队,于攻克临汾伤亡一万五千人之后,仅休息二十天即北上作战,连续歼灭阎锡山军七个师(等于旅)又四个军部(等于整编师部),现尚包围敌两个师又两个总队(略等于旅)、一个军部、一个总指挥部于榆次以南正歼击中。向前所部仅一个纵队有两万余人,其余两个纵队各一万余人,此次大战估计将伤亡万余。军委正令该军于完成榆次以南作战后,立即抢占太原飞机场,准备夺取太原。此种情形,望宣示干部,鼓励士气。

7月19日,中共中央发来贺电,贺电说:

聂荣臻、薄一波、徐向前、滕代远、萧克、贺龙、李井泉、周士第诸同志及华北和晋绥人民解放军全体同志们:

> 庆祝你们继临汾大捷后,在晋中地区歼灭敌一个总部、五个军部、九个师、两个总队及解放十一座县城的伟大胜利。晋中战役在向前、士第两同志直接指挥之下,由于全军奋战,人民拥护,后方努力生产支前,及各战场的胜利配合,仅仅一个月中,获得如此辉煌的战绩,对于整个战局帮助极大。现在我军已临太原城下,最后结束阎锡山反动统治的时机业已到来。希望你们继续努力,再接再厉,为夺取太原,解放太原人民

而战！

中国共产党中央委员会

一九四八年七月十九日

中共中央贺电在部队传达后,极大地鼓舞了广大指战员。但徐向前在传达贺电时,反复说:"不要因此而骄傲,我们只是在战役指导下,没有犯严重错误。下一步攻打太原,我们要认真整训队伍,总结经验,努力提高战术素养,以更大的胜利来报答党中央的关怀和鼓励。"

晋中战役是华北野战军第一兵团成立以来,进行的一次大规模运动战、歼灭战,创造了以寡敌众、以少胜多的光辉战例。

晋中战役结束,徐向前兵团不顾疲劳,发扬连续作战的作风,马不停蹄,又直逼太原郊区,执行解放太原的任务。

敌第三十军空运太原

晋中战役结束后,徐向前挥师北上,直逼太原城下,一度进至城西的汾河桥边。这次,素以老练稳健自诩的阎锡山再也沉不住气了,早已没有了平日那种必死的决心,初则龟缩孤城,以观动静,继则如热锅上的蚂蚁,急得团团转。

晋中一战使他元气大伤,主力丧失,防地缩小,加上太原城防空虚,呈现一片混乱状态,难怪他束手无策,心情极坏。每想起丧失10多万兵力,他就悲从中来,不能自控,常常垂涕而泣。那几天,阎锡山惶恐不安,心绪极坏。每日里,他挂着一根手杖,几个卫士搀扶着,一会儿跑到参谋处,一会儿跑到作战组,在内北厅、外北厅、中和斋几处地方,烦躁地走来走去,饭也吃不下,觉也睡不着,眼睛红了,嗓子也哑了,面色黧黑,眼圈深陷。侍从们稍不如意,张口就骂,吓得身边的参事、参谋们,皆避之大吉,不敢在他面前露面。

梁化之、阎慧卿几个亲信也格外小心谨慎，告诉身边人说："这几天，老汉心情烦躁，少说话，少见面。"那些高级军政要员们，一见他的影子就躲避不迭。那些前来请示的办事人员，有的吓得话说不清，词不达意，语无伦次。10多天之后，阎锡山的情绪才逐渐转向正常。

晋中战役之后，阎锡山的主力被徐向前大部歼灭。太原只剩下其第六十六、第六十八、第六十九师和暂编第四十五师、第四十九师及暂编第八总队等六个师了。而且，士气低落，兵无斗志。阎锡山决定采取固守待援的措施，一方面封闭城门，调整部署；一方面向蒋介石呼救求援。

为了坚守太原，阎锡山四处发函，派人求援。派他的副手杨爱源去南京，通过美国驻华大使司徒雷登，请求陈纳德派B-25型所谓"空中堡垒"来太原助战；派彭士弘前往青岛，拜见美驻华舰队司令白吉尔，请求固守青岛这个为太原提供给养的唯一基地。发了函，阎锡山还不放心，又让一直隐藏在太原的日本前驻山西第一军团司令澄田中将，回日本参见美驻日盟军总司令麦克阿瑟，面陈求援之事。还派汉奸苏体仁、日本俘虏山冈赴日本，策划什么"东亚同盟志愿军"，空运太原。办法想了不少，其结果，除美国由青岛、烟台等地拼凑了一个假名经济考察的军事组来太原走了一趟以外，其余全成泡影。

阎锡山最怕蒋介石的中央军进入山西，占他地盘，拆他的台。现在，他的军队已被打光，所余残兵败将分守在城内城外的碉堡里性命难保。因此，他已顾不了许多了，一改过去的做法，连连致电向蒋介石求救。

蒋介石对于阎锡山，平日虽然十分讨厌，每欲去之而不能，但在反共方面，阎锡山却很卖力气，并想出许多花样来，也深得蒋的赏识。同时，太原是军事重镇，兵工厂数量多，且具有相当规模，一旦为解放军所占，岂不是"为虎添翼"？为了保留这个北方"反共堡垒"，蒋介石自然愿意解太原之围，救阎锡山之命。

7月22日上午10点多钟，天气阴沉，细雨蒙蒙。蒋介石和徐永昌突然乘机飞临太原，来给阎锡山吃定心丸。阎锡山恭恭敬敬地跑到城北新城机场迎接，把蒋介石接至太原绥靖公署，安排在二楼休息。

蒋介石先与阎锡山密谈了两个多小时，阎锡山报告了晋中战事和太原城郊被解放军包围的情况。蒋介石则对阎锡山多方打气，并应允即调劲旅来太原增援。

下午1点钟，蒋介石在绥靖公署二楼会议室里，接见了阎锡山的军政要员，军人方面有孙楚、王靖国、赵世铃、温怀光、孙福麟、高倬之、赵恭、韩步洲等；文人方面有梁化之、吴绍之、王怀明、李冠洋、李培德、翟全晋、裴琛、白志沂、续如楫、薄毓相、关民权，还有国民党的省党部委员三人。

蒋介石听取了阎锡山的参谋长赵世铃关于晋中战役的战况汇报和为以后坚守太原的要求。然后，他拿起桌子上的名单看了一下，即开始讲话。蒋介石说："自从日本投降以后，国家所以不能及时从事建设，医治战争创伤，都是因为共产党捣乱和破坏，中央才不得不忍痛先行剿共。在剿共军事上，中央有既定方针，有雄厚兵力。虽然中共一时猖狂，但中央有把握戡平叛乱。现在，东北方面我们已收复沈阳、四平、锦州。目前太原情势虽然有些紧张，我们是满不在乎的，满不在乎的，满不在乎的！"

蒋介石把太原捧为"反共模范堡垒"，号召所有国民党的军事将领向阎锡山学习。他许诺继续空运援兵到太原，当即答应增派三个军到太原，协助死守。蒋介石缓了一口气，继续说："不久，即可调坚强部队来增援太原。希望诸位要在阎长官的领导下，精诚团结，共体时艰，一心一德，协助阎长官消灭共匪，保固太原，恢复山西全境。"

蒋介石的支援，使阎锡山感到莫大的安慰。阎锡山对蒋介石表示绝对服从，发誓要"与太原共存亡"，"为党国大业流尽最后一滴血"，要以"火海战术"打败徐向前的"人海战术"。

阎锡山陪同蒋介石，在随从的簇拥下，走下楼后，到大堂口上了汽车离开。

蒋介石走了，那答应的东西怎么运进来呢？阎锡山通过关系，与美国人陈纳德的航空队达成协议，每日用30架飞机往返两次，把蒋介石支援的枪支、弹药以及粮食，由南京、青岛、北平运至太原。同时，与陈纳德商定，从美援的物资中，将拨给太原绥靖公署卡宾枪500支、炮弹10万枚、步枪子弹1500万枚、机枪子弹1000万枚、手榴弹20万枚、无线电台100部、担架1000副、汽车零件15种50吨、手术用具100副，也一并运至太原。

为了加强太原防卫，保住这个反动堡垒，蒋介石从7月16日至8月2日把驻守西安的国民党第三十军及其第二十七师、第三十师的两个团共1万多人，空运太原，以支持阎锡山固守太原城。

敌第三十军曾于1946年春在运城一带与我军交过手。当时的军长是鲁崇义，下辖黄樵松、王守敬两个师，因该军在运城战役中伤亡过大，后来调回陕西，在华阴驻扎整补。

这次蒋介石为了支援阎锡山顽守太原孤城，急电第三十军空运太原增援。但军长鲁崇义因在运城作战时受过教训，知道此次调到太原这个四无出路的孤城中是有去无回的，所以他借故未来。同时王守敬师也借口整补未完而未动。最后由副军长黄樵松带着第三十师及另一个团和军直属小部队共计1万余人来援太原。同来的还有军参谋长仝教曾、旅长戴炳南和团长仵德厚。

那天，敌第三十军在新城飞机场降落后，天正下着小雨。士兵年轻精壮，携带的武器也好，据说这是整编师。士兵下飞机后，每人都带着一块油布，披在肩膀上，用以遮雨，仅此一点，便惹得阎锡山的官兵们羡慕。一个阎军军官说："看人家三十军多整齐，为了防雨，每人都发一块油布披肩。要是咱们山西军队，早都淋成落汤鸡了。衣服湿透了，活该,自己慢慢拿肉暖吧,谁给你发油在哩!"

敌第三十军到山西之后,因阎锡山的部队番号大,人数少,为了便于主客相处,即恢复黄部未整编以前的番号,称为第三十军,黄樵松为军长,戴炳南由旅长被提升为第三十师师长。

敌第三十军来到太原以后,黄樵松的军部驻在北门外新城村,戴炳南的师部驻在新店村,两村相距约三四里。另在城内新道街口原商震公馆(前为晋绥善后救济分署职员宿舍)设第三十军办事处,由军参谋长仝教曾驻守,以便就近与绥靖公署方面联系。黄樵松和戴炳南为了与各方应酬,几乎每天都要进城来,有时也在城内的办事处留宿。阎锡山为了黄樵松来往方便,为其派了一辆小汽车备用。

敌第三十军来后,西北空军第三队副司令易国瑞也带着几架飞机来驻防太原。

敌第三十军到太原后,正值徐向前兵团从太原城下洋灰桥后撤的时候。阎锡山得此援军,即令出击,在外围北营车站、东山凤阁梁、牛驼寨等地,敌第三十军曾一度得逞,这使阎锡山暂时松了一口气。

阎锡山为了感激和鼓励第三十军,遂将他当初的整军会主任武玉山等组成迎接组,改成对第三十军的经常招待组,以后还派山西建设厅厅长关民权和阎锡山义子张文昭不定期地进行招待,地点就在柳巷正大饭店。

继敌第三十军空运太原之后,美国援助的武器弹药等军用物资,也源源不断地空运而来。蒋介石由芜湖调拨的红大米,也经上海运到青岛,由青岛空运到太原。

虽然增兵又增粮,但太原形势并没有根本改变,依然处于解放军的包围之下,四面楚歌,形势越来越糟。新城机场丢失以后,军用物资只好靠空投。不仅效率大减,还有相当一部分落到了解放军的手里。不久,又传来平津地区52万军队被解放军就地解决的消息(其中北平和平改编

25万）。

阎锡山听后十分惊恐，再次向南京呼救。为保住太原这一重要战略城市，蒋介石不惜剜肉补疮，又从榆林将中央独立第八十三旅调到太原。因原旅长谌湛不愿与阎锡山合作，在到达太原后不久，便以领军饷为名，跑到了上海。中央独立第八十三旅扩编为第八十三师后，由马海龙继任师长。

为了显示死守太原的决心，阎锡山仿效希特勒的做法，下令在川至制药厂生产了一批毒药。又从五台老家运来木料，做了一口棺材，声称要"效法庞德，抬榇死战"。

春节时候，来了几位美国记者。阎锡山在绥靖公署会议大厅举行招待会，指着桌子上的500多瓶毒药说："我决心死守太原，与太原城共存亡。如果太原不保，我就和我的高级干部们饮此毒药，同归于尽！"他又指着棺材说："我与共军不共戴天，有我没他，有他没我。这口棺材，就是我这种决心的明证。到时候，这里边不是装着共军的尸体，就是我的尸体。"

阎锡山觉得这还不够，又让人找来一个身佩手枪、目露凶光、杀气腾腾的士兵，对众人说："这是标准的有武士道精神的日本士兵。让他跟随我的左右，以便在危急时刻将我打死。这个任务，非日本人不能完成。"

阎锡山的许多部下劝他离开太原，邱仰睿向他转达了陈纳德的意见：不必坚守太原，到不得已，他愿意接阎脱险。阎锡山回话说："不死太原，等于形骸，有何用处？"

对阎锡山来说，太原就是命根子，放弃太原，简直就像要了他的命。对他人的劝说，阎锡山多次表示要杀身成仁，舍生取义，死也不离太原。

他也知道，大厦将倾，非一木所能支。可是，就在他装模作样、叫嚷"死守太原"的时候，又连连致电蒋介石，另图打算。

蒋介石给阎锡山回电，布置了两件事：一是就大局看，太原绝难长久支持。要阎锡山退往西安,担任西北行营主任,负指挥西北各处重责。所剩干部,由陈纳德派飞机接走。军队尽量西渡,由胡宗南派遣精锐,从柳林军渡至太原的这条公路,打开一条走廊。另由陈纳德的飞虎队,抽拨战斗机100架,俯冲掩护西撤。二是共产党对太原兵工厂很重视。放弃太原时,一定要把兵工厂彻底破坏。

阎锡山对蒋介石的这番布置很不满意。他假意装作要固守太原而没有接受。

晋中战役后,阎锡山到处疯狂抓丁,从十几岁的少年,到五六十岁的老人,见到就抓,一个月里抓了8000多人,又重新恢复了第六十一军军部,重建了第十九、第三十三、第三十四、第四十三军四个军部和第七十、第七十一、第七十二、第七十三师,暂编第三十九、第四十、第四十四、第四十六师及暂编第九、第十总队。此外,还新编组工兵师、迫击炮师、机枪总队,共有步兵师14个。相当于师的总队3个,特种兵师3个。在晋中战役中,被解放军俘虏的官兵释放回去以后,阎锡山把他们编入了雪耻奋斗团。另外,还有为数不少的保安团、民卫军等。连同抗战结束后,被阎锡山收编并奉为上宾的战犯今村中将、岩田少将以下日本官兵3000余人,总兵力共达8.67万余人。

为凭借太原的坚固防御工事,做最后的抵抗,阎锡山组织了一个相当庞大的战时动员工作团,挨门挨户地抓丁、抢粮。

9月,成立山西总体战行动委员会。10月,又提出建立太原"战斗城",阎锡山亲自规定了"巩固太原,战斗到恢复全省"的12项行动纲领。

阎锡山把城内外8个区的5.96万多名妇女,按年龄编为甲级、乙级参战队。把全市1.4万多名7岁至12岁的男女儿童,编成儿童助战队;将6000多名48岁至60岁的男人,编成老年助战队。除抓去6000壮丁编为民卫军以外,又把所有壮丁及学生一律编进参战队。还将一些医护学校的学生全部送到后方医院,把国民师范、太原师范、太原中学、工业学校的200

多名学生送到炮兵观测大队,参加实际工作。

在所谓的"太原大保卫战"中,阎锡山提出"舍命才能保命,毁家才能保家"的口号,迷惑、欺骗人民,要人民去为他卖命。他勒令全市商民捐献物资钱财。仅1948年10月至1949年2月,就搞了四次大规模的"劳军",搜刮商民财物,约合当时法币12亿元,还有面粉3万袋。名曰"慰劳民卫军"(民卫军所有队员都为不脱产的商民,既不发粮饷,又不发服装),实际上所刮钱财全都装进了阎锡山的腰包。

据统计,阎锡山大肆搜刮民财,进行经济掠夺,连同变卖他们的官僚资本,合黄金11.5万多两,全都在他逃跑前运往国外了。

由于民卫军是由18岁至47岁的青壮市民组成,所以,差不多每家每户都有人被编入民卫军。民卫军分队以上的军事干部一律由军官队调任。阎锡山曾把这一编队说成是"满天星的布置",吹嘘说:"一旦有事,关上大门,一起上房,院守院,街守街,成了天罗地网。"

但任凭阎锡山如何猖狂,也挽救不了他必定灭亡的命运。

1948年9月,济南解放的消息传到太原,阎锡山越发感到形势危急。他为解决守城部队的吃饭问题,并拖延徐向前的攻城时间,决定以攻代守,外出抢粮、抓丁。

阎锡山虽然对固守太原做了一系列准备,决心死守,但他内心并不认为太原就是铜墙铁壁。10月23日,他勉励部下为其效力,手书条文一幅:"任事处危,只需谋其事之所当为,尽其力之所能为,若考虑成败,则离开事效。"可以看出,他要属下防守太原,无须问询成败,只要尽力而为就是了。

>> 第三章　提前发起太原战役

徐向前的设想

晋中战役之后，徐向前挥师北上，逼近太原城郊。下一步如何运作，他想了一个先围攻后歼灭的作战策略。

因为太原城已被阎锡山建成一个"堡垒城"，又重兵坚守，所以必须分步骤进行。按照徐向前的说法，就是"本着不急不缓"，抓紧工作的精神去坚决完成任务。

7月21日，徐向前向中央军委和华北局、军区报告了太原战役的作战方针和计划：

一、我收复榆次、太原县城及控制南机场后，太原市外围的作战业已基本结束。我主力现已接近太原郊外筑垒地带，今后则将进入攻取太原外围据点的阵地攻击战。总之，晋中保卫麦收战役已结束，进攻太原战役的准备阶段已开始。

二、阎匪太原外围据点工事，南起王村、亲贤村、狄村、椿树园，北至黄寨、西庄、新城、凤阁梁、后沟，东起孟家井，西至石千峰、白家庄、西铭，长宽各二十公里左右。据点棋布，堡垒林立，且多系洋灰筑成，一般颇为坚固。

三、阎匪主力除我此次歼灭约五万五千余人外，其余兵力计敌第四十九师、敌第四十五师、敌第六十九师全部，敌第六十八师、敌第四十师、敌第八总队残部及敌第三十八师一部或全部（正空运中），阎匪直属部队以及十二个保安团，至少在六万人以上。此外，由外县带到太原民卫军约万余人，在太原市组织者不详。另由西安空运太原之敌第三十师一部及由忻县南下之敌第三十九师尚不在内。另阎匪兵农合一执行后，每师都有一个新兵团，故补充及时，各师兵员数量充实。

四、现我各纵队最大问题为兵员不充实。第八纵队第六十五、第六十六、第六十八、第七十、第七十二等团战士只有八百人左右，每团步枪兵只有百余人；第十五纵队第一二九团三个连，每连只有六个步枪兵。全兵团一千人以上的团只有两个。干部伤亡甚大，第八纵队第二十三旅六十七团，全团连级军政干部只剩三人，营级干部只剩一人；第六十八团团干全部负伤；第六十九团连干部只剩四人；必须补充休整后，方能继续战斗。

五、根据上述情况，在攻取太原作战以前，必须经过一个适当休整准备阶段，完成补充兵员（争取俘虏，我方伤员归队）、整顿组织、调整装备、后方准备、弹药准备，及攻坚战术技术训练等工作。同时抽派一部继续完成控制机场，攻取东山、西山某些据点及工矿任务。

六、攻取太原之作战原则拟定如下：切实完成对太原市之包围围困，控制南北机场及若干外围工矿，断绝其外援及粮弹、燃料补给，逐步攻取必要的外围据点，消灭其有生力量，瓦解动摇敌人，以造成攻城有利条件，开辟攻城道路，完成攻城准备,然后一举攻取之。

中央军委同意徐向前的作战方针和计划,并令兵团组成太原前委,由徐向前任书记,周士第任副书记,统一指挥华北野战军第一兵团(辖第八、第十三、第十五纵队)、西野第七纵队(辖独立第十、第十二旅,并指挥西野第一纵队第七旅、第三纵队独立第三旅和陕甘宁晋绥联防军区警备第二旅)、晋中军区部队、华北炮兵第一旅,准备进攻太原。

7月23日,徐向前召开太原前委第一次会议。会议根据"围困、瓦解、军事打击"的作战方针,具体讨论制定了部队的整训计划,拟定了进攻太原的作战指导原则。

会议提出,切实完成太原市的包围围困,控制南北机场,断绝外援及粮弹补给;在军事上攻取外围据点,消灭有生力量;从政治上瓦解动摇敌人,以造成攻城的有利条件,然后一举攻取。

这一时期,徐向前的身体状况很不好。他胸部经常疼痛,吃不下饭,睡不好觉,只能勉强支撑工作。党中央和毛泽东很关心,来电要他到石家庄后方休息一下,并说有些事情要谈。

于是,徐向前于8月中旬,从榆次动身,前往石家庄,住进了从延安迁来的和平医院。经各科全面检查,发现旧病有发展,诊断结论是病情到了"极点"。

医院认为徐向前体质虚弱,至少要静养两三个月,要他相当长时期内不要工作。

毛泽东、朱德、刘少奇、周恩来一再叮嘱,要他注意休息和调养,特意把他夫人黄杰接到石家庄专门照料。

徐向前在离开太原前线时,曾告诉周士第:"阎锡山不降,我们加强训练,秣马厉兵,以候天机。"这句话,成为兵团整训的重要原则。周士第以此为指导,领导兵团开展了紧张的整训补充工作。这期间,组织机构相应健全,兵员得到较大补充。兵团司令部、政治部机关进一步调整充实,参谋长陈漫远、政治部主任胡耀邦均已到职;后勤部正式成立,裴丽生任后勤司令。

1948年7月,原司令韦杰、政委甘渭汉指挥的第十四纵队调归军区直属后,将太岳军区部队改编为第十五纵队(辖第四十三、第四十四、第四十五旅),正式列入兵团建制。至此,兵团下辖三个纵队:第八纵队,司令兼政委王新亭,2.33万余人;第十三纵队,司令曾绍山(未到职)、政委徐子荣、副司令鲁瑞林,2.23万余人;第十五纵队,司令刘忠,政委袁子钦,1.7万余人。加上兵团机关、西野第七纵队和华北野战军炮兵第一旅,太原前线部队共8万余人。

兵团在太谷开办晋中公学,培训干部。特别是训练了一部分俘虏兵,并动员一批新区农民参军充实连队,使连队人数更加充实,最多者104人,最少者亦达87人。

武器装备基本按编制配齐,一般每连步枪90支、轻机枪6挺;每营重机枪6挺;每团八二迫击炮6门;旅以上均配备数门山炮、重迫击炮不等。

当时,大量俘虏兵和新兵充实到连队,不适应解放军的艰苦生活,营以下干部多是新提拔起来的,缺乏管教经验,工作方法简单。针对这种情况,胡耀邦大抓政治思想工作,从大力开展政治教育、阶级教育入手,搞诉苦运动,搞敌我形势对比、新旧对比,提高战士的阶级觉悟,树立为人民利益而战的观念,增强了革命必胜的信心。同时,胡耀邦要求各级干部爱护和关心战士,发扬民主,改进管教方法,有力地巩固了部队,保证了整训工作的顺利进行。

军事训练上,兵团下发了《十条战术原则》,内容是:

充分准备,精心计划;

进攻防御,都要精通;

军事民主,服从命令;

坚决顽强,果敢勇猛;

隐蔽突然,敏捷机动;

主要方向,力量集中;

插入切断,连续进攻;

发挥爆破,步炮协同;

互相援助,一致行动;

全歼敌人,建立战功。

各部人通过整训,把战术技术水平大大提高了一步。兵团举办炮训队轮训干部2000多名,各纵队或旅亦分别集中营连干部或班长、组长轮训。连队的技术训练着重于土工作业(夜间及敌火力下作业)、射击、投弹、爆破等,有70%以上的人掌握了爆破技术。

兵团后勤部建立后,与晋中军区支前司令部及地方党组织配合,共同筹集战役所需的各类物资,保障后勤供应。在很短的时间内,筹集大小檩子30余万根、门板30多万块、麻袋30余万条。华北军区调来800余万斤炸药以及粮食、蔬菜、油盐等,这些物资的调配主要靠民工运输,每天出动民工不下10万人、牲口3万余头。

鉴于晋中战役期间伤员不能及时转移和治疗,这次下决心充实医疗、担架队伍。各纵队均成立了医疗队、休养所,旅团组织担架队,每旅25副、每团15副,由40人至60人组成。

周士第还通过三个渠道进一步了解、掌握敌情:一是通过与赵承绶等被俘高级将领谈话,了解情况;二是调动党、政、军的侦察和敌工部门力量,分区分片进行详细侦察;三是从瓦解过来的阎军官兵中了解情况,基本上摸清了敌人的防御体系和兵力部署,即以城内为中心区,以城外的东、西、南、北方向为四个守备区,栉成北起黄寨、周家山,南抵武宿、小店，东起罕山，西至石千峰的百里防线。

九月会议

解放战争进入第三年，中国的政治、军事和经济形势发生了更加有利于人民而不利于国民党统治集团的重大变化。

1948年8月3日至7日，国民党在南京召开军事检讨会。蒋介石在开幕式上承认："就整个局势而言，则我们无可讳言的是处处受制、着着失败。"蒋介石斥责大多数国民党军队高级将领"精神堕落，生活腐化，革命的信心根本动摇，责任的观念完全消失"，要求他们"振作军心，提高士气"，加强"精神的武装"，以便使"军事转危为安，转败为胜"。

会议决定，加强以主要城市为战略要点的守备兵力、防御工事，同时组成若干机动作战兵团，加强应援力量，进行最大限度的抵抗和挣扎。

几乎在同时，9月8日至13日，中共中央在西柏坡召开政治局扩大会议。这是自1947年3月中共中央撤离延安后的第一次政治局扩大会议，也称九月会议。

参加会议的有毛泽东、周恩来、刘少奇、朱德、任弼时、彭真、董必武及华北、华东、中原、西北各野战军的党政军负责人。这是自日本投降后，到会人数最多的一次中央会议，共有31人。

这时，徐向前正在石家庄住院治疗。战事紧张繁忙，他本不想住院。住了10多天，到9月初，就出院到西柏坡参加九月会议了。

正式开会前，各地汇报工作。徐向前结合山西战场的情况做了发言。

当他讲到华北野战军第一兵团参加晋中战役的部队，总共是55950人时，毛泽东插话说："哎呀，你们还不到6万人，一个月消灭阎锡山10万，单是正规军就搞掉他八个整旅。你说一说，你们那个晋中战役是怎么打的？"毛泽东对徐向前的晋中战役，大加赞赏。

九月会议指出，现在战争进入第三年，这是争取5年胜利的关键一年。

会议根据解放战争转入总反攻的新形势，规定了党的战略方针和政策。会上，毛泽东做了报告。大家围绕"军队向前进，生产长一寸，加强纪律性，革命无不胜"这一中心内容，进行了讨论。刘少奇、周恩来、朱德、任弼时等做了重要发言，最后由毛泽东讲了结论性的意见。

为了更快夺取全国胜利，会议检查了以前的工作，规定了今后的任务。提出今后3年，建设人民解放军500万，每年歼敌正规军100个旅。在从1946年7月算起的5年左右时间内，完成从根本上打倒国民党反动统治的总任务。

根据敌人重点防御及准备撤出东北的企图，必须敢于打前所未有的大歼灭战，必须集中兵力，就地歼灭敌人强大的战略集团。

根据"先北后南"的战略方针，先解决东北、华北、山东之敌，以便抽出半数以上的兵力向南推进，渡江作战。

同时会议提出，徐向前的第一兵团在一年内歼灭阎锡山14个旅左右（7月歼灭的8个旅计算在内），并攻克太原；第二、第三兵团歼敌12个旅，配合东北部队作战。

会议期间，徐向前向毛泽东汇报了攻打太原的设想。徐向前说："敌我炮火大体相当，兵力也相当。我9万余人，敌也9万多，其中民卫军1.5万余人。因此，打起来是有困难的，但打是一定要打下来的，我已经给部队说过，即使我们长出白胡子，还是要打下来。"

会议休息时，徐向前和毛泽东一起到室外散步。毛泽东说："如果有和平解放太原的可能性，就尽力争取。阎锡山如果同意和平解决，你请他们把军队开到汾孝一带，我们的部队开进太原，那样麻烦就少了。"

徐向前说："要能和平解决太原是最好的。不过，阎锡山生性奸诈，不会轻易让出他那个独立王国。他派人勾结陈纳德，邀请美国记者参观那些数不清的碉堡，是幻想美国发动第三次世界大战，他还可以重新出头。我们的立足点放在打上,但也不放弃争取、瓦解工作,尽量减少麻烦吧！"

毛泽东笑着,点头称是。

九月会议结束后,徐向前感觉身体状况仍然很不好,担心支持不了几个月,中途倒下来,完不成攻打太原的作战任务。他想了很久,最后找刘少奇谈了他的担心。

刘少奇说:"你的身体状况中央很清楚,但现在实在抽不出人来去顶替你。你先回石家庄住院休息一下,争取把太原打下来再好好养病。"

胡耀邦也出席了这次会议。徐向前与胡耀邦商定,由胡耀邦先回兵团,传达和贯彻会议精神,他去石家庄暂留几日,稍事休息后再返前线。

胡耀邦说:"你身体不好,要好好静养几天。我们年轻,身强力壮,有些具体事情我们去做。有什么事,我和周副司令、陈参谋长及时向你汇报。"

胡耀邦走后,徐向前返回石家庄医院,但他身在病房,心却在前线,每天把精力和时间都放在处理作战文电上。

9月21日,中原军区一位干部解送国民党高级将领康泽到华北局社会部,特奉刘伯承委托,专程到医院看望了徐向前。那时,天气还不算冷,徐向前整天带着大口罩工作,健康状况显然不是很好。但徐向前让这位干部转告刘伯承,他的身体正在好转,过几天就要返回前线了。

最快全歼是上策

9月28日,周士第向华北军区、中央军委报告了攻打太原的作战方案。其要点是:

一、以围困、瓦解、攻击,逐步削弱敌人,然后一举攻下太原,争取三个月内结束战役。

二、进攻步骤分三步:第一步,突破敌之第一防线,以火力控制南北机场,断敌外援,以便瓦解敌人;第二步,攻占东南、东北攻城所必需的外围据点;第三步,攻城。

三、攻击方向选定于东南、东北两处,以东南为主要方向。以两个纵队用于东南,一个纵队用于东北。

四、对于攻城妨害不大之据点,尽量不打。战术上力求连续攻击,分割包围,结合政治瓦解,歼灭敌人。

预定10月19日发起攻击。

当时,徐向前还在石家庄。10月1日,毛泽东将这个方案批送给徐向前,征求意见。

徐向前阅后,写了一封复信,由聂荣臻、薄一波转呈毛泽东。他在信中说:

> 对攻取太原的计划,我因地形尚不熟悉,没有别的意见。前委九月二十八日电中计划,分三个步骤作战,很好,但主要精神是连续一直打下去,直到夺取城垣为止。假如情况允许的话,这样做是最好的,但假如第一步计划或第一、第二两步计划都完成了,而到实现第三步计划时那就比较好打了,但仍存在一个兵力对比问题。假如第一步计划完成后,实现第二步计划时即遭到较大障碍,不能按预期计划进行,即只有先围攻使敌更疲惫后再猛攻之。总之,首先争取一直连续地打下去,在最快时间内全歼敌人是上策,先打再围带打而下之即消耗较大是中策,下策即必须增加力量再攻下之,即影响别线作战,只是最后之一途。
>
> 关于兵力分配与使用上,我亦同意前委决定,时间于十八日开始亦可以。因时间已迫近,我亦无时间再休息,拟于七日夜即赴前方,待太原攻下后再抽暇休息。

关于弹药问题，前已谈过，我没别的意见，前方必须照顾后方的生产力与财政力，亦属重要。其他一些详情待我到前方再报告。

我仍本着不急（急躁）不缓（紧张地工作着）的精神去工作，一定坚决地完成任务，请放心。

徐向前写了复信，转呈中央后，准备回太原。就在这时，接到太原前线来电，说获悉阎锡山于10月1日贸然出动七个师的兵力，沿汾河以东、同蒲路以西，分三路南犯，企图趁秋收之际到太原城南平原地带产粮区抢粮，以缓和城内的粮荒，同时达到破坏我军战役准备、拖延攻城时间的目的。

徐向前考虑，敌人脱离坚固工事，正是有利于野战歼敌的大好时机，随即决定提前发起太原战役。他致电太原前委，提前于10月5日对出犯之敌发起进攻。电报发出后，徐向前即抱病返回前线。

经中央军委批准，10月4日夜，太原战役提前打响。

阎锡山重建的暂编第四十四、第四十五师及亲训师一部，分头出动，先后进占小店、南畔村、巩家堡地区；阎锡山暂编第四十、暂编第四十九、第七十三师及暂编第十总队，也紧跟其后，进占小店以东的南北王铭、西温庄地区，蚁附蜂屯，蠢蠢欲动，准备抢粮。

周士第决定出动四个纵队，向小店、南畔地区之敌发起进攻，首先围歼阎锡山的南犯之敌。

从5日起，各部队按照计划神速行动，王新亭的第八纵队、鲁瑞林的第十三纵队分别秘密出动，围歼阎锡山暂编第四十四、第四十五师和亲训师；彭绍辉的西野第七纵队一部强渡汾河，插入小店以北，执行断敌退路的任务，并相机打援；以刘忠第十五纵队插向武宿机场以西歼击阎锡山暂编第四十九师，得手后，一部控制辛营，断敌第七十三、暂编

第四十师和暂编第十总队的退路；西野第七纵队及陕北警备第二旅攻占太原东山之前后李家山，以炮火控制北飞机场，并相机攻占凤阁梁等要点。

从10月5日拂晓，太原外围的作战开始以后，徐向前兵团四个纵队分头行动，向阎锡山的堡垒区发起了进攻。

10月6日深夜1时，中央军委电示太原前线："你们原定十月十九日开始太原战役，现已提前十三天，因敌被迫向外扩张，给我以良好歼敌机会。如果敌人战斗力不强，你们又指挥得当，乘胜进击，可能于短时间内全部肃清城外之敌，并可缩短攻城时间，不要停留多久，即可乘胜攻城，提早解放太原。"

晚8时，军委又电示："你们拟乘胜向太原城周围尽量扩大战果方针很对。向前三日函称，连续一直打下去，在最快时间全歼敌人，直至夺取城垣是上策，先打再围带打是中策，旷日持久是下策。此项意见和我们今晨电报意见相同。你们现有良好机会，可以全歼南面及东面之敌，得手后敌必震动，望你们乘胜扩张，逐一歼灭外围之敌，占领各个机场。然后看形势，如我军伤亡甚大，城内敌人尚多，城防尚固，则应略为休息补充，然后攻城。此外尚有一点，即城外之敌大部歼灭，一部尚未歼灭（例如北面），是否可以派兵监视城外残敌，使用主力即行攻城，此点亦可考虑。"

兵团前委接到军委的两次指示电，周士第一面报告徐向前，一面研究下一步的作战部署。

陈漫远说："敌四十九师、七十三师及十总队进占小店以东之南北王铭、西温庄地区，我兵团应集中兵力，首歼小店、南畔之敌。"

这一建议，周士第、胡耀邦一致同意，遂决定紧紧抓住阎锡山的南犯之敌不放，狠狠地打，一直打到太原。

10月6日，徐向前不顾重病未愈，从石家庄出发，昼夜兼程赶赴太原前线。夜里1点到达阳泉以西的坡头。这时,不巧他患感冒,咳嗽加重,头痛厉害,左肋也不舒服。

7日下午,徐向前勉强赶到榆次以北的五湖镇,住下休息两天后,继续赶路,于10日中午抵达兵团前指司令部。

当晚,徐向前不顾路途劳累,即召开前委会,研究如何实现中央军委的指示,尽快实现攻打太原城垣的作战。他向兵团前委传达中央政治局会议精神和赋予兵团的任务,并就打太原的军事、政治与后勤等问题提出意见。

周士第汇报了前一阶段的作战情况,徐向前认为仗打得比较顺利,给予极大鼓励。他高兴地说:"现在全国形势发展很快,山东打下了济南,我们也要赶快拿下太原,以配合全国的战略反攻。"

会后,各部队按照预定部署,以隐蔽、神速、突然的行动紧紧抓住阎军,在小店、武宿、北营、大小吴村等地,穿插分割,猛打猛冲,经11个昼夜的连续战斗,战至10月16日,各纵队均取得明显成果。

各纵队的官兵踔厉风发,斗志昂扬。刘忠的第十五纵队和晋中军区独立第三旅边打边冲,一举攻占华北最大的飞机场——武宿机场,拔除60多座碉堡,全歼敌第七十三师一个团,并乘胜发展,占领了太原东南的石嘴子、东北的凤阁梁两个重要阵地,在太原守敌的第二道防线上打开了两个缺口。

王新亭的第八纵队、鲁瑞林的第十三纵队攻歼阎锡山第四十四、第四十五和亲训师,占领北营车站,打掉敌人20多座碉堡,全歼保安第十八团。

彭绍辉的西野第七纵队一部强渡汾河,插入小店以北,断敌退路,与陕北警备第二旅攻占太原东山之前后李家山,歼敌第六十八师的"老虎团"全部另两个营,并控制了北飞机场。

这样,徐向前兵团就从南面和北面,突破了敌人的百里防线,打开了东山门户，占领控制了南北机场，歼灭阎锡山暂编第四十四、第四十五两个精锐整师又四个整团另四个整营，共1万余人。

对于这一外围战，徐向前总结说："这一外围攻歼战，我军行动隐蔽、神速、突然，抓住了敌人两个精锐师，予以全歼，是成功的。"同时，他也指出缺点："主要是插入敌后的兵力太少，未能断敌退路，致使半数以上的敌人逃掉，实在可惜得很。如果开始即以西野第七纵队主力全部强渡汾河，而不是以一部渡河、一部相机渡河；以第十三纵队一个旅直插武宿以北，配合第十五纵队一部切断铁路，那么，敌人的五个多师，便有可能大部被歼。"

下一步作战目标选在哪里，徐向前考虑，应乘胜前进，突破敌人的外围防线，控制攻击太原的阵地。

第四章　决战东山要塞

目标选在哪里

完成第一步计划后,如何实现第二步,目标应该选在哪里,徐向前召集兵团前委成员进行研究。

周士第说:"原先,前委计划以城东南为主突方向。从这次对太原外围守敌发起进攻以来,实战中发现,那里虽然地势开阔,有利于部队机动,但敌人的工事坚固,有重兵把守,我得手后,亦难形成对太原的致命威胁。"

陈漫远说:"敌在城东的南马庄、双塔寺一线的工事很坚固,原认为东南地形较开阔,兵力易于展开,供应补给也比较方便,因此确定为主攻方向,现在证明此处攻击不利,需要重新选定主攻方向。"

根据太原地形和工事情况,当时有人认为,太原东面,山高路窄,阎锡山又依山修了无数明碉暗堡,实在是不易用兵,提出:"要攻太原城,应绕道城北,实施两面夹攻。"还有人提出:"应当强渡汾河,由城西破门而入。"究竟选在哪里,大家在等着徐向前拿主意。

徐向前曾向被俘的赵承绶调查过太原城的情况,至于突破口选在哪里,心中早已有数。他说:"从太原地理形势和敌人防御重点来看,进攻城区首先必须攻破城东的群山防线,占领并控制牛驼寨、小窑头、淖马、山头四大要塞。这里居高临下,是太原的主要屏障。拿下东山,等于在阎锡山防御体系的咽喉部位砍了一刀,身首异处,就没有多少劲头挣扎了。近代历史上,有两次攻打太原的战例:一次是明朝末年,李自成率农民起义军打下太原;一次是日寇侵略华北,太原失陷。这两次都是依靠东山而攻进城垣的,先攻最东面的主峰,然后采取向西平推战法组织攻击,一举突破城垣。我们根据自己的兵力和装备技术,决不能走那条老路。按照军委要求迅速转入攻城作战的意图,再考虑到严冬即将到来,天寒地冻之后,对部队攻击作战会增加困难,时间不能拖得那么久。我们可以考虑,从南北两个方向插进东山,攻敌四大要塞。"

说到这里,陈漫远插话说:"前两天,从敌占区东山柳沟村来了位地下党支部书记,介绍了东山阎锡山的一些防御情况。"

徐向前听说这位书记还没走,决定暂时休会,他要见一见。

这位支部书记叫赵炳玉,五十来岁,精明强干,是特意来送情报的。他介绍了敌军的许多内情,还提供了一条秘密小路:"东北方向有条小路,沿这条小路可直插敌人纵深要点牛驼寨,只要部队隐蔽行进,就不易被敌人发现。"

这一情况很重要。可隐蔽插到牛驼寨,这正是徐向前预案中亟须找到的最理想的突破口,也是最好的揳入敌阵的路线。他立即让参谋在图上把这条路线标了出来。

会议重新开始,徐向前说:"打太原必须先拿下东山。东山距太原城四五公里,我们占领了长达8公里多的四大要塞,就等于控制了阎锡山的所谓'第二道坚固防线'。"他明确提出:"我主张由南北两个方向直接插入四大要塞,坚决攻占这条长形阵地,把太原与东山主峰从中间切断,守备东山主峰的敌人,不投降也要把他困死!"

徐向前补充说:"阎锡山有个比喻,说太原形势像人的样子,东山好比太原头,手是南北飞机场,两脚伸在汾河西,太原城内是五脏。我们攻下四大要塞一线阵地,就等于割断了他的咽喉,整个东山就会被我控制,奠定攻取太原的基础,打通后方人民支援我军作战的道路。"

周士第说:"阎锡山扬言'牛驼寨是个铁疙瘩,共产党绝不敢打牛驼寨'。把突破口选在这里,就打他个意想不到。"

徐向前继续分析说:"东山看起来险,只要打得妙,一定能打下。牛驼寨虽然看起来牢不可破,但是柳沟村地下党同志给我们提供了一条路线,从庄子上到柳树岩,是敌人东山守备区与北区的分界线,两区都不大管。"

徐向前越说越有劲,最后说:"我军刚刚在城南打了胜仗,又在城北发起猛攻,敌人慌了手脚,连日来正忙着调动部队,以图在城南、城北这两处进行顽抗。我们就把攻击点选在这个结合部,趁敌不备,从这里猛插进去,只要攻下东山要塞,阎锡山这个'土皇帝'就变成瓮中鳖了。"

周士第说:"现在,阎锡山的兵力被吸引到南线,东山守备力量比较薄弱空虚,正是攻取的大好时机。"

陈漫远说:"我们已攻下东南最高点石嘴子、结岭石一线阵地,就已打开东山碉堡防线的南侧门户,一举拿下东山没有问题。"

胡耀邦说:"攻下东山四大要塞的一线阵地,我们以东山为依托,就能造成攻取城垣的有利态势。"

与会人员一致认为,司令员这个决心下得好,完全出乎敌人意外。兵团前委当即做出决定:趁敌人主力被吸引到南北方向,东山薄弱空虚之际,不失时机地夺取东山,从东北、东南及正东方向逼近太原,相机攻城。

会议结束时,徐向前说:"各纵队的任务暂不下达,等察看地形回来再做确定。"徐向前还不放心,他要到现场实地察看地形,这是徐向前指挥作战的习惯,一定要亲自察看地形,了解道路的具体情况。

第二天清晨,秋风萧瑟,白霜荒草铺满山坡。徐向前和周士第、陈漫远、胡耀邦带领各纵队领导来到山坡上察看地形。

东山是太原城东的天然屏障。牛驼寨、小窑头、淖马、山头四大要塞在东山西麓的顶端,地势高出300多米。阎锡山曾吹嘘这一带的工事"足抵十万精兵"。

察看地形回来,兵团前委会议继续进行,着重研究了攻击方向和作战部署等问题。参谋长陈漫远指着地图,向大家逐个介绍了四大要塞的情况。陈漫远概括说:"这些要点,除大量明碉暗堡和多层劈坡以外,还挖有数道壕沟、暗道,纵横交错,互相连接;设置了许多铁丝网、鹿砦、地雷等副防御物。每个要点俨如一座坚固的城堡。"

会上,兵团领导很快取得一致意见。根据敌人东山部署情况,徐向前定下兵团决心和攻击部署:

一、以西野第七纵队主力并指挥晋中军区部队一部,由小店以北,经榆次,秘密向东开进。在赵炳玉带领下,从秘密小道揳入东山纵深,袭取牛驼寨,歼敌第二七六师一个团,攻占牛驼寨的八个阵地;另一部同时袭占大小北尖等据点,与南面大窑头方向的第十五纵队相连接,切断罕山、孟家井敌人的退路,并歼灭之。

二、第十五纵队由石嘴子向淖马攻击,得手后继续向东大门攻击,并以一部袭占大窑头,衔接西野第七纵队,断敌退路。

三、第十三纵队首先夺取南坪头、马庄,然后向双塔寺攻击,得手后向城东南角进击。

四、晋中军区部队除以一部在汾河以西积极活动外,主力位于城南一线,攻击城南的各个据点,牵制敌人。

五、第八纵队第二十四旅为西野第七纵队预备队,另两个旅为兵团的总预备队。

兵团前委会议一直开到深夜,详细研究了攻击部署,明确了各自的任务。胡耀邦就政治思想工作提出了要求。周士第做了总结讲话。最后，徐向前说："我们大体分两步走：第一步，首先集中兵力全力攻下东山，占领有利地形；第二步，从东北、东南及正东方向逼近太原，相机攻城。天气即将进入寒冬，天寒地冻，将不利于我军的攻城作战，以早日拿下太原为好。"

他要求各纵队抓紧准备，听候兵团命令，按计划进入攻击出发阵地，统一对东山发起攻击。

胡耀邦召开对敌斗争会议

兵团前委会议结束后，胡耀邦于第二天召开了对敌斗争会议，就对敌斗争工作进行了专门研究。

他说，我们打太原，原决定本月18日开始，后因阎匪五个师出来抢粮，被我们歼灭了两个多师，夺取太原的战役就从5日起，提前开始了。

胡耀邦说："根据敌我力量对比，打太原的战役方针不急不缓，要狠要稳。因为敌人有10万人守备，2000多座碉堡，急躁不得，但又不是慢吞吞地打。打则要狠，每战就要歼灭敌人或攻占敌人的重要阵地。要稳，每战必须做充分准备，有必胜把握。向大家讲明打太原的方针，是因为与我们开展对敌政治攻势的方针密切相关。"

为什么要强调对太原敌人进行政治攻势，并把这项工作当作整个战役任务之一呢？胡耀邦指出有两个原因：

第一，从敌人方面看，经过晋中战役，阎锡山的主力被我消灭后，太原已成为被我大军包围的孤城。敌人十分恐慌、动摇、悲观、失望，尽管阎锡山控制得很严，但仍然堵不住士兵逃亡。这是我们对敌进行政治攻势的很好条件，这就是说，政治攻势有很大的可能。

第二，阎军和太原群众受了阎匪的欺骗，有些还不了解我党的政策，如李子法在被俘以前，还一直以为牛荫冠同志死了。这说明很需要把真实情况和我党的政策,告诉太原市的人民和阎军官兵。

胡耀邦说:"打下太原,要有四大要素:军事上必须指挥得好,政治工作做得好,后勤工作保证得好,政治攻势瓦解敌军做得好。"他强调,政治攻势是其中之一,提到了战役任务的高度,要求同志们努力做好。

在谈到政治攻势的目的时,他举例说:"山东有个吴化文(在济南战役中,对吴化文做策反工作起了一定作用),争取山西有个阎化文,这是我们政治攻势的最高目标。目标不能一下子定得太高,定高了,反而会落空。因此,我们的目标要有低的,也要有高的,从低级到高级都要定。即是造成敌人内部动摇,悲观失望,减少敌人对我们的仇视和顽抗,零星逃亡一直到中股、大股起义。敌人本来要打十枪,但他接到宣传品,减少了五枪;本来敌人认真瞄准向我开枪,变成了朝天放枪;本来要破坏仓库,接我宣传品后不破坏了,这都是瓦解敌军的效果,是我们政治攻势的目的。"

他说,讲清政治攻势的目的目标,我们才有信心、有耐心。政治攻势的成绩和作用,有的突出明显,像起义投诚,一下子就看见了;有的像少打五枪,朝天放枪,你看不到,甚或根本不知道,但却都是对解放太原做出了积极的贡献。

在谈到对象问题时,胡耀邦指出:"政治攻势的主要对象是阎锡山的军队,因为它是敌人防守太原的主力,此外还有他的党政人员、中小特务、警察宪兵等。方法是无孔不入,有空隙就钻进去,这样就可以发现无穷的'宝藏'。对于太原城内外数十万工人、学生、商人、职员和市民,也要加强政治宣传工作,我们再通过他们,开展对敌人的政治瓦解工作。这样宣传攻势的面一扩大,工作就多了,方法智慧也多了,力量就大了,对整个战役起的作用也就大了。"

如何攻呢?他说,对敌人进行政治攻势,是一种特殊的战斗,也需要有一个指挥战斗的司令部,统一指挥、统一步调、统一政策、统一力量和统一方法。这个司令部进行这项工作的根据是：

一、中央的对敌政策与城市政策。

二、军事上的需要，如军事上当集中力量打击雪耻奋斗团时，我们必须集中力量搞雪耻奋斗团，以便紧密配合。

三、根据敌人内部的情况，要"从俘虏中来，到敌军中去"。如李子法被俘后，向我们说了他们士兵的情绪，我们就据此进行工作。因此，我们俘虏的敌人军官，无论新老大小，都可以做我们的"参谋"和"顾问"。

胡耀邦要求在上述精神下，组织政工委员会，以参加会议的同志为核心组织起来，以军区王世英副参谋长带来的全部人员、第一兵团敌工部全体、晋中军区政治部大部、城工社会部的一部分同志共同组成。

下分四部一科，即调查研究部、宣传部、派遣部、处俘部和总务科。

王世英副参谋长担任委员会主任，名叫对敌斗争工委，直属前委领导。

调查研究什么呢？胡耀邦明确指出，敌我两方都是调查研究的对象。对敌方面，即敌人的兵力部署调动、火力配系、敌人官兵的情绪、各部之间的关系和矛盾、资财、给养等。总之，敌人的一切都是我们随时要了解和掌握的。

对我方面，就是我方军队和地方各方面，在对敌进行政治攻势中的情况、好的方法和成功的经验，都要及时了解、搜集和整理，进行交流和传播，对于不符合中央政策和不利于军事上打击消灭敌人的宣传品，要及时纠正。因此，他提议委员会办一种刊物，可叫《政工通讯》，最好两三天出一期。内容包括两个方面：一方面是敌人的情况，另一方面是我之经验。这个小册子，每期以5000字到10000字为标准，可以另外出单行本。

至于宣传工作，胡耀邦指出，要提出宣传口号，对工人、学生和市民要根据其特点和具体情况制发宣传品；还可发动被我俘虏的阎军军官、阎军官兵的家属、榆太各县的亲戚朋友以及太原周围各县的人民，都可以向太原城内有关的人写信做工作。宣传部可根据情况，定一个努力的方向和计划。如要求在一定时期内，送1万封信、10万张传单。我们已经印发的《罢战安全证》，送到太原城内后，收效很大。现又印制了一种《立功优待证》。

小型传单也很有用。如在阵地上的部队，用宣传枪把一张逃出太原城的小传单，射落到敌人阵地上，有两个阎军士兵看了说："真要挨炮弹了。"商量了一阵，就逃了出来。

胡耀邦还讲了派打工作。他说，我们可向太原选派打入的对象。现在有三种人：第一种是被我俘虏的阎军尉校级军官。如果每天放回去5个，一个月顶多是150个，假使这些人放回去都变坏了，也不过一个连的人数，没有给敌人增加多少力量，我们再消灭他。如果其中有几个起了作用，其价值可能就很大。第二种是可利用的敌伪亲属朋友，如商人、女人、老头等带信进去。这些人不会被敌人抓兵增加他们连队的兵员。第三种是将阎军的重伤员、彩号，救护后要尽量设法送回去。有人说，这是我们自找麻烦，但不知道给我们找的是小麻烦，给敌人找的是大麻烦。这里须注意，不要派老百姓抬去，免得被阎匪抓去当兵。

他说，做好这件事，还要解决两个问题：一要在太原周围设立几个派打站，以便传递信件和宣传品。给阎锡山和高级军官的信，可以公开地送，大概敌人下面的人不敢扣留。二派敌军的家属与群众进去送信，恐怕要付出一点代价。代价最好是米，太原米贵，送几封信，带几升米，既可做掩护，又可做酬劳费。米数不多，算不得什么，但价值很高。需统一计划一下，也不能用米太多，免得接济了敌人的粮食。

对于俘虏问题，胡耀邦指出，要分三种情况来处理：一是起义者，直接由对敌斗争工委管理。二是提早放下武器者，表示欢迎，不押送，可以争取自愿参加我军，不愿参军者，可给路费，释放回去。三是一般俘虏，先送补充团,进行教育训练,争取补充我军,不适合或不愿参加我军者,可释放回家。

这次会后,第十八兵团的各级政治工作人员积极行动,认真落实,对敌开展强大的政治攻势,在后来东山四大要塞的争夺战和最后攻取太原的作战中,发挥了重要作用。

彭绍辉血战牛驼寨

10月13日,兵团作战会议结束后,西野第七纵队司令彭绍辉和晋中军区司令兼政委罗贵波于当天下午召开了两单位的干部会议。参加会议的,西野第七纵队有代政委孙志远、参谋长陈刚及各旅的领导;晋中军区有副司令萧文玖、副政委解学恭、参谋长唐健伯、政治部主任何辉及各分区的领导。徐向前特别赶来参加了会议。

彭绍辉和罗贵波传达了兵团会议精神,明确了各自的任务、前进路线、集结地域等。

形势紧迫,只有两天的准备时间,所以彭绍辉要求干部们要连夜进行思想动员,使每个战士了解任务的重大和有利条件,做好轻装准备。两天后,分批出发。

最后,徐向前做了讲话。他说,这是一次长距离的奔袭行动,要准备多带弹药与干粮。部队经榆次秘密向太原东山开进,绕至敌人东山的防线外隐蔽起来。一定要在15日到达待机地域集结,摸熟地形,并做好一切准备。他特别提到,由赵炳玉做向导,从秘密小路直插牛驼寨,深夜发起攻击,打敌个措手不及。

部队认真准备后,彭绍辉即带着西野第七纵队和晋中军区部队一部由小店以北,经榆次秘密向东开进。

部队到达上下阳寨,彭绍辉放下背包就带独立第三、第七、第十二旅的旅长到店子底观察牛驼寨的地形。由于距离较远,又有山梁遮挡,望远镜里看不清楚。彭绍辉要往前走,作战参谋拦阻说:"前边就是敌人的碉堡,不能再往前深入了。"

独立第七旅旅长傅传作请求,他晚上去查看地形。彭绍辉说:"地形道路一定要摸清楚。你派个侦察科长去就行了嘛!"后经傅传作再三要求,彭绍辉说:"摸清地形很重要。也好,你去吧。路上小心,要注意隐蔽。"

10月16日,天刚蒙蒙亮,傅传作带着两个参谋侦察回来了。他们三人穿着山西晋中老乡的破旧棉袄,头上罩着一条白毛巾,背着粪筐,在一老乡的引领下,到牛驼寨做了一夜的地形侦察。傅传作把所得情况向彭绍辉和孙志远做了详细汇报,他们听后很满意。

牛驼寨,是太原城东北面的第一要塞,又是东山要塞的核心阵地。阎锡山曾把它称为"塞中之塞"、"堡中之堡"。它高出太原城垣300多米,距离城垣6里多路。

牛驼寨的位置十分重要,东顾可经由孟家井,直到东山最高峰——罕山;南向,可达"生命要塞"双塔寺。它与淖马、小窑头、山头几个点,紧紧相连,构成了屏障城东数十里长的外围防线,对太原城东、城北均有重要的战略支撑作用。因此,阎锡山在这里花的本钱最多。从牛驼寨对面的山梁上望去,寨上碉堡林立。最前边是三四丈高的削壁,直上直下。削壁往上,有十几层台阶式的劈坡,上面都架有五六尺宽的铁丝网。铁丝网下及其附近,全都埋上了地雷。再往里,就是各式各样的碉堡了。这些堡群,依照地形状况,大致分成了三坨坨。靠西边山头上的一坨坨,面积稍大一些,地势最高,碉堡也多,能叫上号的有1、2、3、8、9、10号碉堡,一座紧挨一座。这坨坨以10号碉堡为最大,像一座水塔似的竖在那里。因里边的装备是阎锡山自造的野炮,所以阎锡山又把它称为炮碉。在这个炮碉周围,配有四五座小碉。靠东边山头的一坨坨,是以5、6、7号碉堡为骨干的前沿阵地。这坨坨碉堡不多,但游动哨和观察哨很多。它还与后边的主碉堡有电话相通。在这两坨坨中间,稍靠后点,就是4号碉堡了。它处于牛驼寨阵地的正中,地势虽低,但对牛驼寨所有各座大碉堡均可实施火力支援。在4号与6号碉堡之间,有一段丁字形的汽车路,形成一个大等腰三角形。在4号碉堡下,有可通四路纵队的水泥暗道,西北直通牛驼寨村至太原城,东南可达指挥碉堡。指挥碉堡东南又有暗道,经过其他阵地,通至太原城。西面与南面1、2、3号碉堡是它的卫星碉堡,正北8、9号碉堡,正东偏北的5、6、7号碉堡,恰似它的两只尖锐的牛角。

4号碉堡是指挥这些群碉作战的心脏,因其高大坚固,也称扁碉。这些群碉由三坨坨组成三大块阵地,互为犄角。步枪、机枪火力,均能直接支援。除了相互间有一处相连之外,其余都是深沟断崖,彼此隔绝,各自形成一个独立的作战阵地。

据说,牛驼寨的布设全是阎锡山亲自设计审定的。修成之后,为了显示它的坚固程度,曾把美国记者请到牛驼寨,用他最好的野炮进行猛轰。结果,炮弹落处,只炸开几个不大的小坑。美国记者看后,赞不绝口。

阎锡山把暂编第十总队主力和第六十八师调来固守,吹嘘说:“你们把这些个碉堡给我守住,每天睡大觉,我也放心。”并对他的东山守备司令王效增下令:不能满足,工事还要天天加强,薄的加厚,低的加高,明的变暗,要把牛驼寨变成一个“铁疙瘩”。阎锡山对他的东山守将说:“有了东山这个要塞,就解除了我的东顾之忧。东山要塞地形,对我防守最为有利。共产党绝不会选择从东山进攻太原。”

彭绍辉召开纵队党委会研究,确定的作战方案是:用两面牵制、中间突破的战术,一举攻克牛驼寨。具体部署是:以所属独立第七旅担任主攻,独立第十二旅包围榆林坪,保障独立第七旅右侧后,独立第三旅直插孟家井,攻占石柱沟,保证独立第七旅左侧安全。这一作战方案,很快被兵团批准。

徐向前告诉他们,为配合他们由榆林坪、庄子上揳入东山纵深,占领要塞牛驼寨、黄家坟，兵团决定由西野第七纵队一部首先占领大北尖，负责切断牛驼寨与罕山、孟家井地区守敌的联系；另以第十三纵第三十九旅向南坪头、马庄、双塔寺进攻。同时，以晋中军区各旅在南、北、西三面，实行积极的突击和政治攻势，向敌佯攻，配合他们行动。

10月17日天黑以后，部队在向导赵炳玉的引领下，从秘密小道向东山纵深行进，从守军的东西两个防区结合部秘密揳入牛驼寨。

独立第六旅第二十一团神速地从榆林坪、庄子上之间插入，隐蔽地沿山沟向西南轻装挺进。半夜时分，到达牛驼寨对面傅传作看过的山梁上。按原先预定位置，各部队迅速占领了进攻出发阵地。

夜色深沉，万籁俱寂。

攻打牛驼寨，独立第十二旅首先打响。他们根据兵团命令，向敌第六十八师的指挥中心马庄发起进攻，掩护主攻方向西野第七纵队的行动。

午夜1时30分，西野第七纵队以迅雷不及掩耳之势，实施南北钳击，一举插进东山核心，歼敌第二七六师一个团，连克牛驼寨东北的榆林坪、孟家井以西的大窑头等地的炮碉，随后连续击退阎军10余次反扑。

攻击开始，旅长傅传作、政委曹光琳指挥独立第七旅兵分两路，向牛驼寨守敌发起猛攻。担任左路攻击任务的是第二十一团第一营第二连。连突击队很快把梯子靠在敌人前沿的峭壁上。七班长朱海珠第一个快速向上攀登。谁知，由于削壁太高，梯子还差一人左右。朱海珠踮起脚，伸手往上够，还是抓不住壁沿。这时，身后的王东海往前跨了一步，用肩膀把朱海珠顶起来，将他送了上去。接着，第三个又顶着第二个，第四个顶着第三个，突击队队员一个个全都攀了上去。朱海珠爬上削壁，剪断敌人的铁丝网，迅速绕到10号碉堡的后面，和王东海配合，很利索地干掉了敌人的一个游动哨。当他们冲到3号碉堡跟前时，敌人还没有发现。他们随手拔出手榴弹，甩进3号碉堡。里面的敌人没放一枪，就全被炸死了。

第二十一团第一营攻占5、6、7号碉堡后,第二连主动向10号碉堡发起进攻。在运动中,他们和一群敌人相遇。第七班首先抢占有利地形,用手榴弹对敌人一阵猛打,打死一部分,活着的纷纷逃命。当他们继续向前冲锋时,却被一道铁丝网挡住。朱海珠绕过铁丝网,来到南坡的大圪塄旁,用刺刀挖了一个踏脚孔,纵身攀了上去,一刺刀将一个正向回逃的敌人干掉。他迅速占据一个比较隐蔽的地形,观察敌人的动静。

这时,只听左前方20米处,敌人的指挥官正在大叫大嚷:"快架机枪!快架机枪!"浑身是胆的朱海珠一听,敌人还没架好机枪,他拧开手榴弹盖,连扔三枚手榴弹。随后,高喊:"冲啊! 冲啊! "就第一个冲了上去。

朱海珠一口气冲进敌阵,打死敌人的机枪手,缴获了一挺机枪。他调转枪口,向着敌群扫射起来。这个孤胆英雄,带领全班,用缴来的机枪一连打垮了敌人的两个连,这是敌人刚刚增援上来的机枪第三团的两个连队。他们掩护第二排绕到敌人10号碉堡的侧后,前后配合,胜利地攻下了10号碉堡。

其他部队进展也很顺利,金戈铁马入战场,一鼓作气,把牛驼寨东边的一坨坨碉堡全都占领了。

经一夜激战,西野第七纵队除4号庙碉外,连克敌人炮碉及九座碉堡,攻占牛驼寨八个阵地,基本占领了该要点,给敌以极大震动。至此,阎锡山内防线以东阵地,多数被彭绍辉的西野第七纵队夺得。

当东山守备司令王效增报告时,阎锡山认为不可能,共军主力正在城南集结,怎能一下子窜到牛驼寨? 但他深知徐向前用兵的厉害,一时气得暴跳如雷,一口一个"混蛋"、"灰鬼",大骂王效增。要王效增马上组织力量,把牛驼寨夺回来。王效增已组织过几次反攻,都未奏效。这次他组织了更多的兵力,在强大炮火的掩护下进行反攻,企图全力夺回失去的阵地和要塞。

结果,第一次反冲击失败了,伤亡两个连。第二次反冲击又失败了,几乎搭进一个营。第三、第四次……反冲击也没成功。第七次，倒被彭绍辉的第七纵队分割成两段，一半被消灭，一半缩了回来，还被活捉了65名官兵。王效增连续发起10多次攻击，均被控制阵地的第七纵队英勇击退。

彭绍辉将牛驼寨要塞分割后，从容不迫，越打越猛，又迅速指挥部队向结集在罕山之敌发起攻击。经过激战，至19日，歼敌暂编第三十九师一个团、雪耻奋斗团（相当于师）一个团、暂编第八总队一个营和保安第二十五团一部。

第七纵队独立第十二旅也取得丰硕战果。旅长张新华、政委龙福才指挥所部，以摧枯拉朽、无所畏惧的气势，打敌猝不及防，于19日晚，连续攻克孟家井以西的大窑头和西南的麻地沟、界化湾等点，插进敌东北区的核心地带，并攻占大小北尖等据点，歼敌一个营，与南面大窑头方向的第十五纵队相连接，切断了罕山、孟家井敌人的归路。

刘忠、袁子钦指挥的第十五纵队也旗开得胜，于17日攻占南坪头、千家坟及石嘴子全部阵地。18日，又攻克石儿梁、道巴沟等地，与第七纵队南插之部队会合，切断了东山与太原的联系。

彭绍辉攻占牛驼寨，本是一场进攻作战，此时却打成了防御战。部队占领阵地后，立刻抢挖工事，尚未全部完成，敌人就组织力量对第七纵队所占牛驼寨阵地进行疯狂反扑。

18日，反扑三次，打了6000多枚炮弹。

19日，从上午9时到下午6时，反扑四次，打了8000多枚炮弹。

20日，只打了200多枚炮弹，没有其他行动。

连续几天炮击，第七纵队的防御工事都被炮弹炸毁，部队伤亡严重。

激战至此，向马庄进击的第十三纵队因遭遇敌人的顽强抗击，未获较大进展。

当日，驻守罕山的是阎军的雪耻奋斗团，除第一〇六、第一一三团和保安第九团先期逃回太原外，其第一〇八团及保安第十四团一部，被严密包围于孟家井以东的罕山、张家河地区。在走投无路的情况下,团长李佩膺率领1000余人,向第八纵队第二十四团投诚。

此时,晋中军区部队攻占了太原以南的南坞城、南堰。至此,东山主峰的大部分阵地被解放军占领。

敌人在牛驼寨连续反扑未果,几天的争夺战给了敌人以大量消耗。敌人的反扑被打退后,阵地上暂时平静了下来。阎锡山得知牛驼寨没有夺回,速令王效增以其精锐第三十师和暂编第十总队的三个团,再对牛驼寨阵地发起猛攻。王效增重新组织兵力,对第七纵队发起更为猖狂的进攻。他集中百门以上的山炮、野炮、榴弹炮,从西、南、北三面,朝第七纵队阵地猛轰。第七纵队阵地上硝烟弥漫,尘土冲天,刚修的工事全部被摧毁,战士们的枪支也被炸坏。第十旅第三十七团战士周吉山、李成义、马登良的腿都受了重伤,他们咬着牙站起来,昏过去,又爬起来,向敌人甩手榴弹。炊事员何进士来阵地送饭,参加打退了敌人的三次反扑。理发员把帽子打掉了,衣服着了火,仍在往火线上运送弹药。

战斗仍在进行。

夜间,独立第七旅在交接时,出现疏忽。第十九团团长仇太兴报告旅长傅传作:"二十一团撤离阵地过早,我团三营只接了5、6、7号碉堡的阵地,其他几座碉堡又被敌人趁机重占。"

傅传作下令道:"接多少守多少。一定要守住!"

谁都明白,在这光秃秃的山包上,没有工事根本无法守住阵地。

9点多钟,敌人组织一个连的兵力实施反扑。敌人反扑三次,均被第三营打退。

傍晚,旅长傅传作、政委曹光琳与第十九团团长仇太兴,沿着山脊来到牛驼寨前沿,再次察看阵地。针对敌人进攻方向,决定加强6、7号碉堡之间的防御,并指示各连:要抓住敌人昼间反扑、夜间炮击的规律,利用间隙,依据地形条件,在背敌的斜坡、峭壁上,尽快构筑单人掩体,避免炮火的杀伤，准备打击反扑的敌人。

第二天，敌我双方仍然在牛驼寨反复争夺，敌人打了6000多枚炮弹，进行了15次反扑，第七纵队官兵伤亡惨重，抢修的工事又全部被毁坏，连队被打散，已不成建制，有的连队只剩下5人。但是，敌人尸横遍野，没有得到一寸土地。

夜晚，敌人炮击又开始了。第七纵队一方面加修工事，一方面准备弹药。东山群众自动组织起来，支援前线。2000多农民一夜工夫就往阵地上输送了1000多根椽子、2000多块门板和1万多条麻袋。

次日早上，敌人出动4架飞机对第七纵队阵地轮番轰炸扫射。敌人7个炮群和城内炮兵基地也一起配合，对阵地炮击3个多小时。接着，从陕西调来的胡宗南第三十师冲上来了。阵地上的第十九团第三营官兵，同敌人展开肉搏战，把爬上来的100多个敌人全部消灭。这时，沟下敌人又反扑上来。战士李国忠和肖明德各拖过一整箱手榴弹，拉断其中一枚手榴弹拉弦，用脚将整箱手榴弹蹬到沟下。两声巨响后，沟下200多敌人大部分死伤。敌第三十师刚被击退，暂编第十总队就在炮火掩护下，反扑过来。宿敌相见，分外眼红，战士们咬牙切齿地喊道："打呀！死对头上来了，把这些狗强盗统统干掉！"手榴弹落在敌群爆炸，打死一部分，活着的连滚带爬又缩了回去。

这一天，独立第七旅的野战工事全被摧毁，阵地之上焦土三尺，一片狼藉。

10月21日，阎锡山为拼死夺回牛驼寨，集中第三十军及暂编第十总队主力，在百门大炮的掩护下，再次发起疯狂反扑，终于在当日13时，重新占领了牛驼寨。此后，为了全力固守四大要塞，阎锡山专令第三十军及第二七九师等部队担任反扑任务，并组织城东一线各个炮兵群集中火力予以支援。

徐向前了解到牛驼寨阵地几乎全部被摧毁，交通壕被填平。守在牛驼寨阵地上的独立第七旅第十九团蒙受重大伤亡,最后下令撤出,转至以东阵地。

攻击东山的战斗,暂时停了下来。敌我双方都在研究对策。

阎锡山为了确保东山屏障,迅速采取措施,尽其所能,抽调大批兵力集中于东山的四大要塞,要求"守碉互援","加强地下战"。阎锡山进一步明确,以暂编第十总队另第六十八师1个团守牛驼寨;以暂编第四十师1个团及保安第六团一部守小窑头;以暂编第八总队及保安第六团大部守淖马;以暂编第九总队另第七十三师、暂编第四十九师一部守山头。另以第三十师全部、暂编第四十师2个团组成机动兵团,担任反扑和接应任务,并组成多个炮群,分布在城东一线的支子头、黄家坟、山庄头、马厂、剪子湾、大小东门、淖马、双塔寺等地,随时向东山四大要塞进行火力支援。

10月23日,徐向前利用战争间隙,与周士第、陈漫远、胡耀邦进行研究,认为第一阶段的攻击,兵力部署不集中,面宽了一些。当即调整攻击部署,确定集中兵力、火炮,攻克四大要塞,并乘势向太原城脚发展。

调整后的具体部署是:以西野第七纵队附重炮30门,集中攻取牛驼寨,然后向陈家峪发展进攻;以第八纵队的4个团攻取小窑头,然后向杨家峪发展进攻;以第十五纵队附重炮19门,攻取淖马,然后向伞尔村发展进攻;以第十三纵队附重炮13门攻取山头,然后向双塔寺发展进攻。

同日,兵团司令部发布了对东山四大要塞总攻命令。

10月26日16时,各纵队按预定部署开始对东山四大要塞发起第二次总攻。

这是一场空前激烈的恶战,打了17个昼夜。徐向前兵团和阎锡山的精锐部队,均先后投入战斗。徐向前兵团投入兵力有27个整团另半个团,仅有4个团未参战,占全部总兵力的4/5多。阎锡山几乎倾其所有,除守备西山的2个师和1个工兵师以及守备城南、城北的各1个师外,其余11个师、3个总队及保安团全部投入战斗。双方参战的各种火炮达800余门。

阎锡山的守军虽处在徐向前兵团的严密包围和猛烈攻击下，但因受毒化教育甚深，有险要地形、坚固工事和强大火力做依托，战场上又有执法队严厉督战，相当顽固，死打硬拼，寸土必争。

徐向前兵团各纵队指战员则奋不顾身，前仆后继，攻坚破垒，不拿下东山誓不罢休。每占领一块阵地，都要经过多次突击；巩固一块阵地，要打退敌人五次以上的反扑。有些阵地，时而被攻取，时而被敌夺回，双方陷入拉锯战。

连续数日，徐向前夜以继日地工作，由于睡眠不足，饮食又少而简单，偏头痛症复发，剧烈头痛，服药也不见减轻。他经常到前沿阵地察看地形和检查部队的准备情况。他多次指示炮兵，选择火炮射击目标，应避开火车站、发电厂、医院等重要设施。他去的地方，有的山势险峻，不好坐担架，就自己柱根棍子攀登。在兵团其他首长的再三劝说下，他才躺到木架椅上闭眼歇一会儿。

10月26日夜，彭绍辉对牛驼寨要塞发出了反攻的命令。总攻发起之后，他以独立第七旅担任主攻任务。激战两天，打得异常艰苦顽强。牛驼寨守敌2000余精锐部队拼死顽抗，独立第七旅伤亡较大，两度进攻均失利。

31日夜，彭绍辉以独立第十二旅第三十六团秘密插入守军纵深，并成功地实施了连续爆破，顺利攻占3、8、10号碉堡，迫使2号碉堡守军投降、9号碉堡守军逃窜，接着又攻占了1号碉堡。

独立第三旅攻占了7号碉堡。11月1日后，独立第十二旅在对方使用毒气弹的情况下，虽击退了守军的五次反扑，但却陷入了正面受庙碉守军攻击，退路被5、6号碉堡守军切断的危急处境。独立第十二旅旅长张新华指挥第二梯队从翼侧加入战斗，猛攻敌之要害，但顽敌火力很猛，形成拉锯战。

　　彭绍辉立即令警备第二旅加入战斗,接替独立第三旅继续攻击5、6号碉堡。经过连日激战,5、6号碉堡守军1000余人被迫聚集在庙碉,依托有利地形,进行拼命固守。

　　独立第七旅接替独立第十二旅之后,继续攻击10号碉堡。独立第七旅副旅长周智高见10号碉堡又高又大,火力凶猛,几次都未拿下,判断10号碉堡该是敌阵地的首脑。他与第十九团团长仇太兴商量后,马上组织尖刀连的干部和各突击队队长、爆破组组长,晚上摸地形,白天摆沙盘,研究出一个端掉10号碉堡的打法。

　　10月31日晚上,第二营第六连尖兵班战士赵全保、李二贵顺着摸熟的路线,炸掉敌人的地堡,为后续部队的进攻扫平了道路。战士们乘势冲杀上去,在接近主碉20米的地方,把手榴弹冰雹似的投向敌群,打得敌人死的死伤的伤。

　　向1、2、3、9号碉堡出击的各部队进展顺利,经半小时激战,牛驼寨除4号庙碉为敌暂编第十总队司令部所占之外,其余的九座碉堡又重新回到第七纵队的手里。

　　东山要塞第二次攻击战开始后,徐向前几次到一线阵地指挥,指示各纵队要想尽一切办法打下来。他告诉一线指挥员:“打仗是打勇敢、打技巧,不可莽撞。攻击敌人的堡垒,要组织好火力和爆破。”

　　独立第七旅在攻击4号庙碉的战斗中,与敌反复争夺多次,至今没有完全占领。独立第七旅第二十一团第二营第五连占领了4号庙碉的左侧阵地,刚坚守一天一夜,就遭到敌守军炮火的轮番轰炸,将阵地工事全部炸毁,三条战壕全部填平,没有剩下一个个人掩体,在阵地上坚守的第五连第一排牺牲了,又上去,第二排也全部牺牲。

　　第五连炊事班班长姚增光送饭来到阵地,一看傻眼了,环顾四周,没有见到一个活着的战友,排长、班长、战士全都倒在地上,有的手里紧抱着枪;有的爬在弹坑,拿着手榴弹,弹盖还没有拉开;有的已被炸起的土掩埋了半截身子……看到这凄惨而壮烈的场景，他一下子瘫坐在了地上。

他抱头痛哭一场，站起来，把一布袋馒头全抛向天空，把四瓶汾酒也全部洒在地上，高喊着："战友们，我来晚了！你们来吃呀，来喝呀！"

徐向前来到第七纵队告诉彭绍辉："4号庙碉这块硬骨头，一定要拿下。"并强调说："只许胜利，不许失败；只许前进，不许后退！"

11月11日，彭绍辉给旅长傅传作下达了命令："为夺取要塞牛驼寨，要组织连续爆破，坚决炸毁4号庙碉，全歼守敌。"旅长傅传作与政委曹光琳、参谋长陈阳春、政治部主任邓一贞立即召开旅党委会研究决定，为加强爆破力量，所属各团统一组织突击队和爆破组。

当日下午，在炮火掩护下，部队分两路向4号庙碉开始攻击。突击队队长背插一面红旗，带领12名突击队队员，迅速突破敌人的前沿阵地。第十九团第二营绕到4号庙碉的侧后，在重机枪的掩护下，对敌人展开连续冲锋。

战斗开始不久，徐向前突然感觉左侧胸腹间锥刺般地剧痛，他用手摁住，仍然疼痛难忍，额头上沁出了汗珠。周士第等兵团首长闻讯赶来，医生诊断后认为徐向前病势不轻，需要休息。但他没有离开前线，叫人把电话机拉到床边，继续指挥作战。

4号庙碉的堡壁太厚，火力又强，连续组织几次爆破均未成功。

第十九团团长调来全团有名的张玉山爆破小组。张玉山有胆有谋，被称为团里的爆破专家，团里重要的爆破任务都叫他上。团长说完，张玉山脱掉棉衣，只穿一件单布衫，带着他挑选的4名组员，每人背着50斤重的炸药，腰间挂着手雷和手榴弹，在纵队火力的掩护下，利用敌人的火力间隙，向4号庙碉接近。敌人火力封锁太严，他们只前进了几十米，就在一个方圆2米的炮弹坑里隐蔽下来。

这时，纵队集中火力从三个方向对敌人的火力实施严密封锁。张玉山见敌人的火力被压制，便向第一爆破手张乐示意。张乐立即跃出弹坑，向4号庙碉接近。他灵巧地迂回前进，从一个弹坑跃到另一个弹坑，眼看就要冲上去了，4号庙碉右后侧洼沟内突然冒出一个暗火力点，张乐一头栽倒了。

营长王宇亮马上指挥火力组，对敌人洼沟的这个暗火力点全力封锁。张玉山乘势冲出，采取大迂回，从4号庙碉左侧后绕到这个暗火力点的背后，把这个暗火力点炸掉了。

趁烟雾四散，张玉山匍匐到身负重伤的张乐跟前，取下他的炸药包说："我替你报仇！你下去安心休息！"

4号庙碉里的敌火力猛烈地朝他们射来，张玉山一时不能前进。他机智地躲开敌正面火力，用大迂回方法，向前跃进。

这时，天色全黑了。牛驼寨上，枪声密集，火舌飞舞。脚下的泥土全都打虚了，一脚踏上去，能没到小腿肚。可有的地方，又满是尖利的炮弹皮，找不到下脚的地方。张玉山带领另外三名爆破手不停地往前爬着，膝盖、双肘都磨出了血。他们爬过一道打烂了的铁丝网，又爬过一道短墙。张玉山第一个摸到了4号庙碉跟前。他侧转半个身子，把背上的炸药包卸下来，放在庙碉跟前。他想用手挖个坑埋雷管，但四周都是水泥地板。这时，战士老李跟上来了。张玉山说："就放在地上炸吧！"他俩把100斤炸药放在一起，惊天动地响了一声，庙碉却没有炸开。

这时，第一爆破手也跟了上来。他们每人背着炸药，又向4号庙碉爬去。他们爬到庙碉跟前，把所有的炸药集中在一起，一点火，又是一声巨响。抬头看时，庙碉还是竖在那里，一动不动。他们每次都增加了炸药数量，连续炸了六次，突击队也连续冲了六次，但4号庙碉仍然喷吐着凶焰。

第七次，张玉山用了500斤炸药，炸开一个5尺宽的大洞。张玉山伸手一摸，约有4尺厚，还是没有炸透。张玉山急红了眼："炸！我看阎锡山的王八盖到底有多厚！"

担任掩护的机枪因为射击时间长，枪管都发红了，烫得不能挨。机枪手路廷发侧转身子往机枪上撒了一泡尿，又继续进行射击。

第八次，张玉山爆破组和兄弟部队的爆破组一起，将850斤的炸药运了上去，仍旧放在原先炸过的地方。等其他同志撤下去，张玉山往炸药里埋了一把雷管，一连检查了三遍，点着系在导火线上的火绳。直到火绳燃烧大半截，他才双手抱头就地滚到左侧5米深的沟底。一声震天动地的巨响之后，一股浓烟腾空而起。张玉山躺在地上，什么也不知道了。

4号庙碉终于被炸开了，突击队一齐冲上去。庙堡里，没有一个活着的，不是被炸死，就是被震死。

张玉山苏醒过来，人们把他抬起来，旅长傅传作紧紧地握住他的手说："好我们的爆破大王！我代表旅党委向你祝贺！你又立了一大功！"

至11月13日，西野第七纵队经过半个多月、60多次反复激烈的争夺，终于攻占了牛驼寨，重创守敌暂编第十总队和第六十八师。

在整个战斗中，独立第三旅第八团，独立第十二旅第三十六团、独立第七旅第十九、第二十一团，警备第二旅第四、第六团等部队均付出了重大代价，做出了重要贡献。

站在牛驼寨俯视太原城，好像是从盆沿看盆底。指战员们高兴地说："太原的敌人已成了瓮中之鳖，跑不了啦！"

王新亭强攻小窑头

小窑头要塞位于太原城小东门正东4公里处，阵地建在大小10多个山头上，由1号至15号阵地组成，其中11号至15号阵地为最高支撑点。这里可以钳制太原东门城壕和环城铁路，是敌人的要害之处。敌人投入兵力较多，火力也很强。各阵地均有3米至10米的劈坡，劈坡上沿和各死角都筑有水泥碉堡，整个阵地交错连环。守军为敌第二七九师一个团、暂编第十总队一个连及保安第六团一部。

兵团明确，攻击小窑头要塞由第八纵队担任。

10月20日，第八纵队司令兼政委王新亭和纵队副司令张祖谅及第二十四旅旅长邓仕俊、政委王观潮，第二十二旅旅长胡正平等，一起来到小窑头以东的小北山尖察看地形，现场研究打法。为加强攻击力量，兵团当即决定调第二十二旅第六十四团归第二十四旅指挥。

徐向前对夺取东山要塞的准备工作很重视。在王新亭察看地形的第二天，徐向前打电话到前沿阵地，找邓仕俊了解攻打小窑头的准备情况。

邓仕俊是一名久负盛名的指挥员。他报告说："报告司令员，地形摸清了，我们研究了具体打法，部队情绪很高，一定攻克小窑头要塞。"

当他提出多给点弹药时，徐向前说："好，设法多给你们一些炮弹。这次战役，我们的炮弹比以往哪一次都要多。不过和敌人比，还是少得很。所以，炮弹还要适当掌握使用。小窑头很重要，敌人非反扑不可，你们的任务也就艰巨了。不过，你们一定得把它打下来。只要能坚持到底，胜利一定是属于我们的。"

10月26日晚，天气阴沉，寒气袭人。第八纵队以第二十四旅、第二十二旅第六十四团对小窑头发起了攻击。第六十四团打敌突然，首先夺取小窑头以北1号至6号阵地。经一昼夜连续进攻，战至27日下午，全部占领阵地，并歼敌暂编第十总队一个连。

27日晚，邓仕俊指挥第七十一团经连续突击，集中对8、13、14、15号阵地的敌人发起攻击。战至28日上午，第七十一团全部占领上述阵地。

第七十一团团长北沙报告："13号阵地只剩三人，仍坚守着阵地，寸步不让。"

邓仕俊坚定地说："一定守住，我马上组织支援。"

他立刻调动第六十九团主力，在第二十二旅第六十六团的支援下，发起猛烈攻击，苦战3天，付出重大伤亡后，终于夺回8、15、14号阵地。战斗结束，第六十九团的连干部只剩下一人。

敌人并不罢休，28日中午12时，阎锡山以第三十军两个团、第二七九师一个团，集中三个团的兵力，在剪子湾、淖马、双塔寺、黄家坟、东城门等处炮兵群的支援下，以14号阵地为中心目标，对小窑头各阵地发动大规模的反扑，并施放毒气弹、燃烧弹。

第二十四旅被迫放弃当日夺占的各号阵地。

邓仕俊问北沙："石人垴阵地能不能守住？"

"能！"

"一定守到黄昏。"

北沙去了石人垴。

10月29日，邓仕俊命令第七十团再次进攻石人垴和13号阵地。

第二十四旅炮兵和上级临时调来的炮兵集中火力猛轰石人垴。

几天下来，石人垴虽仍在第七十团的手中，但它处在敌人炮火的三面攻击之中，倘若敌人进攻，严密封锁，预备队和弹药都上不去，阵地仍很危险。邓仕俊深思熟虑后认为，不如把部队撤下来，晚上再重打一次。

邓仕俊回到旅指挥所，电话告诉段龙章："把部队撤下来。守的伤亡太大，会得不偿失。"下午，部队撤了下来。

第八纵队又给了第二十四旅一批炮弹，邓仕俊命令第七十团再次发起攻击。同时分两路攻打石人垴和13号阵地，使敌不能互相支援。第二营营长胡景义率领第四、第六连迅速绕到石人垴的西南，连续爆破两次，把敌人劈成的峭壁炸成了斜坡，搭上梯子，一边投手榴弹，一边勇敢地向上爬。最后，第二营全部占领石人垴，俘敌130余人。这个小窑头主阵地，又回到了第二十四旅的手中。直到天黑，敌人没有再组织反扑。

4天以来，单在石人垴这两个山头上，敌人就被消灭2000余人，尸横遍野。邓仕俊向纵队做了报告，王新亭命令："趁敌人精疲力竭之际，迅速攻打13号阵地,全部夺回小窑头,打开太原的门户。"

邓仕俊下令由第七十二团攻打13号阵地。第七十二团团长尚坦是个急性子,平时就说话快、走路快、办事快,被称为"三快"团长。他迅速指挥团的突击队全副武装,一下子插上13号阵地,可惜只进去一个班,后续部队未能爬上峭壁,被敌人的增援部队一打,还未站住脚就退下来了。

王新亭得知第二十四旅与敌数日反复争夺阵地,伤亡损耗很大,决定改调第二十三旅第六十八团攻打13号阵地。

第二十三旅旅长黄定基接到命令后,对第六十八团团长程九章说:"13号阵地是小窑头敌人的主阵地,你们要认真侦察地形,了解敌情,做好部署,定于今晚拿下,并坚决守住!旅集中炮火支援你们!"

程九章当即表示:"坚决打好这一仗。"随后,程九章对副团长蓝伯斋说:"通知三营上!我到三营去指挥,坚决把13号阵地拿下来!"

10月31日,程九章到13号阵地前沿侦察地形。这时,敌人一枚炮弹在他附近爆炸,一块弹片将他的棉衣袖子打烂,另一块弹片穿过他的右手掌。程九章未顾及伤痛,继续侦察地形,侦察完后便去了第三营指挥所,向营长李广福部署战斗。

当天傍晚,第六十八团第三营向敌13号阵地发起猛攻,担任主攻的第七连,在连长刘金山的带领下,很快接近到敌人阵地的劈坡底下。此时,敌人的各种火器集中向该连开火。黄定基令旅炮兵大队用炮火向敌人轰击,掩护部队突击。谁知,敌人打来的竟是毒气弹,使冲锋的战士眼鼻刺痛,泪流不止。紧接着,敌又以密集的火力向第七连射来,一批战士中弹倒下了。

这时,营长李广福立即令第八、第九连投入战斗。两个连的战士奋力反击,猛打猛冲,一举突入敌人的13号阵地。经过激战,歼敌两个连,俘敌副营长以下300余人。

第六十八团的另外两个营,也都轮番加入战斗,打敌反击。战至31

日16时30分,历时6天,小窑头阵地终被攻克。

第七十二团一部乘势攻占小窑头北侧的四亩圪洞,俘守军300余人。

战后统计伤亡情况,发现连队的干部伤亡非常严重,第六十八团的连级干部全部牺牲,第六十九团剩1人,第六十七团剩3人。

刘忠战淖马

淖马距太原城3公里多。淖马要塞由淖马主阵地及1号至9号阵地组成,其中以主阵地及7号阵地(炮碉)最为坚固。主阵地修在山顶,四周有五层劈坡。守敌为第三十军和暂编第八总队各一部。

攻克淖马的任务由第十五纵队担任。在纵队会议上,刘忠确定了攻击部署:第四十三旅全部、第四十四旅两个团,同时向淖马攻击。在第四十三旅攻击淖马主阵地后,继续占领7、8号碉堡;第四十四旅在攻占观门前以北土寨子后,以一部切断观门前以南高地之敌归路,并歼灭之,主力则迅速向淖马攻击前进。

纵队首长做了分工,司令刘忠负责在前面指挥,政委袁子钦负责政治动员和主持全盘工作,副司令方升普负责组织炮火,参谋长熊奎负责后勤保障。

10月26日16时,第十五纵队向淖马的攻击开始了。第四十三旅第一二八团为主攻团,旅长林彬随该团行动。攻击开始后,第一二八团第一、第二营分别从两个方向同时向敌淖马主阵地和左翼阵地发起攻击。经3小时战斗,第一、第二营全部占领左翼阵地,但主阵地仍在激烈战斗。

第一营攻到第五层峭壁,交通壕到了尽头,敌人以火力严密封锁。第七次攻击时,第二梯队第三营和第一二九团第二营都已用上,但敌人工事坚固,火力猛烈,均未成功。攻击部队一部被拦阻在峭壁之下,伤亡很大。

刘忠来到第一二七团指挥所,准备给他们下达任务,团长李成春报告了前线的情况。眼看天就要亮了，部队暴露在敌人的火力之下，情况非常紧急。刘忠马上要通了前线旅长林彬的电话，说："一二八团伤亡大，能不能坚持下去，不能就换下来。"

林彬坚定地说："报告司令员，没问题，一定能坚持。"

刘忠说："一定要组织好火力和爆破，迅速攻下主阵地，如果需要，再让一二七团上去一个营。"

林彬回话："一二八团还有一个连没有用上，我们正组织最后一次攻击。他们保证，坚持到最后5分钟，攻占敌人的主阵地。"

经过一夜战斗，第一二八团确实伤亡严重，但如果撤下来组织第二次进攻，必将使部队损失更大。经过组织，第三营营长张世兴、第九连副连长阎巨辉、指导员郭小二带着一支由18人组成的突击队，从主阵地一翼猛扑过去。他们将峭壁炸成斜坡，迅速爬了上去，绕过梅花大碉，登上了主阵地。一阵猛打，敌人大部被歼，跑掉一部分。

拿下淖马主阵地，兵团首长来电说："你们打得好，打得顽强！攻下淖马主阵地，对整个太原战役起很大作用。望你们再接再厉，争取更大胜利。"

徐向前打电话给刘忠："你们已经插到敌人的心脏里去了，根据牛驼寨的经验，敌人一定会不惜任何代价进行反扑。你们攻得好，要守得更好。要立即做好准备，派谁去守呀？"

刘忠回答："我们派一二七团去。"

徐向前说："好！告诉一二七团要发扬董村阻击战的顽强精神，把敌人消灭在阵地之前。"

刘忠回答："一定把敌人反击下去！"

徐向前说："也要估计到，这次战斗会更残酷。要利用敌人反扑的空隙，赶紧修筑工事，补足弹药，休养兵力，研究对策。兵团和其他纵队的炮火会大力支援你们。"

　　第一二七团团长李成春接受任务,亲率第三营接替了第一二八团,迅速进行了防守主阵地的部署。

　　徐向前的预计非常准确。淖马敌人主阵地丢失,敌执法队暴跳如雷,将放弃阵地的敌暂编第八总队第一团第二营营长姜啸林等20余人当场枪毙。接着,便集中暂编第四十师全部、暂编第八总队大部2000余人,向第一二七团主阵地反扑过来,企图趁我立足未稳夺回淖马。

　　两天反扑19次,均被第十五纵队杀退。

　　第二天,东方刚发白,敌人倾暂编第八总队、暂编第四十师全部,加上胡宗南美式装备的第三十师一部,企图背水一战,疯狂做绝命挣扎,扭转败局。

　　头天晚上,阎锡山给暂编第八总队和第三十师下了一道命令:"再拿不下淖马主阵地,就不要回来见我!"他还规定,打下主阵地后,每人发给10块大洋。敌暂编第八总队司令和暂编第四十师师长都亲临前线督战,要拼个你死我活。

　　三更时分,忽然火焰飙起,敌炮弹像暴雨般地落在第一二七团的前沿阵地上,工事、交通壕全部被炸平。刘忠十分焦急,用望远镜只能看到一片浓密的烟雾。通往旅团的电话线被打断,不能及时了解主阵地上的情况。运输线被敌人的炮火严密封锁,弹药很难运上去。

　　兵团首长一次又一次地打电话来问:

　　"情况怎么样?"

　　"能守住吗?"

　　刘忠相信第一二七团第三营是一支英雄部队,有把握守住阵地。但是,这样猛烈的炮火,以一个营的兵力抗击5000敌人的连续冲锋,不免也有些担心。他速令炮兵和第三十三旅一定要用最大力量支援第三营,把主阵地守住。

　　第三营伤亡越来大,弹药快打完了。第七连只剩下1名排长和6名战士,手榴弹打光了,把刺刀上膛,准备同敌人肉搏。

又一阵密集的炮弹倾泻在阵地上,势如排山倒海,第三营的指挥所被轰塌,上至团下至连,所有电话线全被打断。

敌人第11次冲上来,争先驰逐,占领了第七、第八连各一半的阵地。

情况紧急,眼看阵地就要丢掉了。

这时,在左翼阵地上的第一营赶到,迅速投入战斗。炮弹落在敌人后续部队的人群中,山坡下一片火海,敌人像热锅上的蚂蚁,乱跑乱窜。

敌人连续第11次的反扑被粉碎了,第一二七团以400余人的伤亡,毙伤俘敌1500人。淖马阵地,仍然稳如泰山。这时,第四十四旅和第四十五旅从右侧乘胜夺取淖马阵地以西的六座碉堡。

在淖马村头,所有阵地全部被第十五纵队所控制,只剩下那座炮碉,隔沟对峙。该炮碉高5米,以钢筋水泥构筑而成,它与8号碉,矗立在淖马村深沟西边的高地上。它的前面是利用地形砌成的8米高的峭壁,9号碉在它的左侧后600米处。一条公路跨过深沟,通过炮碉的右侧。顺着公路望去,是一片平原,可直达太原城,这是东山淖马要塞的最后一个据点。它是阎锡山的炮兵阵地之一,阎锡山用他最后的一张王牌——装备精良的第三十师固守这座炮碉。通往碉堡的唯一道路(跨过深沟的公路),被敌人的炮火严密封锁着。

10月27日,敌人依托残存的8、9号碉,集中全部炮火,在一块40多亩地大的阵地上连续轰炸90多分钟。猛烈的炮火把地皮都翻了一层,交通壕、火力点遭到很大破坏。在猛烈的炮火掩护下,敌以第二七九师一个团和暂编第八总队共4000余人,连续反扑19次,均被击退。

10月28日,敌又纠合四个团兵力,发起10多次攻击。敌督战队胁迫着他们的官兵,赶羊似的往第一二七团阵地驱赶。开始是一个连,以后是一个营。战士们把这批敌人打下去,马上准备迎击下一批。随着战斗的进展,阵地上敌人的尸体越堆越多,战士们的弹药越打越少。敌炮火封锁了第四十三旅的运输队,弹药补给赶不上消耗。下午1点钟,敌人突破第一二七团的阵地前沿。第一二七团沉着应战,依托各支撑点,用纵横交叉火力夹击敌人。

兵团、纵队的野炮山炮一起向敌人的纵深猛烈轰击。

隐蔽在阵地下面的预备队,接到刘忠的命令后,一步跃起,冲向敌人,实施反冲击。勇士们冲入敌阵,双方在开阔地里短兵相接,浴血火拼。

拼杀一阵后,敌人开始撤退。阵地上传出一片胜利的欢呼声。江岗参谋长拿起电话大喊:"向敌人撤退的路上,每门炮齐放5枚!"

在大炮、机枪的怒吼声中,战士们从各个方向向敌人出击。

黄昏前,敌又反扑一次,曾经突入部分阵地,但立即被赶了下去。敌人不再反扑,丢弃8号碉堡,纷纷狼狈逃窜了。

11月9日,北风呼啸。第一二七团主攻营的两个连和旅工兵连10多人,秘密潜入了距离前沿150米的一个窑洞内隐蔽起来。

下午4时,第一二七团攻击炮碉的战斗开始了。40多个战士组成爆破队,带了1600斤炸药,在炮火掩护下,扑向敌人的前沿阵地。他们交替掩护,奋不顾身,把炸药放到敌人峭壁下的一孔窑中,随着一声巨响,窑顶上的守敌随着烟雾"升入"天空。天堑峭壁,顿时变成了一个宽20米的45度斜坡。两个连趁烟雾,突入敌人阵地,奋勇拼杀。经5小时激战,终于夺取了炮碉。

第二天黑夜,阎锡山下令暂编第八总队司令赵瑞率部做反扑。赵瑞抗拒命令,与参谋长曹振中率500余人火线起义。

敌人气急败坏。11月26日竟然以窒息性毒炮弹向第十五纵队的界花湾至淖马村发射,致使中毒民众达80多人,1人当场死亡,尚有15人生命垂危。其实,在此前一天,即11月25日,敌人就以喷嚏性毒炮弹向牛驼寨10号阵地发射10枚,造成第七纵队第三旅第八团第二营中毒10余人,其中5人生命危险。

但这丝毫挽救不了阎军败亡的命运。刘忠指挥部队乘胜反击,第四十四旅攻占了该阵地以西的六个阵地。不幸的是第四十四旅政委李培信中弹牺牲。

至此,第十五纵队在半个月的酷战中,打退敌人无数次的反扑,歼敌3000余人,牢固地占领了淖马。

韦杰攻山头

山头要塞,位于城东南5公里处,其阵地由主阵地及其以东的大垴山阵地组成,两个阵地之间有交通壕连接。主阵地由1号至5号骨干阵地组成,周围有劈坡二层至六层,每层高4米至6米。守敌为暂编第九总队全部、第七十三师一个团、第二七六师和暂编第八总队各一个营。

10月26日,第十三纵队司令韦杰决定由第三十八旅担任主攻任务,以第三十九旅一部位于上下黑驼以东及以北地区,对上下黑驼及马庄之敌实施监视和警戒。以第三十六旅为预备队。

10月26日下午,第十三纵队和第三十八旅的炮火一起向敌大垴山阵地轰击之后,第三十八旅第一一二团第三营在炮火掩护下,首先发起攻击。一小时后,攻占了大垴山敌人方形碉堡阵地。战至28日,该旅又连续攻占大垴山以北、以南两个集团阵地。31日,开始转攻山头的主阵地。

守在山头阵地的是敌暂编第九总队,该敌趁第一一二团立足未稳,在炮火掩护下,以一个团的兵力向大垴山第一一二团已占阵地连续进行了五次反扑,均被击退。第一一二团巩固了大垴山阵地。

接着,第一一三团冒雨向15里远的山头高地挺进。爬山越岭,路滑难行。天越阴越黑,雨越下越大。部队登上一段山脊小道,突然,遭敌远战炮火袭击封锁了道路,部队受挫。团长下达了命令:"拉开距离,趁炮击间隙,迅速前进!"

黄昏,第一一三团第二、第三营沿着进攻道路,越过纵横沟壑,向攻击阵地前进。

30日15时,韦杰的攻击号令一下,38门火炮猛烈地射向敌阵。顷刻,尘烟飞腾,遮天盖地。当炮火延伸向敌阵纵深时,团突击队便向敌人的1、3号阵地发起冲锋,一举占领敌前沿三个火力点。

第五连突击队一部登上敌3号阵地。由于有几道崖,炮火未能彻底摧毁,突击队又未以炸药补爆,坡陡土松,攀登困难,后续梯队接援不上,被敌阻止,停留在突破口上下。敌人5号阵地的侧射火力,又给攻击3号阵地的部队以极大威胁和杀伤,加上遭受远战炮火轰击,阵地上敌人拼命地反扑,第一一三团被迫撤出战斗。

31日下午5时,又发起第二次攻击。当炮火延伸,突击队开始冲锋时,敌人一排重炮打来,突击队携带的100多斤的炸药被打炸,遭受重大伤亡。第二梯队再次冲上敌人的3号阵地,敌我双方展开激烈的争夺。后面的第四连还来不及参加战斗,敌又疯狂反扑5号阵地,第一营未能攻下,敌侧射火力点突然复活,前进不得,遂又撤退下来。

旅团领导寻找原因,是由于将主阵地误认为是次要阵地,在31日的进攻作战中只使用了一个团的兵力,致使两次进攻均未奏效。两次失利,已经清楚地看出:山头阵地相当复杂、坚固,敌人又是新增援来的第六十九师第一〇九团,有一定战斗力。旅团决定再次组织攻击。

11月1日,第三十八旅首先集中两个团的兵力,集中攻击山头的主阵地。再次受挫之后,遂将进攻兵力增加为三个团。三个团相继投入战斗,突击队多次发起冲锋,均未攻克,而且伤亡较大。

在东山战斗正酣之时,蒋介石担心太原不保,速将国民党军整编第十师第八十三旅(后改番号为第八十三师)4500余人于11月初由榆林空运至太原。阎锡山遂用该部接替原山头守军防务,使山头的防守力量大大加强。

就在第三十八旅准备发起第三次攻击时,纵队司令韦杰、副司令鲁瑞林急忙赶来了。在旅指挥所,他们与旅长王海东、政委王贵德等一起寻找攻击失利的原因。鲁瑞林分析认为:一是战前侦察不细,只在正面做了一般观察,未深入到敌人阵地纵深,误把大垴山阵地当成山头的主阵地,而把山头主阵地当成一般的野战工事;二是大垴山阵地的顺利攻占,又使旅的领导产生轻敌思想,认为"主阵地"既已攻占,夺取山头高地"野战阵地"不会费更大力气,因而没有对山头主阵地做进一步侦察;三是山头主阵地的面积宽大,工事极其坚固、复杂,守敌近三个团,而第三十八旅仅用了一个团的兵力来攻,违背了集中优势兵力的原则。

找到原因后,旅长王海东决定集中三个团的兵力,再次总攻山头阵地。

11月9日,王东海指挥第三十八旅对敌人的山头要塞主阵地发起总攻。结果,两次进攻均未成功,仅于当日攻占了3、5号阵地。

由于攻击山头主阵地受挫,部队被迫后撤。鲁瑞林火了,对王海东说:"就不能改一改?每次进攻,不是拂晓就是黄昏,每次进攻,总是先炮击,后突击!"满身炮土尘灰的王海东低头不语。

鲁瑞林说:"刚才,徐司令来电话,要我们认真检查几次失利原因,打不上去,不是炮弹少,而是炮弹多了。"

鲁瑞林又说:"现在,徐司令一枚也不给了。要我们想办法打上去,消灭敌人,占领阵地!"正是进攻时候,兵团不再给炮弹?王东海不解。

鲁瑞林解释说:"既然徐司令给我们燥热的脑袋上泼了凉水,我们就该清醒一下嘛!大家想想看,没有炮弹怎样打上去!"

韦杰又插了一句话,给予点明:"没有炮弹,不能强攻,只能智取。"

王海东一拍大腿,说:"这就对了,我们为什么不可以采取深夜趁敌麻痹不备,以偷袭手段组织进攻呢?"

偷袭智取山头高地的任务交给了第一一三团。团长决定让第二营营长武占国、教导员舒国正两人分别担任突击营营长和教导员,第三营营长杜天风为副营长,第七连连长张怀德为连长,第四连连长王星为副连长,将第二、第三营的步兵战斗员70余人编组成6个战斗班,具体区分了各自的任务。

一切准备就绪后,团长说了声"开始",武占国使劲拉了几下手里的电线(临时规定的偷袭信号,另一头在突击连连长的手里)。顷刻,突击队便迅速摸上2号阵地。6个班分为左、中、右三路,向前攻击。敌人正在掩体里打盹儿,当战士的刺刀指向他们的胸口时,40多个敌人乖乖地举手缴械。

向左发展的第四班,前进了40多米,被敌人发觉,遭机枪狂射,阻挡了去路。第六班直奔敌机枪阵地(三层水泥碉),炸毁碉堡,3号阵地被我占领。

智取要塞3号阵地后,纵队一面命令坚守阵地,一面命令第三十六旅第一一〇团迅速增援接替,乘胜扩大战果,但因沟壑阻隔,部队运动困难,直到10日上午9时,才上去2个排。

敌人趁第一一三团立足未稳,以第八十三师一个团兵力,在猛烈炮火的掩护下,由1、2号阵地向3号阵地进行疯狂的反扑。霎时,整个阵地尘烟腾腾。第三十八旅和第三十七旅官兵连续打退敌人的五次反扑,守住了阵地。敌人强攻不下,便改变了战术,于当日16时从2、3号阵地结合部的壕沟、暗道进行偷袭。由于只注意正面防御,忽视侧翼警戒,使敌有隙可乘,敌人爬上3号阵地后,向侧后迂回,将突破口占领,切断了交通道路,第一一〇团被迫又撤出战斗。山头的3号阵地,又落入敌手。

10日,第一一〇团党委决定趁敌骄懈,黄昏时候以两个连的兵力,采取突然袭击手段,出敌不意,再次夺回3号阵地,然后扩大战果,夺取山头要塞全部阵地。

团党委把主攻任务交给了能攻善守的第一连。10日黄昏,部队由大垴山西北侧,向山头阵地进发。

当第二班靠近阵地时,一道3米多高的陡坡拦住了去路。班长王德钧察看地形后,立即组织搭人梯,攀了上去。过了陡坡,前面就是20多米的开阔地,战士们卧在弹坑里,隐约能看到阵地上的各个火力点和障碍设施。经过观察,他们发现守敌除少数在流动值班外,大多数都缩在碉堡里。王德钧随即带领战士张飞、关希圣和王彦福悄悄地绕到碉堡跟前,从射孔里塞进炸药包,炸毁了碉堡。其他碉堡里的敌人不敢露面,只顾向外乱打枪。趁此机会,第二班连续炸塌五座碉堡。后续部队冲上来后,激战30多分钟,夺取了3号阵地。

第二天,部队进攻2号阵地。从3号阵地到2号阵地,相距200多米,中间为深壕,部队无法通过。赵世梧找到一暗道口,冲进去抓到两个俘虏,带到洞外审问得知,该暗道直通2号阵地。赵世梧向连里做了汇报,连长令第二班沿暗道搜索前进,并以第二排配合行动。赵世梧带领全班前进,来到一个较大的鞍部,见两个敌兵在换岗,口令和俘虏交代的一样。他们大摇大摆地走过去,哨兵喝道:

"谁? 口令!"

"鲨鱼。回令!"

"虾米。"

敌哨兵以为是自己人,迎面走来,被战士们绕到背后,一刀解决了。赵世梧带领全班继续前进,此时敌人还在熟睡,他们突然冲过去,30多个敌人乖乖投降。

暗道出口处是敌人的2号阵地,敌兵正在加修工事,赵世梧指挥战士们将敌歼灭。

这时,后续部队已纷纷赶来,趁敌刚刚换班立足未稳时,顺势向1、4号阵地猛插。两个阵地上的守敌眼看阵地被分割,难以坚守,遂仓皇逃窜,山头主阵地被全部攻克。12日上午,第三十七旅在第三十九旅配合下,又乘胜进占了山头村及其以西的野战阵地。至此,山头要塞全部被第十三纵队攻占。

山头要塞战斗,是韦杰第十三纵队在太原战役中最激烈、最残酷的一次战斗。前后五次强攻,两次智取,与敌人反复争夺,付出了重大伤亡代价。其中第一一三团第二、第三营仅剩40余人,第一一四团第一、第二营仅剩下7人,连队干部全部牺牲。

第十三纵队的勇士们在21天的生死战斗中,不仅占领了要塞,还在此埋葬了阎锡山军队八个师的番号,约七个团的有生力量。

决战东山要塞,最终,徐向前兵团以歼敌1万余人而胜利结束。在东山战斗过的各个阵地上,焦土一片,遍地是炮弹的弹片、手榴弹的木柄和摧折的树木。阵地上浮土3尺,遗弃的敌尸骸散发的臭味,弥漫四野。徐向前兵团自身也伤亡8500余人。

为了配合东山四大要塞作战,晋中军区部队先后攻占了太原以北的黄寨、青龙镇、北留、棋子山、周家山、会沟梁等点;城南夺取了许坦、马连营、千家坟、北营西车站,汾河西岸之南北堰、赵家山等据点,歼敌守军保安第六、第十三团,第六十九师第二〇五团及第七十师第二〇八团各一部,以及北山区的守备司令部、保警队一部。

11月15日,太原外围作战结束,徐向前兵团自身伤2万余人,共歼国民党军5万余人,占领了城南和东山各要点,紧缩了对太原城垣的包围。

徐向前病倒了

在东山要塞作战接近尾声时,徐向前夜间到前沿阵地观察情况时受了风寒。回到前委指挥部,正要打电话,突感左侧胸腹间剧烈疼痛,浑身直冒汗,忙被人扶着躺到床上,连身子都不能翻了。经医生检查,徐向前正发高烧,胸部出了问题。周士第赶忙派人去野战医院把华北军区卫生部副部长钱信忠请来。他是来太原前线指导和帮助工作的,伤病员的转运治疗工作都由他负责。

钱信忠诊断的结果是,徐向前胸部大量积水,患了胸膜炎。马上派人去后方弄药,同时前委就徐向前病情马上向军委做了报告。

11月22日,中央军委得知徐向前身体情况,立刻致电太原前委:"向前患病甚念。望嘱钱部长妥为诊治,并望你们注意照护,使之能完全摆脱工作,静养一个时期……徐病状望随时报告。"

毛泽东在签发时又加上一句:"如病情严重,应来中央医院,至要。"

周恩来立即派在延安时给徐治过病的黄树则医生、西北军区卫生部史部长与石家庄卫校陈教育长赶往太原前线,连同钱信忠共同组成了四人医疗小组,研究治疗方案。徐向前夫人黄杰也得到通知,带领孩子连夜从后方赶来照顾。

11月29日,政治局常委毛泽东、刘少奇、朱德、周恩来、任弼时联名,由毛泽东执笔写了慰问电:"闻病极念,务望安心静养,不要挂念工作,前方指挥由周、胡、陈担负,你病情略好能够移动时,即来中央休养,待痊愈后再上前线。总之,治疗与休养是第一重要,病好一切好办。"

这次决战东山要塞,是一场空前激烈的恶战,整整打了19个昼夜,确实把徐向前累坏了。四大要塞的攻击部署作战方案、战术变化、指挥作战、作战情况等,他都要一一过问,殚精竭虑,常常躺在担架上奔走于前线各点,本来就虚弱、有病的身体再也支撑不住了。

作为高级将领,指挥一场战争,是很耗精力、体力、智力的,没有强壮的身体很难支撑下来。何况,他常常把问题想得很细、很周到。细到什么程度?比如,战后一些数据计算,他都要亲自去做。这次东山血战,他就亲自收集各方数据,进行一番计算,然后得出在四大要塞攻坚作战中,平均每消灭一个敌人,需消耗山炮和各种重炮炮弹1发、迫击炮弹4发、手榴弹8枚、各种子弹110发、炸药2斤。然后找原因,总结提高。按说这都是参谋做的事,可是都由他这个司令做了。

周士第、陈漫远、胡耀邦都劝他到后方休养,但未能说服。他满脑子都是打太原的事,哪能去后方?他坚持要留在前线。

前委成员考虑,徐向前的病情尚不宜远行,而前线环境、条件又不利于静心治疗调养,他们提出,可以暂时先让徐移至一个适当地点。中央同意了。

12月7日,周士第选择把榆次东南20里峪壁村老乡的一个小院作为徐向前的休养之地。小院东靠太行余脉,西临深涧,环境清幽隐蔽,不会引起敌机注意,而且交通便利。

在移住峪壁村的前一天,徐向前躺在担架上,去前沿阵地检查了越冬防寒措施的落实情况。

徐向前移住峪壁村后,胸膜炎暂得到控制。

》 第五章　黄樵松起义

瓦解敌军

策动黄樵松起义这件事,得从1948年夏天说起。

阎锡山看到自己的部队死伤惨重,溃不成军,便把防守太原的重任交给了第三十军。第三十军在外围北营车站、凤阁梁、牛驼寨等地,曾一度占了上风,使阎锡山暂时松了一口气。以后,遂令第三十军负责汾河以东至太原东山诸重要阵地,第八十三师负责河西地区(后又调入城南守城)。

第三十军初来,为了表现一下,以博得阎锡山的奖誉,曾在北营、凤阁梁、牛驼寨几处小战中得逞一时,受到阎锡山的夸奖。这样一来,阎于是故态复萌,又大嚷大叫要搞什么"太原大保卫战"、"太原总体战"、"一城复省"、"一城复国"等,有点忘乎所以了。

其实,阎锡山这样叫嚷,有他自己的打算:一方面让解放军听,我阎锡山又增加了本钱,一心要与共军决战到底,至死不回头;另一方面是给蒋介石听,我阎锡山决心保卫太原,借此向蒋介石要更多的军饷、军火。

敌第三十军来到太原后,阎锡山让建设厅厅长关民权负责联系。因为1946年春敌第三十军在运城作战时,那些军长、师长们都和驻运城的山西省政府晋南行署主任裴琛混熟了。黄樵松到达太原后，首先找到裴琛，经裴琛介绍，黄樵松认识了关民权。梁化之得知关民权常与黄在一起，便向阎做了建议。

阎锡山对关民权说："现在共军已包围到城郊，你的建设厅也无事可做，就给咱和三十军的将领们做私人联络吧！听化之说你和他们还好，使他们好好地替咱们打仗。他们有什么不便在公事上解决的问题，你带回来和化之研究解决，有什么需要也向化之说吧！"从此，关民权便做了这样的联络官。

关民权与黄樵松、戴炳南、仝教曾、仵德厚等第三十军人员联络外，还联络了空军副司令易国瑞、空军站长刘忆飞、第八十三旅旅长谌湛、副旅长马龙海以及防空副司令刘炳彦等人，他们都成为关民权的座上客。

中秋节那天，黄樵松在他新城村军部设午宴招待在太原结识的朋友。客人散去后，留下关民权、裴济明、张志礼三人。黄樵松拉起胡琴，自唱了一段《秦琼卖马》，关民权唱了一段《探阴山》。唱完后，大家在一起喝茶闲聊。张志礼问黄樵松："老黄，你看太原这战事前途怎样？"黄樵松说："孤城一座，四无依靠，若是再无援军，将来想再唱'卖马'，也不可能了。"裴济明在旁说："那么现在就是死鬼作乐了。"黄樵松说："话也不能这么说，死里还可求生嘛！"裴济明说："如何求生呢？"黄樵松说："那得要阎长官来抉择。"戴炳南和仝教曾说："阎长官如果能请求总统派来200架飞机，密集轰炸，保证能解太原之围。"大家七言八语，谈了一阵散了。

十几天后，大家在关民权家吃晚饭，饭后黄樵松和大家闲谈，谈到第三十军在凤阁梁作战时，仝教曾极力夸奖第三十军的士兵如何勇敢、不怕牺牲。关民权说，阎锡山对第三十军非常器重。黄樵松说："阎先生待我们是不错，但没有部队增援，就单靠我们这一部分支撑，纵然每次都打胜仗，也不能没有伤亡，死一个少一个，外边又补充不来，到了最后，除了投降、被俘，就是战死。虽不能做这样想，但这是个实际问题呀！"这几句话,表明黄樵松对前途是十分忧虑的。

有一天,在西北实业公司宴会上,赴会人员都恭维黄樵松。黄樵松在背后对关民权说:"大家夸奖,使我高兴又难过。高兴是侥幸夺回一些地方,难过的是伤亡惨重,补充不来,难以为继呀！ 说到山西的部队,我们也知道不行。阎先生得想办法！就凭我们这一点灯油,能熬几天呢?"

蒋介石中央军在各地被打得丢盔卸甲,喘不过来,对太原支援,即使有心,也无能为力了。阎锡山一向吹嘘的所谓"聚宝盆"(兵农合一)已被打得粉碎,绳子再多,也捆不来兵了。难怪黄樵松为部队兵员增补不上,又着急又无奈。

为了给借来的兵将打气,阎锡山常说:"太原是铁城,城东是铁垒,是太原城防的强中之强、坚中之坚。由三十军来守,一定会固若金汤,叫共军前进不得。"

然而,就在东山四大要塞战斗正酣之际,有一件重要工作正在秘密地进行着。这就是对黄樵松的策反工作。

黄樵松,号怡墅,河南尉氏县人。早年参加冯玉祥的西北军学兵团,后在高树勋部屡迁至师长。抗日战争中,他率团在台儿庄、娘子关等前线奋勇杀敌,给日寇以沉重打击。当时他率领的那个团,是国民党军队中少有的能与日寇勇敢作战的部队。

西安事变期间,他在杨虎城部任职,拥护张、杨联共抗日的爱国主张,对共产党的爱国主张有一定的了解。黄樵松对蒋介石曾抱有幻想,但在西北军任职期间,耳闻目睹蒋的所作所为,心中逐渐滋长了不满情绪。蒋家王朝的反动腐败,使他大失所望。蒋消极抗日、积极反共的政策,更让他愤愤不平。他说:"这样做,只能使日寇更猖獗,中华更受辱。"

解放战争期间,他惊叹解放军的辉煌战绩,称道解放军的战略战术是"不败之术"。由西安调入太原,尽管阎锡山对他又是拉拢,又是重用,但他还是与阎锡山保持了一定距离。

了解到黄樵松的这些情况之后，徐向前把黄樵松当成了政治争取的主要目标。得知黄樵松与高树勋将军私交很深，高树勋部下有一位叫杜健的军官与黄也有一定交情后，徐向前把高树勋和杜健调来被围困的太原前线，对黄樵松进行策反工作。

高树勋原是国民党的一位高级将领。他早年在北洋军阀的陆军中当兵，后转入冯玉祥的西北军。以后，历任北伐国民革命军第二集团军师长，国民党第二十六路军第十七师师长、新八军军长、第三十九集团总司令、第十一战区副司令长官。1945年10月，率一个军和一个纵队在邯郸前线起义，在全国影响很大。为进一步分化、瓦解国民党军队和争取国民党军队起义，中共中央曾号召国民党军队中的官兵以高树勋部队为榜样，弃暗投明，立功赎罪。

高树勋接受了策动黄樵松起义的任务后，给黄写信说，东北被分割，华北、华中日渐吃紧。蒋介石提出"撤出东北、巩固华北、确保华中"的计划，恐难实现。你这次奉调，由秦至晋，想也难以支持，劝君还是另图打算。

在太原外围作战中，徐向前俘获了黄樵松部下的一个排长。徐向前和王世英让高树勋又写了一封密信，叫被俘排长亲自交于黄樵松。高树勋在信中说：

怡墅、炳南弟：

我来前方时至半月，连上数函，迄今杳无音信，是否途中有变，抑或弟等谓我迂阔置之不理呢？按目前华北及东北局势是急转直下，弟等为人民立功之良机瞬间即逝。当这种情况下，不能不使我对你们的关怀炙心如焚。以公私关系论，故为弟等再曲陈之庶，以免悔之不及也。

锦州解放，范汉杰以下十余万美式机械化部队无一漏网。

长春守军六十军军长曾泽生率全军光荣起义，东北副总司令郑洞国率蒋嫡系美械兵团十余万人，继曾泽生之后投诚，长春即告解放。按锦州为交通枢纽，是蒋军重要补给基地，又系沈阳、承德、北平的走廊。按兵力而言，是蒋家嫡系部队十余万美械兵团，且有现代化永久性工事，碉堡林立，可谓金城汤池。但人民解放军在攻击时，仅花费三十一个小时即完全解放。本月十七日解放军在洛河以东地区歼胡宗南整十七师、整三十八师大部及六十五师一部。最近郑、汴解放，南京危急，此足以证明，人民解放军威力之大，可以说是无坚不摧，全国人民革命的胜利为期不远矣！

今太原孤城何所恃乎？以言待援，千里之内无兵可援；空中运输，机场已被控制。你们出城反扑数次，损兵折将，防御圈日渐缩小，太原解放定然为期不远。一旦城破被俘，其景况如何？临汾之役三十旅的覆没可为殷鉴。弟等何以踏此覆辙？应三思之。

在这一发千钧之际，还不早下决心，尚待何时？人家亲信部队郑洞国，在危急之时不听蒋之乱命，自动放下武器。你们为的什么？有何代价？况我西北军历来是革命的，在蒋贼分化欺骗收买之下，部队部分地走向崩溃，多数干部流离失所，无法生活者比比皆是。回忆过去能不痛心？我在三年间已深深认识到我们应走的道路。中国革命的前途，只有新民主主义和联合政府才能把中国搞好。并且共产党不论对任何人，只要站到人民方面来，就特别爱护欢迎。如在战场起义归来者，则不但论功行赏，且可保持原来番号及其部队。以弟等之智勇果敢，必能当机立断，毅然举起义旗，坚决回到革命方面，创造自己的前途。我西北军胞（袍）泽乜庭宾将军为弟等老友，他看到蒋家王朝必亡,于日前在苏北率部光荣起义,受到全国人民之拥护。我对弟等不惮烦劳如此关怀者,只是为了你们的前途和许多年来胞(袍)泽做此无意义的牺牲。至诚之言,望勿犹豫,以害大事。临书不胜依依。专此并请

健康

兄高树勋
十月二十九日

注意以下各条:

一、见信后,速派负责人员来取联络。如须我去时,我可到你附近商谈。

二、我保证你们起义后原番号、原部队仍予保留。

三、我们可大胆地与人民解放军配合,直取太原,活捉阎锡山,为人民除害,为国家立功。如捉阎有困难时,可将防地让予解放军,将部队开到另一地区休整,以备将来之用。

黄樵松接到密信,震动很大。虽然他对国民党的腐败政治表示不满,对国民党只剩下半壁山河,其前途处于飘摇动荡之际深有体会,但他毕竟长期生活在蒋军之中,戎马半生,何况抗战之后,还曾同八路军交战多次。鉴于此情,他有点举棋不定。

太原地下党获悉黄的动向后,通过内线关系,积极配合解放军进行工作。黄的部下有个王震宇(又名王正中),思想倾向进步,同共产党有一定来往,且与黄一直保持关系。地下工作人员便通过这个王震宇,去敦使黄起义。

在解放军政治工作的感召之下,黄樵松反复权衡,最后决定顺应历史潮流,弃暗投明,率部起义,脱离蒋阎统治。他给徐向前写信,大意说为了拯救太原30万父老出水火,免遭涂炭,我决心起义,站在人民和正

义这方面。望指示,力当效劳……

在给高树勋将军的回信中,他说:"我决心遵循你的教导和栽培,在你爱国爱民的精神感召下,坚决听从你和贵军首长的指导,万死无疑。"

徐向前接到黄的信后,马上回信说:

樵松军长勋鉴:

来函收悉。贵军长为早日解放太原三十万人民于水火,拟高举义旗,实属对山西人民之一大贡献。向前当保证贵军起义后仍编为一个军,一切待遇与人民解放军同。惟时机紧迫,更为缜密计,事不宜迟。至于具体问题,兹特请高总司令树勋将军并派本军胡政治主任耀邦,来前线代表向前全权进行商谈。

专此即颂军祺

徐向前启
十一月二日

高树勋拟去前线商谈,致黄樵松信说:

怡墅弟:

王震宇送来之信,向前兄接弟信后马上与兄商谈。徐司令对弟之爱国爱民的热忱异常钦佩,特令兄来前方与弟商谈一切,兄可代表徐司令及中央,保证弟部起义后仍编为一军,一切干部决不更动,待遇方面与解放军同。弟部过来后的一切困难或应补充等事,可以随时办理。现在正是弟为国家立功之良机,望弟万勿犹豫。见信后速令王回来,以便定规我们见面的地点。我现在就在最前方,无论何时都能随时见面。余事由王面谈。此致并祝

健康

兄高树勋手启

十一月二日

第二天,徐向前即给黄写了复信:

樵松军长勋鉴:

来函敬悉。所提四项条件,均可同意,并保证实现。惟本军步兵师均为三团制,故贵军似以照编制为宜。至于消灭阎军行动计划,望明日派负责干部前来商讨确定。

专此敬颂军祺

徐向前(印章)

十一月三日

黄樵松接信,在东山战斗打响之后,即派他的中校参谋兼谍报队队长王震宇,到解放军前沿阵地第八纵队司令部报告了起义行动计划,拟立即交出该部防守的东北两城门,接应解放军入城。

太原东山山腰的一孔土窑洞,是第八纵队指挥所所在地。

10月31日,黄樵松派他的联络官王震宇和随员王玉甲秘密来到第八纵队第二十二、第二十四旅前沿阵地,说有事与解放军前线最高指挥官接谈。前沿阵地官兵没有理睬,王震宇、王玉甲返回。

11月2日,王震宇、王玉甲从杨家峪沟北、小窑头南,第二次秘密来到第二十二、第二十四旅的前沿阵地。前沿阵地官兵已接到通知,立即把他们护送到第八纵队司令部。

第八纵队司令部热情接待了他们。王震宇再三表示,他是黄樵松军长亲自授意出城,来与解放军接洽起义事宜的。第八纵队司令部将此情况迅速向兵团报告,兵团认为机不可失。阎锡山正忙于东山防御战,不会想到"内脏"生变。如果第三十军起义成功,里应外合,解放军便可乘势拿下太原。

兵团即派胡耀邦偕专程来太原前线的高树勋将军,赶到第八纵队前沿指挥所,与王震宇商谈起义事宜及具体办法。

王震宇说:"军长已安排就绪,要我把他的意愿向贵军转达,并带来准备起义的方案与贵军商谈。"王震宇谈了第三十军起义的行动计划和部署:"黄军长的计划是:以轮换休整为名,将东山牛驼寨侧翼第一线阵地上的部队留一小部分,保持前后联系,为解放军部署进出城关的走廊。原二线部队向大东关附近移动,全军集结于城北享堂一带,届时控制大小北门和大小东门,接应解放军进围东关、北关,切断阎军的外围各点。同时,三十军与解放军由大小北门并肩入城,一部占据东北城角,监视驻扎该地的阎军暂编第十总队;主力将后小河及鼓楼作为据点,包围阎的绥靖公署,隔断阎的城内部署,进而用兵谏方式着阎下令停止战斗,全部放下武器,原地待命,和平解放太原。"

胡耀邦说:"请联络官先生向黄军长转达,黄军长以人民利益为重,迎我军入城,共同解决太原问题,这种爱国热情,我们表示钦佩。只要黄军长愿意脱离蒋阎顽固派,我们表示欢迎。人民对他这种爱国举动,是不会忘记的。我们只希望黄军长调遣部队迎我军入城,入城后的战斗任务,全由我军承担。至于能否胁迫阎锡山缴械投诚,那还要看战斗结果如何。估计战斗结局,不会像黄军长预料的那么轻松。"

经协商,初步议定:解放军攻取太原时,第三十军交出防守的大小东门,放解放军入城消灭阎军,第三十军撤出城外集结,进行整编。

胡耀邦当机立断说:"我们马上派联络代表与阁下一起入城,与黄军长商定我军入城作战和三十军撤出城外的集结位置。"

王震宇表示同意,说:"我已两次出城,这次出城也两天时间了,时间再拖长,万一走漏风声,大事将败。"

胡耀邦表示:"我们立即就办！一定让你按预定的时间回城。"

高树勋告诉王震宇:"请转告黄军长,一定严密布置,这是成功的关键。我们等着他的胜利消息。"

晋夫受命

胡耀邦在与王震宇商谈妥当后,来到第八纵队作战室,将协商结果电话报告了徐向前。胡耀邦说:"黄军长接受高树勋将军的劝告,决心起义,并拟定了控制东城门,包围太原绥靖公署,迎接我军入城作战,活捉阎锡山的行动计划。事关重大,此举成功,将大大减少太原人民生命财产的损失。"末了,胡耀邦自告奋勇,他要前往太原与黄樵松会晤,共同组织这次起义。

徐向前说:"你是政治部主任,打仗需要你,那里面的情况还没搞确实,去不得呀！另外派个人去吧！"

兵团将此事电报中央军委。军委于11月4日复电:"一、同意你们支辰电所提意见,望按情机断处理。二、迅速整理部队以便协同动作。"

胡耀邦向第八纵队领导王新亭、张祖谅、桂绍彬等介绍了谈判结果。之后,胡耀邦说:"我们得选一名政治上很强的代表随同前往。"

选谁去呢? 入城与黄樵松接触,不单纯是政治谈判,还有军事接防、采取武装斗争对付顽固派、捉拿阎锡山等复杂问题。这需要派名文武双全的军事干部比较妥当。

最后,徐向前同意了王新亭推荐的第八纵队参谋处长晋夫,由他随王震宇进城,代表徐向前与黄樵松商议具体作战方案,指挥敌第三十军协同行动,完成起义任务。就这样,晋夫与王震宇一起前往。为防意外,还派侦察参谋翟许友一同前往。

晋夫原名吕晋印,又名吕守成,能文能武,聪明精干,是王新亭、张祖谅的得力助手,在运城战役、临汾战役和晋中战役中,表现出丰富的作战经验和做政治思想工作的经验。

向晋夫交代任务后,胡耀邦说:"晋夫同志,组织考虑来考虑去,认为你去比较合适。这个任务,要同敌人斗智斗勇,十分艰巨,可能有牺牲的危险……"

没等胡耀邦讲完,晋夫表示:"坚决完成任务!作为一名共产党员,只要党需要,牺牲自己的生命也甘心。"

王新亭介绍了情况,将徐向前的一封信交他转黄樵松。晋夫站起来说:"请首长放心,我坚决完成任务。"

王新亭把翟许友找来交代说:"这次入城执行任务,晋夫作为我方联络代表,职务是宣传部长,你是他的警卫员,深入虎穴,要做好保护晋夫的工作。"接着,胡耀邦、王新亭把晋夫、翟许友介绍给黄樵松的联络官王震宇和随员王玉甲,并确定了他们出发与入城的时间。

11月4日黎明前,晋夫换了装,穿一身临时弄来的短小旧便衣。第八纵队作战科的参谋为他送行。胡耀邦和晋夫握别之后,深度近视的王新亭司令也走过来,一只手拉着晋夫的手,另一只手摸了摸晋夫身上又旧又短的棉袄,说了句:"等一等!"返身走进窑洞,把毛背心脱下来送给晋夫说:"深秋露重,任务艰巨,一定要注意身体。"

王新亭后来回忆说:"我军夺取东山四要点后,(1948年)11月初,在我强大的军事、政治攻势面前,敌第三十军军长黄樵松,两次派遣中校参谋来我纵队接洽起义,急欲寻求一条出路。黄樵松的中校参谋第一次来后,我报告了兵团。还未及研究答复,他又来了,说起义已经准备就绪,要交出该部防守的东北两个城门,里应外合,接应我军入城,要求迅速答复。我立即请示兵团,兵团指示与黄樵松取得联系。兵团政治部胡耀邦主任,随即与在邯郸起义的原国民党将领高树勋一起,赶来第八纵队,组织谈判事宜。派谁进太原城去与黄樵松谈判呢?我考虑,纵队参谋处长晋夫同志是一名优秀干部,他不但熟悉参谋业务,而且有胆有识,能深刻理解上级意图,独立处理复杂情况。经纵队党委讨论,胡耀邦主任批准,便派晋夫以宣传部长名义带着侦察参谋翟许友,随敌第三十军的联络人员去与黄樵松谈判。"

大家一直把他们送到能望见太原城的山梁上。

徐向前深知阎锡山是个老奸巨猾的家伙,必须处处小心谨慎,百倍提高警惕。他不放心,带了几名警卫人员来到前线第八纵司令部,要与胡耀邦研究这件事。可是,当他到来时,双方联络代表已经走出第八纵队的前沿阵地,进入太原城了。

11月4日清晨,这是双方联络代表商定的入城时间。规定我军护送双方联络代表至太原东郊的杨家岭我军前沿阵地,对方在这个阵地前接应。第八纵队在前沿阵地的部队,向对方发出了信号;对方也发了接应信号,联络沟通了。双方联络代表和各自的随员一共四人,从第八纵队前沿阵地战壕里走出来,跨过一段开阔地向对方阵地走去。

这时,胡耀邦和纵队领导放了心。王新亭指示:"命令前线部队严密警戒,注视敌情变化,如有情况,立即报告。"

戴炳南告密

晋夫进入太原城,就住在黄樵松军长家里。经双方商讨,黄军长决定:在解放军攻城之前,第三十军秘密从一线阵地撤出大部分兵力,把一个团部署在太原小东门至东山一线,形成一条走廊,以引导解放军由此攻入城内;用一个团把守大小东门、大小北门、水西门、旱西门、大南门、首义门等,以及后小河、鼓楼等重要据点,使阎锡山的军队内外隔绝;再以一个团直扑太原绥靖公署,由黄亲自带卫士深入虎穴,以兵谏方法,活捉阎锡山。所余部队,留为预备队,随时准备策应各方。

最后,黄樵松提出,解放军发起攻城的时间最好选在11月4日。

一切商量妥当之后,黄派王震宇、王玉甲陪同晋夫和翟许友返回太原前线司令部汇报。但就在此时,起义计划泄露了。

在预定起义的前一天,即11月3日早晨,黄樵松把所属各师师长叫来,将起义的计划告诉他们。该军第二十七师师长戴炳南是黄一手提拔起来的,在一起南征北战近20年,可谓生死之交。黄对他深信不疑。

没有想到,戴背叛了黄。他利欲熏心,当面假意表示拥护黄的决定,返回部队之后,却与副师长仵德厚等密谋叛变。

戴炳南,山东即墨人,入伍当兵,渐次发迹。他为人奸猾狡诈,升官发财之心极浓。戴炳南平日对黄唯命是从,而在私人关系上,因山东同乡关系,他与仝教曾、仵德厚的交情更为密切,遇事商量,无话不谈。

据戴炳南事后交代:"黄军长于1948年10月的一天,曾在太原伪中央银行他的宿舍内同我讨论了全国战局,说:'东北失利,徐州也不妙,不如早作打算?'我说:'时机不到。'11月3日晨7时许,黄军长打电话把我叫到他的宿舍,拿出徐向前、高树勋的两封信让我看,并将全部计划告诉了我,我说请黄军长考虑,阎锡山尚有大量部队,弄不好我全军失败牺牲,念及孙连仲、鲁崇义及西安家眷等问题……黄说没有再考虑的必要,当时他命我向所属各团长传令行动,我只好答应。"

戴炳南回到家中,苦思一天,至下午6时许,乘车回到剪子湾第二十七师师部,与其亲信副师长仵德厚、团长欧耐农密商,决心出卖军长黄樵松,破坏第三十军的起义计划。

据戴炳南交代:"我于11月3日下午6点多回到剪子湾师部,首先把副师长仵德厚找来。因为事关重大,我命他跪下盟誓后,把起义一事告说一遍,他一听此事很害怕,因兵力太少,城门守不住将全军被消灭,当时他又拿不出主意,我说,我念及太原30万百姓及孙连仲、鲁崇义的关系,家眷又都在西安,做出此事不太合适,眼下我们有三条路可走:一是跑去徐向前那里,这里与我就没有责任了,仵不同意;二是自杀,仵说不值得;三是向阎锡山告密。仵同意第三条。我又把团长欧耐农找来,也是命他跪下盟誓后再告说此事，欧亦同意告密。我想，这样子对得起孙连仲、鲁崇义，不落叛变投敌的罪名，只有对不起黄一人。"

11月3日晚上11时左右，黄樵松按照与晋夫约定的军事配合方案一起行动，让戴炳南到前线部署、指挥。戴即利用这一时机，把部队交给仵德厚掌握，监视军部动态，他驱车直奔太原绥靖公署，向阎锡山告密。

戴炳南赶到绥靖公署，先去见绥靖公署参谋长赵世铃，慌里慌张，进到屋里，连话也顾不上说，拉上赵就往东花园走，去见阎锡山。赵世铃一边走，一边问："有啥了不起的事，这样惊慌？"

戴只说了一句："我们黄大人要出事啦，我们进去谈吧！"两人走进内北厅阎的卧室，阎已经睡下。阎的侍从长张逢吉把阎从被窝里叫起。戴站在阎的床头，哭丧着脸说："请长官快救命吧！"阎说："什么事，你快说。"

戴把在军部会议上黄樵松计划起义与行动方案，一五一十地说了一遍。并说，解放军派来的人员就住在军指挥所。

阎一听，大为惊骇，一时无语。阎不大相信真有此事，又让再说一遍，并要戴拿出证据。戴又说一遍，说他亲眼见过徐向前、高树勋的来信，就在黄的口袋里。还说，黄派出的代表尚未回来，解放军的代表尚未见到。戴当场表示："我是军人，主任是党国元勋，我决以头颅报效钧座，与太原共存亡。"

阎锡山退据太原城垣后，把希望都寄托在第三十军身上。如今黄樵松反叛，他气得破口大骂："外来户终是靠不住！"当场夸奖了戴几句，问戴："你对你师的各团有无把握？"戴说："从团长到士兵，保证不会有一个受黄的影响。"阎又问："你对黄部和马旅有无办法？"

戴说："只要使黄能离开军部，那两部分按防地形势都在二线地区，和解放军还未联上，即或事情明朗，我亦能控制他们。"

阎锡山马上决定摆鸿门宴，以召开紧急会议为名，诱捕黄樵松。要戴立刻掌握部队,联系马旅,设法把共产党派来的人扣捕起来。

阎锡山吩咐赵世铃给黄樵松打电话,说有紧急军事会议,请他参加,并即刻叫萃崖(孙楚)和治安(王靖国)来。

孙楚、王靖国来后,阎将戴的告密内容告知他们,立刻聚在一起商量决定:对东山第一线第三十军防地,令副总司令温怀光选派部队,以换防为名,当夜先重层配备,以防不测。天明之后,由戴下令,将第三十军撤下,集中休整,将宫子清的机枪师、暂编第十总队炮兵及阎锡山直属机甲队、司令韩文彬的坦克队,统归温怀光指挥,部署于剪子湾、享堂村附近,监视和镇压第一线的异动,并做前后方联系;令第四十三军刘效曾、第八十三军曹国忠等部,分别进入双塔寺、卧虎山两要塞,第二十三军韩步洲部据守北面钢厂和北机场各碉堡,警备东北及西面,以防意外。城内,把原守碉堡的民卫军、地方编组的团队,一律换下,分区集中监视起来。另派阎锡山的侍卫队、特务团以及各兵团的直属队,分担城内各重要街巷、碉堡及核心地区的非常守备。城上以迫击炮师、干部师、青年团和陈震东的坚贞师等部接替。又把暂编第十总队残余拼凑为机动部队,控制坝陵桥、新民街一带。还令阎的警宪、特务出动,对第三十军城内机构与人员活动,严加监视与限制。

赵世铃派兵把上肖墙第三十军办事处秘密监视起来后,即派人到北门外新城村第三十军军部接黄到绥靖公署参加紧急军事会议。

黄樵松过于单纯,警惕不够。按一般情理说,马上就要起义举事,对阎此刻的一切命令应当不去理会。然而,当赵世铃给他电话,邀他参加紧急军事会议时,他答:"我这里没有汽车,去不了。"赵世铃马上说:"我即刻派车去接。"

黄终于上当受骗了。乘车驱往太原城,刚一下车,就被绥靖公署副官处处长、阎的干儿子张文昭和副官处副处长安忠厚迎到副官处,刚一进去,便被搜身、下枪。随后,被两人夹着去见阎锡山。此时,黄方知事已败露,后悔莫及。

阎锡山一见黄樵松便说:"黄军长,总统和我对你都很器重,到太原待你不薄,你为什么要叛变?"

黄樵松慨然说道:"好汉做事好汉当,我不愿意再打内战,我要弃暗投明。事已至此,由你办吧!"

阎锡山把手杖在地板上一顿,说:"捆起来!"

张文昭、安忠厚将黄架出阎的办公室,侍卫七手八脚将黄捆了,押到了绥靖公署的西楼上。

黄樵松被捕,情况大变,晋夫他们全然不知,仍照原计划行事。据后来翟许友、王玉甲回忆:"4日拂晓,我们四人(晋夫、翟许友、王震宇、王玉甲)通过敌我前沿阵地,来到敌人一个团部,团部有几个穿便衣的人,王震宇一一介绍给晋夫,晋夫亦一一握手,不一会儿,又进来几个穿便衣的人,将我们四人都叫出来,来到一个土窑洞内,突然三四个人威逼一个人,让我们举起手来,上下搜身,当即遭到晋夫拒绝,说要见黄军长,但敌人不听,强行搜身,并将我们四人捆绑起来,拉上一辆大汽车,一人一个角,用篷布盖住,拉进了太原绥靖公署大院。四个人被上了手铐脚镣,押到西楼几间屋内。"

5日审讯,一个个谈话。翟许友编造了一些假情况,说自己是原国民党的运输兵,运城战役被俘,最终未暴露真实身份。

英勇就义

阎锡山本想杀掉黄樵松,但考虑到黄是中央系,是"客军"外将,杀掉会造成第三十军混乱,便向蒋介石报告,蒋电复:"黄樵松速解京审办。"

11月5日,黄樵松、晋夫等被押送南京。

敌人多次审讯晋夫,用尽种种酷刑。晋夫一只臂膀被折断,敌人判断他是第十八兵团政治部主任胡耀邦,逼他承认,妄图从他口中掏出共产党解放军的机密，但敌人得到的只是一顿义正词严的怒斥。

黄樵松原系南京卫戍总司令孙连仲的旧部，送到南京后交孙连仲卫戍总部接收。孙连仲与黄约谈数次后，将情况报告蒋介石。蒋立即下令军法总监部会同卫戍总部进行审判，由顾祝同任审判长。

11月11日审判中，当宣布黄樵松是"叛党叛国、私通奸匪"，晋夫是"匪谍渗入国军"的罪名之后，法官问晋夫："你为什么当间谍？"晋夫理直气壮地回答："我不是间谍，不是'匪'，我是来接收第三十军起义的。要说'匪'，你们才是真正的匪！"

这时，晋夫才知被押在南京羊皮巷18号国防部军法局看守所。

11月17日，再次开庭会审。判处晋夫、黄樵松和王震宇三人死刑，判处翟许友、王玉甲无期徒刑。当要晋夫在判决书上签字时，晋夫轻蔑地笑笑，反驳说："我是共产党员、人民解放军战士，落在你们手里就没打算活着。"

要黄樵松签字，黄一下子把桌子掀翻，笔墨纸砚落地，大声反驳说："我不是叛变，我是不愿意替蒋介石当炮灰，不愿意打内战。"法官问："你一人不愿意打也就算了，为什么还要大家都不打呢？"黄说："试问，我的士兵哪个愿意打？"问得法官无话可说。

然后，黄又慷慨激昂地说："解放军的宣传部长是我请来的，我的谍报队长是我命令他去的，要杀杀我，他们无罪。"

晋夫厉声说道："黄军长，你没有罪。有罪的是他们，该杀的也是他们。全国就要解放了，清算他们的日子就要到来了！"敌人审不下去了，只好转特种法庭再审。

当时，敌人押解审讯晋夫，囚车来回都要途经南京新街口繁华市区。当天下午，晋夫和翟许友被拉往敌人国防部特刑庭。途中，道路被抢购米面的人群堵塞。晋夫从窗口伸出头来，大声说："老乡们，我是共产党员、解放军战士……"群众立即涌过来，越聚越多，围拢在囚车周围静听。

晋夫说："国民党反动派发动内战，搜刮百姓，逼得你们没有饭吃。解放区实行耕者有其田，人人得饱暖，有衣穿。如今东北解放了，南京也一定会解放。反动派就要灭亡了，不要怕他们，要团结起来和他们坚决斗争！"

押车看守见顷刻之间观者如潮，慌了。连忙找来两辆卡车，驱散了群众，飞快地将刑车驶离。

1948年11月27日晨，敌人将晋夫和黄樵松秘密押赴雨花台刑场。黄樵松、晋夫凛然不屈，英勇就义。临刑前，晋夫高呼："打倒国民党！中国共产党万岁！毛主席万岁！"黄樵松军长也大声高呼："全国解放万岁！毛泽东主席万岁！"

黄樵松就义后，在关押他的监狱墙上，发现了他写的几首遗诗，其中一首《述怀》写道：

> 戎马仍书生，何处掬虎子？
> 不愿蝇营活，但愿艺术死。

由于戴炳南告密出卖，暂时挽救了阎锡山的老命，阎感激不尽，用高官厚禄，以酬其忠，电报蒋介石把戴升为第三十军军长，依次把仵德厚升为师长。阎锡山还送给戴炳南3万元，给戴娶了一个小老婆，把戴死死地拴在了他的战车上。

但第三十军的下级军官和士兵，对戴并不满意，当时曾有歌谣说："咸菜干粮，愿跟老黄。蒸馍肉菜，不跟老戴。"

戴炳南继任军长之后，把第三十军驻太原城内的办事处由新道街口移到西肖墙南面路东的原中国农民银行（农行人员因解放军围城而逃回南京）。

　　阎锡山经过黄樵松事件，更加变本加厉地控制内部。东山失守后，他在太原城内开动特种宪警指挥处、警备司令部、宪兵司令部等镇压机器，大搞白色恐怖，凡有所谓"通匪"嫌疑者，一律捕杀；阵地官兵均打乱编制，互相监视，实行连坐；被俘过的官兵组成雪耻奋斗团，集中进行审查，并在臂上或额上刺以"剿灭共匪"等字样，以示雪耻决心。以梁化之为头子的庞大特务系统，触角伸向各个角落，监视异动，严刑逼供，滥杀无辜，妄图靠霹雳手段，巩固内部，垂死挣扎。

　　黄樵松起义虽然没有成功，但在守敌内部还是产生了极大的影响，动摇了守军的军心。在太原外围作战中，敌有5400余人先后起义或投诚。

≫ 第六章　策反阎第七十一师

接受教训

　　1948年10月初，一个市民打扮的中年人来到了桥头街小濮府13号院门口。他回头见四处无人，便疾步走了进去。这里是阎锡山第七十一师参谋长孟璧的住处。孟璧正在阅读一张《复兴日报》。他看见来人，不禁吃了一惊，忙问："你不是沈瑞的随从副官赵喜才吗？你从哪里来的？"

　　来人点头答道："是赵总司令派我来的。"说着从鞋里取出一张字条，交给孟璧。

　　孟璧接过一看，上写着两句话："我们一切很好。有事面谈。"下边是赵承绶、沈瑞、曹近谦三人的签名。

　　"他们都还活着？"

　　"活着。解放军照顾得很周到。"

　　孟璧长出了一口气，说："他们都在，我就放心了。"原来，赵承绶是阎锡山的野战军总司令，沈瑞是阎锡山的晋绥军第三十三军军长，曹近谦是第三十三军参谋长。他们都是在晋中战役中，被解放军俘虏去的。赵承绶被俘以后，在解放军政策的感召之下，表示愿意立功赎罪，为解放太原做些工作。

太原前线指挥部考虑，太原是一座工业城市，尤其是城北，重工业比较集中，古城村有西北炼钢厂（即后来的太原钢铁厂），城北门外有太原机器局（后改为太原兵工厂），还有山西育才机器厂、山西育才炼钢厂、太原机车车辆厂、山西机器厂、发电厂等。

阎锡山在城北修筑了各种工事，布设重兵，严加防守，把这里看作是他在山西进行统治的经济基地和军火来源。如果解放军能分化瓦解敌人，由此打开缺口，将会使这一工业区不受或少受损失。

在这里防守的是阎锡山在晋中战役后新扩建起来的第三十三军军部、第七十一师、暂编第四十六师和第三十九师。第七十一师守在城北的核心地带，北起黄寨、陈家窑东西前沿一线，南到北飞机场、新城地区的7公里纵深。在该师的防御地域内，控制着从阳曲通往太原的唯一通道。其西，临近汾河，有阎锡山第三十四军守在上兰村；其东，依托起伏的山地，有阎锡山的第十九军防守。左右两侧，随时都可得到支援。从阎锡山的这一部署来看，第七十一师的地位确实很重要。一旦解放军从这里打开一条通道，就如同一把钢刀从背后刺向阎锡山的巢穴。

太原前线指挥部了解到第七十一师参谋长孟璧是赵承绶的部下，有一定的正义感，便决定通过多种方法去做孟璧的工作。派赵喜才去联系，就是这一工作的第一步。

赵喜才对孟璧说："赵总司令要我转告：太原绝难坚守。解放军攻打太原，决不动摇。城破在即，希望参座做一些有利于解放太原的事，也为日后留一条生路。"孟璧认真思索了一会儿，然后说："你回去转告，我愿意按他们指出的去做。请他们放心。"

赵喜才要走，孟璧找出一张侦察证，交给他说："把这个带上，以后来往就方便了。"

孟璧，又名孟玉如，1941年，任阎锡山第三十七师少校参谋长。12月4日，曾指挥部队击毁一架日寇飞机。孟璧曾对阎锡山抱有幻想，但在多年的供职期间，耳闻目睹阎锡山的所作所为，幻想逐渐破灭。阎军中各个派系的明争暗斗，更使他伤透脑筋。他是属于赵承绶那一派的，一向对赵的话奉行不违，但在起义这件事上，他是经过认真考虑的。赵承绶受到宽大处理，证明共产党、解放军过去所宣传的政策并非虚假。为了使自己和下属官兵有一条出路，为了使太原免遭破坏，自己确实应向解放军投诚。但他又想，一旦事情败露，就会招致杀身之祸，黄樵松起义就是个教训。

为此，他对师里的几个要员做了分析。师长韩春生，是他北方军官学校的同学。毕业后，同沈瑞、曹近谦等一起分配在大同，相互间的关系很好。他是在晋中战役之后跑回来的，王靖国对他不信任，空有职务，并无实权，因此他是不会去向王靖国告密的。现在，第七十一师的指挥大权，实际上都掌在他这个少将参谋长和副师长尤世定的手里。只要把尤世定的思想打通，再争取几个团长，还是有成功的把握。

尤世定是行伍出身，心直口快，又是孟璧一手提拔起来的，一向对孟忠心不贰。

孟璧把他找来，同他一说，尤世定当即表示同意，说："咱们属于赵派，赵承绶投诚解放军，咱们成了没娘的孩子。在王靖国手下是吃不开了。"

孟璧又对尤世定讲了当前形势。傅作义起义后，华北偌大个地区，只剩下太原、大同两个孤点。解放军围困太原已好几个月了，再拼死挣扎，也是网中之鱼。尤世定点头说："解放军攻克太原确实只是个时间问题。"

孟璧接着说："今后的出路，只有听从共产党、解放军的安排。眼下，赵承绶、沈瑞、曹近谦就是榜样。"尤世定站起来说："老参，你说吧！你说咋干，咱就咋干！"

就这样，他们商定了第七十一师起义的事。

自从黄樵松起义败露,阎锡山、梁化之、王靖国更加紧了对部队的控制。所有高级军政人员活动都受到严密的监视和限制。鉴于这种情况,解放军太原前指指示,有关第七十一师起义的事,必须周密组织,秘密进行。

为了及时做好第七十一师的策反工作,太原前指把赵承绶等被俘高官送到城东北工委驻地——阳曲县西黄水村。以后,了解到赵承绶姨太太同第七十一师一个团长很熟,便让赵承绶写了一封规劝信,由地下党员韩宽小交于赵的姨太太,由她转交。就这样,通过多种渠道,秘密地做着第七十一师的策反工作。

1949年1月的一天,赵喜才来通知孟璧说:"明天中午12点,有人要到阳曲湾来同你见面。请你派可靠的人,在附近保护。"来同孟璧见面的不是别人,正是解放军第十八兵团敌工科的赵世枢科长。他是被第二十兵团政委李志民特地请来做第七十一师的策反工作的。这天中午,赵世枢由原阎军第三十三军参谋长曹近谦带领,来到第七十一师前沿阵地阳曲湾。尤世定和孟璧早已在那里等候。

经介绍后,赵世枢简要地讲了当前形势,讲了共产党和解放军的政策,他说:"我们既往不咎。欢迎你们为解放太原多做有益的工作,以实际行动立功赎罪。"

孟璧先汇报了第七十一师阵地的设防情况:第二一一团和第二一二团所在的北方山梁,各有两座伏地碉,中间以交通壕相连。各团的阵地前方,各有一个监视所,周围铺以各种野战工事和掩体。然后,他简要报告了策反工作的进展情况:"现在,二一二团团长冯文亮已经争取过来,其余还在逐步发展。"

赵世枢提醒说:"要特别注意安全保密。"并提了几条具体措施。最后说:"至于行动方案,以后通知你们。"

赵世枢走后,孟璧和尤世定以到前沿看地形为名,找来了冯文亮,交代说："人员必须绝对可靠。现在，要从干部到士兵挑选一批可靠人员，组织一支强制队。平时搜集情报，正式行动时，作为强制力量，以便执行起义任务。"

孟璧回城后，又找曾任阎锡山暂编第十总队司令的荆谊谈了话。荆谊表示愿意为解放太原出力，但怕身边耳目多，不便行动，答应做他力所能及的工作。

王靖国听说孟璧去过前线，当夜把他叫到自己的公馆，大肆训斥了一顿："师部无人，你怎么随便去前线呢？尤世定不是已在前沿吗？以后不允许随便行动，要离开师部，必须向我报告。"

为了掌握部队情况，孟璧设法在家里同尤世定架设了一条专线，经常用暗语联系。

此时，王靖国为了牢牢掌握第七十一师的指挥大权，特地提升原师长韩春生为副军长，派他的亲信张忠来接替师长的职位。这无疑给起义增添了困难。

阎第七十一师起义

1949年4月21日，孟璧接到通知，说赵世枢要同他第二次密谈。孟璧一面派尤世定的外甥带一个侦察组到封锁线外去接赵世枢，一面乘摩托车赶到阳曲湾阵地。赵世枢向孟璧布置了第七十一师的行动方案。时间确定在22日拂晓。

具体方案是：第七十一师准时秘密撤离全部阵地，到阳曲湾集结待命。

为慎重起见，赵世枢又亲自找到第二一二团团长冯文亮、第二一一团副团长李景春，做了具体布置，规定了行动和联络的信号。

孟璧返回家里刚刚坐下，杯水未尽，就被两个宪兵带到了宪兵司令部。宪兵司令樊明渊早在防空洞里等着他。樊明渊支走两个宪兵，对孟璧说："王总(王靖国)说你近来老去阵地,叫我把你抓去见他。我找不到你,告他说,参谋长上午在师部办公,后来到医院去了,现在正在找。"

孟璧很感激。心想,过去查出他虚报冒领军饷,没有上报,看来他在报答这点情谊。樊明渊又说："你赶快到国师街老赵(赵承绶)公馆防空洞里躲一躲。那里安全,不会有人发现。"这时,太原城外炮声隆隆,城内已乱作一团。

天刚拂晓,孟璧返回家中,副团长温仰硚跑来报告说:"我们团长带部队投降了。师部被包围,张师长也被活捉了。"

孟璧一听,心中暗喜,当即与尤世定一起饮酒庆贺。

这时,阎锡山第七十一师已在冯文亮和李景春的带领下,以接受新任务为名,按指定时间开拔到阳曲湾阵地。把正面30余里宽的阵地,全部交给了解放军第二十兵团。

赵世枢带领第二十兵团第一九六师师长曾美,顺利接过阳曲湾、马坡、郭家窑一带的阵地。

从此,阎锡山城北的防御阵地,变成了解放军攻击太原的前沿阵地。利用这一阵地,解放军比较顺利地全歼了守在太原城北的阎军第二十三、第三十三、第四十三、第三十四等四个军。

第七十一师的起义,为解放军解放太原创造了有利条件,并完整地保持了西北炼钢厂、太原机器局、发电厂等重要工厂。

》 第七章 地下党智取城防图

接受任务

在太原攻坚作战中，我地下工作者凭借孙行者钻进铁扇公主肚子里的本领，巧妙地获取了阎锡山的大量军事情报，为整个战役的胜利做出了贡献。这里说的是其中的一次行动。

1948年秋天的一个傍晚，太原城内府西街谦益信自行车行经理张全禧正在整理东西，准备收摊子。忽然，进来一位农民打扮的中年人。此人头上蒙着一块白毛巾，腰间系着一条半旧的黑腰带，一进门就冲着张全禧说："经理，我有辆杂牌自行车，断了三根辐条，劳驾给修修吧？"

张全禧一听是规定的联络暗号，马上对答："不客气，不客气。"

"那就谢谢了。"

"不用谢，不用谢！"

张全禧一步跨过去，紧紧拉住对方的手："你是老李同志吧？"说着便把来人拉进里屋关上了门。

老李悄声对他说："九〇九负责同志派我来，给你交代一个任务：乔亚和刘鑫同志被叛徒出卖牺牲了，城防图落在了敌人手里。咱部队很快就要攻城，要你尽快搞到一份更为详细的城防图。"

原来，为做好攻城准备，准确地查明太原城内外的工事构筑和设防情况，我太行军区情报处所属小常村情报站的负责同志，指示埋伏在太原晋山中学校内的共产党员乔亚设法绘制一份阎锡山的城防图。乔亚接受任务后，秘密地展开了工作。他在1947年8月间，因领导本校的学生运动，曾被阎锡山的特种警宪指挥处扣捕过。后来，我地下组织通过多种关系，将他营救出狱，但敌人仍在暗中对他严加监视。这些，乔亚早已发现，可他为了完成这一重要任务，依然团结本校的进步青年学生刘鑫等人，利用被敌人抓去修筑工事的机会，一点一滴地积累资料。白天挖工事，夜间绘地图。经过近半年的努力，终于绘制成一张城防简图，把阎锡山的主要城堡、战壕、炮兵部署等情况，一一绘录了下来。由于敌人对他监视很严，他便派了一个学生打扮成小商人模样，完成递送任务。不料，这个学生中途被捕，城防图落到了敌人手里。这个学生经不住威逼利诱，出卖了乔亚和刘鑫。当夜，他们被捕，第三天就被杀害了。

小常村情报站九〇九首长得知此情况，考虑再三，决定把这项任务交给老地下工作者张全禧。

张全禧送走了老李，回来反复琢磨着完成任务的办法。他想，要搞到敌人整个城防的部署和设防情况，如果单靠自己收集，恐怕一时难以完成。即使搞成，也不全面。最好能从敌人内部找一个了解城防情况的人。他想来想去，想起了去年春天结交的一个阎锡山的军官。

那天，张全禧正在给一位顾客整圈，一个阎锡山的军官推着一辆自行车来到车行门口，对张全禧说："前胎跑气，快给补一下。"

张全禧把他让进里屋坐下，给他沏了一杯茶，让他稍等片刻。

不一会儿，张全禧便把修好的自行车交给了他。他要付钱，张全禧没有收。

过了十来天，那军官又推着车子来到谦益信车铺，说车子骑着沉重，让给擦洗一下。

　　张全禧让他放下,3天后来取。

　　张全禧擦洗一遍,还把车子送到别的店铺喷了漆。那军官来取时,见车子大变样,心里十分高兴,要付钱,张全禧又没有收。

　　连着几次接触,张全禧给那个军官留下了一个好印象。他拍着张全禧的肩膀,说张经理为人慷慨、讲义气。以后,张全禧多方打听,了解到那个军官叫张光曙,是阎锡山的侍从参谋。他从小家境贫寒,民国初年时曾在太原工艺实习工厂当过学徒。后来,投靠阎锡山的军队当了兵,历任班长、排长、连长、营长、团长和师参谋长。解放战争初期,因执行命令不坚决,被阎锡山撤过几次职。到现在,只落了个有职无权的闲散职务——侍从参谋。

　　张全禧还了解到,这个张光曙还有一定的正义感。日寇投降时,他曾经对国家的独立富强和个人的前途理想抱有美好的希望。但是,当他随同阎锡山返回太原之后,所见所闻,与他想象的大不一样。日军司令澄田依然骑马佩刀,在太原市内耀武扬威。日本士兵拒不缴械投降,还在烧杀抢掠,奸污妇女。伪省长、汉奸苏体仁公然出入于阎的家门。汉奸杨诚、赵瑞竟然被提升为山西省城防军司令。反动头目王靖国、梁化之、杨贞吉、赵承绶等,则各立山头,明争暗斗,搜刮勒索,大发横财。

　　这些无情的事实,使张光曙逐渐产生了不满情绪。他越想越觉得自己过去的美好愿望根本无法实现,加上近年来连遭阎锡山的排挤打击,经济上也有许多实际困难。他便从此消极抑郁,当一天和尚撞一天钟。

　　在痛苦之时,他也曾想过自己的出路,或是利用现有的职权捞点外快,弃戎经商,维持以后的生活;或是到外省去,投靠旧关系,脱离阎的控制。张全禧了解到这些情况后,对张光曙的接待就更加热情了。他从经济入手,常常投其所好。有时托人从北京买些好一点的水笔、图章、打火机等日用品送给他。逢年过节,带上礼物,给张光曙送去。有时还送他一些现金。遇上他心情不佳,还陪他到酒馆,谈天说地,借酒浇愁。天长日久，彼此越来越近乎。张光曙全家，都对张全禧感激不尽。就这样，张全禧利用巧妙的活动方式，和这位侍从参谋交往着，一直维持到现在，没有暴露自己的身份。

张全禧分析了张光曙的处境和各方面的情况，决定利用他来完成绘制城防图的任务。一天晚上，张全禧带着一个从北京买来的马蹄表，来到张光曙家。张光曙正伏在桌子上写东西。他见张全禧进来，连忙让座，又去泡茶。

张全禧走近桌子一看，原来张光曙正在给天津警备司令陈长捷写信。这几天，张光曙对阎锡山的不满情绪越来越大。周围都是阎锡山的亲信爪牙，加上梁化之的特种警宪指挥处控制很严，彼此谁也不敢私下议论：一旦发现，不是杀头，就是坐牢。

张光曙早想向陈长捷发泄自己对阎锡山的愤怒，想写封信去，可又不敢公开投寄。最近他听说，他的一个下级军官因双目失明，要坐飞机经天津转南方某地疗养，便赶忙写封长信，托这个军官路过天津时，转递给陈长捷。

信的大概意思是：目前，阎锡山在山西的地盘日渐缩小，全省的军政单位和要员都撤了回来，聚居在太原城周的狭小地区。城里城外，物价飞涨，一日数变。粮秣军饷，完全断绝，每天仅靠几架飞机空投接济，可大部分空投物资都落到了解放军的手中，城内所得无几。杯水车薪，实难长久支持下去。太原城里一片混乱，每天都在为吃饭闹纠纷。多数士兵因营养不良，变成夜盲眼。投机钻营、贪污诈骗之风充斥各个军政机关。古人说"失民者亡"，这完全是咎由自取。如此发展下去，前途很难料想。因此之故，我想离开此地，前往钧座那里效力，万请钧座设法予以安置……

张光曙端茶过来，见张全禧正在看他的信，吓得心里怦怦乱跳。他脸色很不自然，语无伦次地说："近来心情不好，随便写封信，想些办法……"

张全禧心里暗自高兴,因为这一下,可抓住了张光曙的把柄,但他还是对张光曙的遭遇表示同情,说:"你还是不要太急,忍耐忍耐也有好处。其实,天下的乌鸦一般黑。天津也不一定会比这里好多少。你敢断定天津就比太原好吗? 我劝你还是看看情况再说。到非走不可的时候,自然会有路可走。"

张光曙听着劝告,不住点头,表示感激,但他还是捏着一把汗,生怕张全禧给他泄露出去。

张全禧坦白地对他说:"请你放心,我绝对不给你外传此事。"

张光曙听了此话,才算放了心。但他并没有细细琢磨张全禧话中的真实意思,后来还是把这封信继续写完,托人带走了。

张全禧抓住了张光曙的把柄,以后的交往也就不再仅仅局限在经济上。彼此的谈话内容,带上了越来越浓厚的政治色彩。

有一次,张全禧试探着问道:"张参谋,听人家说,城里不如乡下好,乡下又不如山里好。你去过山里吗? "

张光曙问:"你说的是哪个山里? "

张全禧说:"比如,像辽县(今左权县)、昔阳那一带。"

张光曙连忙摆手说:"那些地方都是八路军的地盘,我怎么能去? 没有去过。"

说完,稍微停了一下,他又感慨地说:"不过,叫我看,这年头,城市也真不如山沟里好。起码不受这么多的窝囊气。"

两个人聊到这里,张全禧进一步摸了他的底,又趁机给他描绘了一番山里的景致,便告辞了。

半个月之后的一天晚上,张全禧又去和张光曙闲聊。聊着聊着,话便转到正题上。他说:"张参谋,说实在的,我曾经去过太行山里,也多少认识几个解放军。现在我想,咱们要是能和解放军取得一些联系,万一将来城里待不下去，我们也可另图打算。你说，我这想法怎样？"

张光曙听完，没有马上表态。停了一会儿，他开始追问张全禧的身份和历史。

张全禧毕竟是个老地下工作者，只是模棱两可地回答道："我的老家在太谷小常村，5年前才搬到太原，撑起了这个谦益信车铺。在老家时，有一次我掩护过八路军的两个地下工作人员。和他们也算是认识，有那么一点点联系。"

张光曙问道："现在还有联系吗？"

张全禧说："在老家时，他们常来看我。现在来到省里，和他们见面的机会少了。"张光曙哼哼哈哈地应着声，态度还是不明朗。张全禧分析，他之所以还犹豫不决，一是因为对我党我军的具体政策，还不十分了解；二是因为他总认为只有去投靠老上级陈长捷才是出路。因此，张全禧和他谈到这里，再没有往下说便分手了。

1948年11月，天津解放，陈长捷被我军活捉。张全禧得知，心中暗喜。当天晚上，他便带着这个消息去找张光曙。一进门，见张光曙独自呆坐在那里，愁眉不展，心事重重。看来，他已经得知陈长捷被捉的消息了。

张全禧见这是个好机会，便说："张参谋，形势发展很快，有的根本估计不到。看来，投奔天津这条路是走不通了。我们还是另图打算吧！"

张光曙情绪很坏，搭腔道："有什么更好的出路呢！弄不好，太原城破，我也会走陈长捷的路。"

张全禧给他分析了他与阎锡山亲信爪牙的区别，肯定了他的爱国心和正义感，指出："只要愿意和人民站在一起，不做有害于人民的事，人民是既往不咎的。解放军也会衷心欢迎的。"

张金禧如此这般一说，果然奏效。张光曙沉思片刻，忽然问："张经理，依你之见，我现在这个样子，敢不敢去投靠解放军？"

张全禧说："哪有什么不敢的？你要真心诚意，我可以帮忙。我们村就有解放军的地下工作人员。我和他们联系联系。"

张全禧边说,边注意观察张光曙的表情。见他并无反感,又接着试探着说:"如果真的要走这条路,得赶快下决心。再说,要走也不能就这样走。最好,在走之前能做一些工作。"

张光曙想立功补过,找来一张石印的太原市地图,在上面详细标示了阎锡山的兵力分布情况。对地面防御工事,也简略地标了一下。标好后,交给张全禧,并把张亲自送出城去。

张全禧出了太原城,到达榆次,向情报站负责人张常瑾做了汇报。张常瑾说:"太原即将解放,敌人的兵力分布已无关紧要,最重要的是敌人的城防工事,要让张光曙把太原的整个城防工事绘制出来,迅速送出。"

两天后,张全禧返回太原。当天晚上,张全禧向张光曙传达了情报站对他的表扬和鼓励。张光曙听着,一个劲地点头。最后,他长吁了一口气,说:"原先,我是亲训师的参谋长。那会儿,就是活捉他阎锡山也能办得到。现在兵权失手,不能接近他,还能做些什么工作呢?"

张全禧说:"大事情还得靠你来办。解放军很快就要攻城了。情报站的领导要求你设法将阎锡山的城防图给绘出来,这不是一件大事吗?"

他又进一步出主意说:"你看这样行不行?你可以利用你的参谋身份,到前沿各个阵地去视察,了解一些城防部署和工事构筑情况,尽快搞出阎锡山的城防图。"

这天,张光曙把张全禧请到家中,取出一套军官服装给张全禧穿上。给他明确了"参谋助手"的职务,两人便同坐一辆军用吉普车,开始到各个前沿阵地进行"视察"。

他们先城东,后城南,又汾西,一处一处仔细察看,一项一项都牢牢记在心里。他们用了半个月的时间,走遍了前沿各个阵地。他们白天去"视察",晚上就把收集到的工事、炮兵位置、主要部署、火器配备,一一标绘在图上。

为了进一步搞到阎锡山的城防作战方案,他们又以"核实校正作战图"的名义,向各守备部队索取了各种有关作战资料,哪里是主要防御方向,哪里是次要防御方向,哪个地方组织了几层火力,哪个地方为扼守要点,哪里兵力较弱,哪里是结合部等,都明确地标在了他们自制的城防图上。

11张城防图

经过他们的努力,11张城防图绘制成功。11张图卷起来一大卷,叠起来一大摞,目标很大,难以隐藏。如何把它送出城去,成了一大难题。

张光曙在积极想办法,张全禧更是急得每天睡不着觉。要是送不出去,或者被敌人查获,前功尽弃,人头落地,都是小事,更重要的是不能给解放军提供情报,会给部队攻城造成极大的困难和伤亡。他记取了乔亚和刘鑫的教训,和张光曙商定,送图的任务,一定要由他亲自来完成。

想来想去,他们终于在修自行车工人张宪明的协助下,想出了一个办法。他们把一辆半新不旧的自行车拆开,从车梁的焊接处锯断,在每个管子里都塞进三张城防图。又将前后车轮的内胎也割开,各放进一张城防图。然后,又照原样把车梁焊接住,把内胎补好,打上气,一点痕迹也不露。

第二天,天刚放亮,张全禧就打点好行李,等着张光曙。8点多钟时,张光曙开着吉普车来了。谦益信车铺的几个工人把那辆自行车捆到吉普车后边,张光曙将开好的几封信交给张全禧。两个人一同坐进吉普车里,便朝大南门开去。

张光曙很顺利地把张全禧送出了大南门。在一个隐蔽的地方,他们停下来。张全禧从车后将自行车解下,便向张光曙告辞,骑着车子向杨家堡走去。

近来,太原城内外防守更加严密,城内不允许任何人随便出入,即便是军人也需经太原市警备区批准。但在杨家堡一线的前沿阵地上，负责防守的亲训师第三团团长原是张光曙的老部下。他见到张全禧递给他的信，得知是张光曙的"卫士"要到太谷去安顿家眷，便毫不为难地笑脸放行了。张全禧骑着那辆自行车，顺利地越过敌人的封锁线，安全到达了九〇九情报站。

　　城防图很快由第一九三师转到了太原总前委指挥部。它的及时到来，为太原总前委指挥部制定攻城作战方案，提供了非常重要的情报。

》 第八章　推迟攻取太原

毛泽东的部署

辽沈战役结束后,徐向前指挥太原前线我军抓紧攻击准备,决心一举拿下太原城。

这时,淮海战役正处于第一阶段的激战中,又因平津战役即将开始,毛泽东决定缓攻太原。11月16日,毛泽东致电徐向前和周士第说:

估计到太原攻克过早,有使傅作义感到孤立,自动放弃平、津、张、唐南撤,或分别向西、向南撤退,增加尔后歼灭的困难,请你们考虑下列方针是否可行:

一、再打一两个星期,将外围要点攻占若干并确实控制机场,即停止攻击,进行政治攻势。部队固守已得阵地,就地休整。待明年一月上旬东北我军入关攻击平、津时,你们再攻太原。

二、如果采取此项方针,杨罗耿部即在阜平休整,暂不西进。如何,盼复。

徐向前与太原总前委成员讨论后，认为毛泽东的这一部署是从全盘战略局势着眼的。辽沈战役胜利结束，淮海战役正在进行，收拾平津之敌迫在眉睫。如太原攻克过早，傅作义会感到更加孤立，有可能放弃平津南撤，增加解放军渡江作战的困难。对太原围而不打，稳住傅作义，待东野进关后，先收拾平津之敌，再解决太原之敌，有百利而无一害。这样，也就给了我们更多的时间进行休整准备，便于一举攻克太原。

他们于11月17日致电中央军委："第一兵团前委按照军委停攻太原的指示做了部署：以巩固东山之牛驼寨、小窑头、淖马、山头四要塞继续向前推进，再打下数要点，以利有力围困敌人与展开政治攻势。另以晋中军区三个分区部队攻占河西重要阵地，以炮火确实控制机场，我东山部队即准备在东山过冬，加做窑洞并开井、修路、运粮克服困难。"

电报还提出，部队急需补充："请军区将军委批准的一万新兵及济南五千解放战士早日送来。另可否将太行、太岳腹地地方武装调太原配合作战。"

11月19日，周恩来复电说："同意来电部署并确实控制要点机场，准备过冬。东北野战军即将入关，杨罗耿兵团将开往察南，策应平绥作战。一兵团补充除送来俘虏七千、十二月动员新兵一万外，其他办法待陈漫远来此面谈。"

遵照毛泽东和军委指示精神，徐向前从12月初发起攻击，又连续打了一两个星期，攻得外围若干据点，先后攻占了汾河以西的赵家山、高家沟、邱沟等点，封锁了红沟机场。北面，攻占了苏村、关口、上兰村等点。东面，又攻占了松树坡即停止攻击行动，把敌人压缩在了以太原城为中心的一个狭长地带，使阎锡山在太原的防御重点被限制在东7里、南10里、西20里、北30里的城垣外围阵地之内。

徐向前按照毛泽东的部署，为配合平津战役暂停攻太原的指示，缓攻太原，指挥部队一方面固守已得阵地，就地休整；另一方面与周士第、陈漫远、胡耀邦提出作战与整训计划,转入政治攻势。

和平解决的努力

徐向前转入政治攻势后,积极开展和平解决太原的努力。1948年10月下旬,中央军委根据太原形势有急转直下的可能,即指示晋绥分局书记李井泉、晋绥军区参谋长陈漫远将在1946年11月28日吕梁战役中,俘虏的国民党阎锡山晋西区总指挥杨澄源直接送至华北军区第一兵团。由徐向前与他谈话后,放他回太原,让他劝说阎锡山及其所属官兵献城出降。

10月17日,国民党军陆军大学校长徐永昌受蒋介石委派,到太原面见阎锡山,转达蒋的决定:调集大军策应,撤退长春、沈阳守军转用华北,以期长期固守,并划定锦州、北平、天津、绥远、包头、张家口、太原为必守区。

徐永昌还特别转告了蒋介石强调的一点:"南京政府存在一天,即以全力支持一天,决不让太原轻易失守。"

阎锡山得此消息后,即表示决于死守,并让徐永昌转他的请求,再调第三十师之第三十旅及增调两个整编师到并,对守太原就绝有把握。蒋介石果然答应了阎锡山的要求,把榆林中央独立第八十三旅调太原,并扩编为第八十三师(即马海龙师)。

徐永昌走后,阎锡山即把杨澄源送往南京,交南京政府处置,以表示与共产党再无和谈之意。

但是,阎锡山是个老猾头。徐向前从阎锡山的亲信机要人员处得到消息说,阎锡山对和谈之门并不关闭。但他认为,解放军兵临城下,徐向前派被俘的杨澄源回来和谈,无异劝降,有碍情面,实难以接受。

徐向前与周士第、胡耀邦、王平商量后,认为此时"最好由中共中央名义派人来谈较好",并将这一想法报告了中央军委并华北局、华北军区。

北平和平解决之后，太原有没有走和平解决的可能？毛泽东提出："北平和平解决后，太原亦有和平解决之可能。"直到1949年4月11日，毛泽东还指出："请将攻击太原的时间推迟至二十二日。那时，如能签订和平协定，则太原即可用和平方法解决；如和谈破裂或签订后反悔不执行，则用战斗方法解决，对我亦无多大损失。"

当时，中共中央分析了阎锡山的情况，并非国民党嫡系没有联共的历史，希望阎锡山能仿照北平的例子行事，即毛泽东所说的"太原如能照北平那样和平解决，阎锡山又能做上述傅作义那样的表示，我们亦可照待遇傅作义那样待遇他"，并对他进行了仁至义尽的说服工作。

但中共方面做出的所有努力，都遭到阎锡山的一口回绝。

北平和平解决之后，蒋介石也在防备阎锡山会效仿傅作义，他让阎锡山的心腹贾景德给太原拍电报，转告他的意见，即太原从大局上已绝难再长久支撑，阎锡山和其他军政干部应尽快乘飞机撤往西安，其军队可由胡宗南派兵接应突围西渡。显然，这一建议也被阎锡山客气地拒绝了，他表示仍要坚守孤城。

阎锡山对劝他西撤的邱仰睿回电说："不死守太原，等于形骸，有何用处！"

阎锡山在发给祁志厚的回电中，有"山自以为老而无用，任一事结一局以了此生"的誓言。

阎锡山回复徐永昌电文，声称要"决死战太原"，且表现出视死如归的气魄："昔日田横五百壮士壮烈牺牲。我们有五百基干，要誓死保卫太原。不成功，便成仁！"

薄一波在他的回忆录中说："解放战争全面爆发以前，我还写信给梁化之，意在通过梁化之做阎的工作。阎很伤感地对梁说：'我已经作为蒋介石的部下，侍候蒋了，上了蒋介石的船，再退回来已经为时太晚了。'直到北平和平解放前后，我们根据中央指示精神，一直没有停止对阎锡山的争取工作。"

为争取和平解放太原，时任华北军区副参谋长兼敌工部部长的王世英来到太原前线，组成工作组，做阎锡山的工作。

王世英是洪洞县人，黄埔四期生，1925年加入中国共产党。抗战初期曾在太原八路军办事处当处长，与阎锡山等人经常打交道。他在太原熟人多，想利用旧关系潜入城内，与阎锡山谈判。

徐向前斟酌又斟酌，觉得阎锡山握有数万兵力，自恃太原有强固工事防守，幻想第三次世界大战爆发，会不会同解放军谈判，还是个大问号。他认为王世英现在进去，风险太大。鉴于阎锡山顽固的反共立场以及出于对同志的高度负责精神，徐向前没有同意王世英去见阎锡山。

怎么办？徐向前想了个投石问路的办法。请出一位阎锡山的老师，年近八旬的老秀才，问他愿不愿意进城去见阎锡山，为民请命，拯救太原黎民百姓，免遭战火之灾。那位老秀才年事虽高，但壮心不已，慨然允诺，答应进城去见阎锡山。

王世英以徐向前的名义写了一封致阎锡山的信，大意是太原已是孤城，劝他认清大局，以太原30万人民生命为重，还是和平谈判解决为上。

信交给老秀才，由他带进了太原城。阎锡山不但不听劝告，反而连师生情谊也不顾，竟然把老秀才给杀了。

消息传来，徐向前对王世英说："你看，你要是进城去，脑袋早已搬家了！反动派不打不倒，我们只有一条：打！"

1月下旬，山西法学院院长杜任之等联名写信给阎锡山，信中说：

阎先生：

北平不经战争已荣获解放，而先生仍据封建堡垒，幻想美援，继做统治迷梦，实属不仁不智。先生数十年来奴役人民，以革命假面具出现，欺骗人民，压制民主，残害进步青年，近年又以新农奴式的兵农合一，强征丁抢粮，并以法西斯的三自传训，残杀无数良好人民。现全国革命即获胜利，现未攻太原，并非兵力不足，而是不忍摧毁全省人民血汗结成之工业，瞻念革命前途，谨作最后忠告。希能放下武器，早日结束战争。如仍执迷不悟，则将会受到人民惩处。

杜任之是山西万荣人，共产党员，他利用和傅作义的私人关系参与了和平解放北平的工作。他说，他联名致电阎锡山，劝阎放下武器，也想为和平解决太原尽绵薄之力。但阎锡山一概不听劝告，并严禁属下与解放军接触，对所属严加监视，根本没有和平解决太原的诚意。

1月22日，傅作义接受和平改编后，23日致电阎锡山说："北平坚守已四十日。天津失陷后情势愈紧，虽极力撑持，但以平市人多粮缺，内部复杂，士气消沉，民情浮动，均不及太原远甚。自蒋公离京，政府力倡和平，群情腾沸，将形内溃，纵全毁无补华北，不得已于昨日上午十时先行协议停战，军队保持建制番号，一个月后实行整编。过渡期间双方派员成立联合办事处机构，处理军政事项，以待中央之整个解决。事急应变，心情痛苦万分，盼钧座速赐指示。"

次日，阎锡山回电说："处世必须有武力，最后总有做法，平市既如此，如能以对等保持，则可继续往下去，如不可能你设法回太原。"还献策，要他控制军队，不要把军队交给中共，继续对抗下去。如果抗不住，就回太原来。

阎锡山不仅不走和平道路，还极力破坏和平谈判。1月5日，他给白崇禧去电报说，要采取一致行动，"战既不易，和谈困难，说论极佩。和战尤须早决，尤盛高明。无论和战均须一致，免为各个击破。争取外援为今日唯一目标，弟亦愿继兄之后共同努力"。

　　1月25日，李宗仁致电阎锡山，就派代表赴北平和谈征询意见。次日，阎锡山复电："钧座膺任艰巨，谋取和平，国家人民均所期待。共方如有诚意，可达钧座救国救民之目的，山意政治当力求和商，军事应积极备战，以作和平后盾。"

　　同日，阎锡山又致电上任南京国防次长的徐永昌说："和是政治事，军事方面仍应积极备战，以作和的后盾。匪是集中人海，我应集中火海，在军师以外组建炮兵两个军，迫炮一至两军，重机枪两至三个军，配合空军海军消来渡江之匪，一战可转移优势。"

　　2月2日，白崇禧打电报为阎锡山鼓气："今日局势演变，已渐与我有利。无论和战必须休整，倘局部言和，则无异自取灭亡。……今和平前途殆将绝望，今日唯积极备战，军民一体，共同奋斗，匡济时艰。先生镇守并垣，艰苦卓绝，保此名城，屹立无恙，贤劳在望，景佩良殷。"

　　阎锡山是一个典型的顽固派，失去了最后一次和平解决太原的机会。他认为，国民党还控制着长江以南地区，仍然可以作为他反共的靠山。虽然他与蒋介石有着严重矛盾，但在反共问题上，他是可以与蒋介石合作的。阎锡山对于美国一直抱有希望，幻想第三次世界大战爆发。

　　1月21日，太原绥靖公署副主任杨爱源在南京打电报给阎锡山，汇报了同美国驻华大使司徒雷登顾问傅泾波谈话要点，阎锡山回电说："静待演变。"

　　3月27日，南京立法院立委、原山西省参议会秘书邓励豪等电告阎锡山《大西洋公约》行将签字的消息，阎锡山喜出望外，电复："不愿战亦须战，不能战亦不得不战。美国已感到迟一日险一日矣。"这说明阎锡山认为美苏必战了，在新的大战中，他即可再度恢复在山西的统治。然而，阎锡山的这些梦幻一个也没有实现。

转入围困和政治攻势

根据中央推迟攻打太原的指示，徐向前兵团转入军事围困和政治攻势。徐向前针对阎锡山加强内部控制的状况，在进一步横扫阎锡山外围据点，加强军事围困的同时，发动了强大的政治攻势，以各种方式对敌展开瓦解工作。

这是一场针锋相对、釜底抽薪的政治战。目的在于揭露、粉碎阎锡山的欺骗宣传和野蛮控制手段，首先促成敌人营垒的悲观失望、动摇分化，减少对解放军的仇视和对抗情绪，进而使之离散倒戈，由零星的逃亡、投诚，直至小股、中股、大股的投降起义。这场政治攻心战的规模之大、时间之久、方法之灵活、成效之显著，在晋冀鲁豫军区和徐向前兵团的历史上都是前所未有的，为解放军的战时政治工作积累了有益的经验。

政治攻势，也像军事攻势一样，自上而下，形成坚强的领导中枢，统一部署、统一指挥、统一步调，防止各自为政、乱放"枪炮"，事倍功半。

在夺取东山四大要塞期间，徐向前就开展了政治攻心战。他与赵承绶、沈瑞等被俘的阎军高级将领谈话，要他们为和平解放太原做有益的事，立功赎罪，让他们给阎锡山等人写信，宣传共产党的宽大政策，促使阎等认清形势，派代表出城谈判；徐向前还把赵承绶的女儿、女婿从上海接到华北解放区，并让妻子黄杰专程陪同送到太原前线与赵承绶团聚，赵表示打消顾虑，找机会进城劝说；梁培璜得知阎军在四大要塞施放毒气，即以书面反省方式，承认自己在临汾施放毒气的罪行，并劝告阎军"勿再罪上加罪，成为人类无可饶恕的公敌"。这个认罪书，经徐向前报请中央批准，予以公开发表；沈瑞等人，也对大同方面拒绝空运部队来援太原和后来促成该城和平解放起了作用。一些被俘的将领和地方官员，也利用同乡、僚属、亲友等旧关系，积极同城里进行联络。

在解放军的强大政治攻势下，阎军基层官兵纷纷动摇。一班一排一连地投降,乃至一个营派代表向解放军接洽投诚的事也不断发生。至11月底,投诚和起义的阎军官兵达5470多人。

从1月中旬起,兵团成立了以王世英、胡耀邦为领导的对敌斗争委员会。各师成立政治攻势委员会,团营设政治攻势中心指导小组,连队成立政治攻势工作小组。在太原总前委和各级党委、支部的统一领导下,专做政治攻心战的组织指导工作。这一工作的开展,对瓦解敌军起到了重要作用。

兵团明确这一组织系统的具体任务是:一是了解敌情,分析形势,研究敌军心理,及时提出对策;二是培训政治攻心骨干,总结和推广各部队的经验,不断提高斗争艺术、斗争水平,改进斗争方式;三是妥善安置投诚起义人员,严格遵行党的政策,检查和监督部队对俘虏政策、投诚起义人员政策的贯彻执行情况。同时,兵团自下而上,建立了严格的会议汇报制度,以及时掌握工作动态,交流经验,保证政治攻势的顺利发展。

徐向前在兵团召开的政治攻心会上指出:"诸葛亮说过:'用兵之道,攻心为上,攻城为下;心战为上,兵战为下。'他的七擒七纵,就是典型的攻心战法。"

关于攻心战法的具体方法,他说:"我军的历史经验证明,攻心战法的采用,一是要有军事上的有利形势,二是要有敌人营垒矛盾的加剧,三是要有正确的政策,四是要有强烈的针对性,才能收到明显效果。"他联系太原的具体情况指出:"前三项不成问题,太原孤城被困,岌岌可危;敌军内部矛盾增加,惊恐失望,我们对投诚起义人员也有明确的政策规定。关键问题就在于宣传的针对性,即能不能打到敌军的心坎儿上去。敌军内部包括各部分、各层次的人,心理状态五花八门,复杂得很。有顽抗到底的,有侥幸图存的,有悲观动摇的,有今朝有酒今朝醉的,有厌战想家的,有怕投诚后被共产党杀头的,等等。"

　　徐向前说:"一般来说,下层军官和士兵多为受愚弄、受控制、受奴役的对象,离心倾向大些,不愿为阎锡山卖命,是我军瓦解工作的重点。"

　　根据徐向前的指示,兵团对敌斗争委员会和政治机关进一步提出了抓住重点,有的放矢开展攻心战的要求。宣传内容着重揭露敌人的谣言和欺骗宣传,向阎军官兵讲形势、讲政策、讲出路,号召阎军官兵离队返乡或投诚起义。

　　部队针对阎锡山军队中官兵的不同情况,分别采取了不同的宣传政策。对抱有幻想和侥幸心理的人,说明天下大势:"阎匪快要完蛋,妄想多活几天。又吹美国出兵,又吹世界大战,欺骗你们官兵,替他苟延残喘。当今天下大势,民主力量占先,苏联东欧中国,力量强大无边,帝国主义势力,正如日落西山,美帝纸糊老虎,其实外强中干,本身困难重重,不敢发动大战……天下大势如此,再要糊涂完蛋。"

　　对被抓去的新兵,鼓动他们回家平分土地:"晋中各县,土地平分,阎军官兵,家中照分,男女老少,每人一份,快逃回家,参加平分。"

　　对外来的胡宗南第三十军,则指出:"胡宗南,恐慌在西安。蒋介石,准备逃台湾。太原城,很快被攻占。三十军,你们怎么办?"

　　对前沿阵地的士兵,鼓励他们拖枪来降:"放哨看地形,打柴看路线,知心朋友商量好,看准机会一起跑。白天过来用记号,黑夜过来高声叫,解放军大力掩护你,不怕误会跑不了,带上子弹和步枪,谁敢追赶打他娘!"

　　这类宣传品,简明易懂,针对性强,不少阎军士兵能背诵三种以上。解放军根据不同情况、不同对象,先后印发宣传品有40余种、50多万份,起到了瓦解敌军的有效作用。

　　瓦解敌军的方法,因时因人制宜,灵活多样,包括阵前喊话、对话,利用被俘人员或起义投诚人员写信、喊话,发射宣传弹,释放俘虏,对反动分子阵前点名记账等。旧军队里很重视老乡关系,同样的话,别人说了他不信,老乡说了他就信。当时,敌我双方多为山西人,新补充的兵员几乎都是晋中各县的人。瓦解敌军工作,就利用这个得天独厚的条件,阵前喊话、对话,先听对方口音,弄清哪里人氏,再派与其同县同乡的战士、民工向对方做宣传。

双方阵地靠得近,听得一清二楚。有的说来说去,竟然是亲戚、朋友、邻居,那就更容易打动心弦,收到成效了。

徐向前强调,战场上的政治瓦解工作不能孤立进行,必须以军事力量做后盾,他提出一个"猛打加瓦解"的口号,与军事打击相辅相成。

这场攻心战,一直持续到攻城前夕,时间达半年之久。先后瓦解敌军1.24万多人,加上原先瓦解的人数,约3万之众。相当数量的敌军因受解放军宣传影响,攻城战斗打响后,不做抵抗即乖乖交枪,大大减少了解放军的伤亡。

≫ 第九章　秣马厉兵

部队升级

1947年7月至9月间,华北我军逐步由战略防御转入战略进攻。在随后的时间里,则由局部反攻转入全面进攻。

为加强整个华北解放区的建设,并使之成为支援全国各战场的战略基地,中共中央和中央军委决定晋察冀和晋冀鲁豫两大解放区合并成为华北解放区,设立中共华北局、华北联合行政委员会,由刘少奇兼华北局第一书记,董必武任华北联合行政委员会主任。

1948年5月20日,成立华北军区,聂荣臻任司令,薄一波任政委,徐向前任第一副司令,滕代远任第二副司令,萧克任第三副司令,赵尔陆任参谋长,罗瑞卿任政治部主任,蔡树藩任政治部副主任。

华北军区成立后,辖华北野战军第一、第二两个兵团及六个二级军区。

第一兵团辖第十三、第十四纵队,由徐向前任司令兼政委,周士第任副司令兼副政委,陈漫远任参谋长,胡耀邦任政治部主任。

第二兵团司令杨得志,第一政委罗瑞卿兼,第二政委杨成武,耿飚任参谋长,潘自力任政治部主任。

此外,直属军区的野战部队还有第一纵队,仍属北岳军区建制。

第七纵队仍属冀中军区建制。

由晋冀鲁豫军区炮兵组成华北军区炮兵第一旅、第二旅,两个炮兵旅均归华北军区直接领导,分别配属给第一、第二兵团指挥作战。

华北军区成立后,对所属各地方军区也做了调整。所属六个二级军区分别为:北岳、冀中、冀鲁豫、太行、太岳、冀南军区。对所辖各军分区和部分独立旅团,也做了个别调整和重新明确。

六个二级军区中,在山西境内的有两个:一是太行军区,所属六个军分区分别为第一(邢台)军分区、第二(左权)军分区、第三(长治)军分区、第四(焦作)军分区、第五(漳卫)军分区、第六(武安)军分区。二是太岳军区,所属五个军分区,分别为第一军分区、第二军分区、第三军分区、第四军分区和第五军分区。

5月24日,中央以北岳第二军分区、太行第二军分区、晋绥第六军分区、吕梁第八军分区各一部合并,成立太原军区,归华北军区建制。

军委对华北野战军重新调整,将两个兵团编组为三个兵团。

华北军区还是野战军。至此,华北野战军三个兵团共九个纵队。直属华北军区的有第七、第十四纵队。特种兵有炮兵第一、第二旅。地方部队为北岳、冀中、太行、太岳、冀鲁豫、冀南和晋中七个军区。总兵力达42万人,成为全国解放战场上一支重要的战略力量。

1948年8月15日,太岳军区部队正式升编为华北野战军第一兵团第十五纵队。

徐向前写下贺词:"钢是炼成的,钢铁般的队伍是经过艰苦奋斗的过程锻炼出来的。我们是人民的队伍,我们必须加强学习军事和政治,不怕艰苦,排除困难,才能锻炼成为毛泽东式的、钢铁般的队伍。"

在第十三纵队召开庆功大会之时,徐向前题词:"争取更大的胜利,消灭更多的敌人,为功上加功,为光荣上加光荣而奋斗不懈。——敬赠给十三纵队的战斗英雄们。"

8月16日下午，华北野战军第一兵团第十五纵队召开成立大会，徐向前出席，并做了《升级是一件喜事》的讲话，进行了一次深刻的正规化教育。

徐向前说："升级是一件喜事，我想大家一定是喜欢升级的多，不喜欢的少。升级是代表中国革命形势的发展，毛主席在很多地方讲中国革命战争战略问题时都讲到过。"

他通过党领导武装斗争的历史，深入浅出地说明了地方武装、游击队升级为正规军的意义；他以许多生动具体的事例，教育干部要提高军事素养，他说："炮弹可以加工制造，人是没法加工制造的，死一个少一个；干部要爱兵，基本上是提高指挥能力；战场上少死人，是爱兵的最实际表现，也是最受战士拥护的指挥员。"

徐向前指出："中国革命的特点，就是武装斗争。武装斗争是革命的中心任务，以人民武装反对大地主、大资产阶级的武装，要将它的武装消灭。没有几百万强大的正规军队，是不可能的。"

他举例说，从1945年以后，我们的正规军已发展了好几倍。以太岳军区来说，先成立了第四纵队，以后成立了第八纵队，现在又成立了第十五纵队，共是三个纵队；太行也是这样，成立第三、第六、第九、第十三及第八纵队。这表示革命正在向前发展，战争规模更大了，需要很多的部队，要求地方武装发展成为正规军，如果有人不喜欢这样，大家仍得变成游击队，那就表示革命的失败和低潮。我们都希望快点胜利，早日消灭蒋介石。那么，走什么道路才能达到目的呢？基本的道路就是要把人民解放军扩大，装备加强，多打胜仗，彻底消灭美蒋反动派。

他说："但有些同志却有几怕，怕编纵队，怕到前边，怕过黄河。他们的思想远远落在革命形势的后边，是地方性、地方主义或者保守性的表现。说的再不好听些，就是怕死……怕脱离地方不能回家，看不成老婆、父母,打起仗来不能像游击队一样,打得过就打,打不过就跑。"

他说:"大规模作战,有的打便宜仗,有的吃肥肉;有的就要啃硬骨头,伤亡大,缴获小……大规模作战与游击战完全是两回事。打临汾的经验要很好接受,那时假如说我们指挥得好,打得好一点,是不是可以不需要70天时间早一点打下呢?是可能的。是不是不需要伤亡那样多?也是可能的。战术技术进步了,少伤亡是可以的,每个伤亡的人并不都是应该的,所以我们还要好好检讨。"

徐向前要求部队:"今天升级,从干部到战士都应该把正规军的一套组织制度,一直到战斗作风建立起来。"

讲到打太原,他风趣地说:"打太原不是那样难,又不是那样容易,把阎锡山现有的部队拿到野外,不要三个钟头,就可以完全消灭!但阎锡山不是傻瓜。晋中战役时,他本钱还大,还敢出来,现在本钱少了,吃了亏后,也聪明了。所以,他就要死守太原,工事又筑得多,这就不好打。能不能不打?非打太原不行!胡子白了也要打下来。说胡子白了,是表示我们有决心,并不是真的要打到胡子白了,那还了得!"

他要求干部要好好总结过去的经验,把自己提高一大步(不是一小步)。他说:"这是非常之要紧的。最近晋中作战后,我看到一个打南庄的战斗经验总结材料,使人大吃一惊。我们各个部队升级都还不久,我们和游击队之间的距离,还是屁股挨着屁股,打了几个仗,提高了一些,但无论在军事工作、政治工作上都还是非常之不够,特别是干部的指挥能力非常弱,每次作战中伤亡比例干部大,有些干部伤亡是非常不应该的。南庄战斗中,七个营级干部就有五个不应该负伤,通过一条敌人火力封锁的街道,第一个通过被打倒了,第二个、第三个……仍然继续通过,继续被打倒。第四十一团董村战斗守得很好,应该奖励,但干部又当通信员,又当观测员、战斗员,恰恰把指挥员那条忘记了,忘记了智勇必须结合起来。南庄战斗,我们两个连通过一条水渠向村边运动,第一个连暴露了，伤亡六十几个人，全连真正到达攻击位置时只余下十几个人；后一个连还是如此。一个营就在这个地方被打倒100多，还没有接近村子。吕梁一个单位打3座碉堡，伤亡60人，一座也没打下来；另外一个连接连打下3座碉堡，却只伤亡8人。其实，真正打一座碉堡，顶多只要伤亡两三个人。这是战术问题，也就是干部问题。许多干部见伤亡这么多，情绪不高，任务没完成，悲观失望，消极怠工。如果好好反省一下，检讨一下原因，就是由于没有组织好，是干部的指挥、领导问题。从连续爆炸、火力组织、运动道路、队形、通信联络、指挥等，都应该好好研究，这就是战术。这一套，干部如果搞不好，在作战中不晓得要死多少人。不是说打仗不要死人，而是说无谓的伤亡。现在是惊人的大，尤其是干部可以说60%到80%是不应该伤亡的。"

他强调："这次练兵中，干部要接受血的教训，把自己的作战指挥能力大大提高一步，以避免许多无谓的伤亡。打不好仗会多多死人，人多死几个生不出来，这就成了问题。炮弹可以加工制造，人是没法加工制造的。一个人从生下来，长成到20岁是很不容易的，这是无法加工的，也可以说死一个少一个。所以必须要好好地总结血的经验。那个仗为什么打得好，那个仗为什么没打好，都要很好总结。这个任务不完成，就不能够打太原！"

徐向前最后说："希望同志们向这方面好好努力，用各种方法来努力。提高战术、技术，这是新兵团头等的、中心的任务。对干部要求的就是这一点，希望大家好好地把这点完成。"

整编整训

在辽沈、淮海、平津战役结束后的休整期间，中央军委于1948年11月至1949年1月，对全军组织及部队番号进行了统一整编。按西北、中原、华东、东北各野战军的顺序，分别编为第一、第二、第三、第四野战军，各纵队改称军，旅改称师。华北野战军第一、第二、第三兵团，编为第十八、第十九、第二十兵团，直属中央军委指挥。

第十八兵团，司令兼政委徐向前、副司令兼副政委周士第、副司令兼参谋长陈漫远、政治部主任胡耀邦、后勤部部长严俊。

第十九兵团，司令杨得志、政委罗瑞卿、副司令葛晏春、参谋长耿飚、政治部主任潘自力、后勤部部长董永清。

第二十兵团，司令杨成武、政委李井泉、副司令兼参谋长唐延杰、副政委李天焕、政治部主任李志民、后勤部代部长张柱国。

华北军区下属地方军区，均改为三级军区。

山西有晋中、太行、太岳三个军区。

经过整编，统一编制，充实了各级军政干部，补充了大量兵员，使部队向正规化迈进了一大步。

各野战军、地方军根据中央军委的统一部署，结合整编整训，开展了以"将革命进行到底"为中心内容的形势和政策纪律教育，在此基础上，着手做向全国进军的准备。

3月1日，第十八兵团举行命名典礼大会。同时兵团进行了巩固部队、战场练兵、补充兵员、政治整训、健全党委和支部领导、整顿纪律等一系列工作。

各攻城部队积极进行战前军事练兵，结合实际，针对敌情、地形，学习训练攻防战术、爆破和土工作业。经过练兵，各部队约有80%的人学会了爆破，并着重训练了外壕爆破和城墙爆破。

太原是一座堡垒城市，能不能攻下，炮兵起重要作用。徐向前非常重视炮兵建设。在第十八兵团炮兵旅赵章成研究成功炮兵简便精确射击法后，他亲自验收，在做了多次试射，证明确实有效后，便与周士第、陈漫远于3月28日，向军委报告了这一消息。

在后来攻取太原的过程中，兵团炮兵旅发挥了重要作用。

兵团在整训的同时,补充了兵员,先后从华北补训兵团及济南战役的俘虏中接收解放战士7000多人,从华北地区征接新兵1万余人,加上部队缩减机关和公务员归队,使部队较前充实许多。第八纵队补充4000余人,总人数达2.2万余人,在编人数1.9万余人,战斗人员1.4万余人。第十三纵队补充4100余人,总人数达2万余人,在编2万余人,战斗人员1.4万余人。第十五纵队补充4300余人,总人数达2万余人,在编1.7万余人,战斗人员1.1万余人。

干部调整,班排干部因各纵队都设有教导队,名额100人,由班排干部用民主推荐、上级批准的办法参加集训。整顿党支部,大力发展党员,使党员总数占到1/3以上。

在整编整训的同时,各纵队不断举行打击活动。据统计,1月份(含西野第七纵队、晋中军区):共毙伤敌4030人、俘敌0648人、投诚883人,共计5561人。缴获各类枪379支、炮30门、子弹53283枚、炮弹836枚、手榴弹5946枚,击毁坦克3辆。

2月份:毙伤敌454人、投诚1685人,共2139人。缴获枪265支、炮16门、子弹65462枚、炮弹1526枚、手榴弹120枚,击毁飞机1架。

根据敌人情况,兵团对部分旅以上的位置做了调整,至2月6日调整为:西野第七纵队在北梁(并城东北),第八纵队在小峪口(太原东南),第十五纵队在聂店(武宿以东),第十三纵队在王杜(榆次西北),晋中军区在晋源城内,兵团司令部在大峪口。

》第十章　大军云集太原

三大兵团会师

北平和平解放以后,中央军委决定,将解放平津的华北野战军第十九、第二十兵团及四野炮兵第一师、华北军区炮兵一个师从平津地区西进,开往太原前线,配合第十八兵团加强军事围攻,争取和平解放太原;不能和平解放,则一起总攻太原。

至1949年1月,经过辽沈、平津、淮海三大战役,歼敌154万余人,使国民党赖以发动内战的精锐部队丧失殆尽,蒋家王朝摇摇欲坠。

华北战区形势同全国一样,发展得很快很好。战争开始时,敌兵力为38万人,控制着几乎所有大中城市和铁路交通线。在敌我兵力极为悬殊的情况下,军区聂荣臻司令组织全区军民,先后进行大同、张家口和易涞满战役,打破敌对我腹地大举进攻的企图。以后又进行正太、青沧、保北战役,歼敌19.7万余人,收复县城39座。战争第二年,首先取得清风店大捷,接着解放战略要点石家庄、晋南重镇运城。1948年,一举收复察南,攻克临汾,又在冀东、热西、豫北等地转战歼敌,晋中战役取得歼敌10万的辉煌胜利。到平津战役结束,华北地区除太原、大同、新乡、安阳四个孤点以外,全部获得解放。

国民党玩弄"和谈"花样,沿长江布防,以图"南北分治"的阴谋败露后,毛泽东主席和朱德总司令发布了向全国进军的命令。刘伯承、邓小平率二野,陈毅、粟裕、谭震林率三野,万船齐发,强渡长江,直捣国民党统治中心南京。与此同时,我华北野战军遵照军委命令,决定发起太原战役,彻底解放全华北。

当时,第十九、第二十兵团各需要编进一个在北平起义的国民党军。2月15日,军委致电第十九、第二十兵团:"两兵团如等候溶编国民党军,则需时将甚久,攻取太原后又要休整。因此,不要等候溶编,应派出溶编部队之干部率领溶编部队跟进。两兵团则于十九日按时出动,三月上旬到达太原附近,争取于三月中旬解决太原问题。"

为了解决部队沿途食宿,军区政委薄一波、参谋长赵尔陆给第二十兵团经过的晋绥沿途地区政府发电,要求解决部队进军太原途中的粮秣问题。

第十九、第二十两兵团来后的驻地位置,徐向前提出建议:"据我们初步的研究:两兵团来后宜从城南攻城为好。第一,城南敌圈甚小,从狄村到城只8里,城北以阳曲镇起即有30里。第二,东山正面狭小,兵力我集中,敌亦集中。第三,城南敌现只有第六十六、第七十二两师,兵力弱。我后勤较好,故从城南攻击为好。"

徐向前这一考虑是正确的,兵团来后的驻地,一定要与下一步的攻击部署一致起来。军区同意了他的这一建议。

初步划分位置,第十九兵团在太原南的榆次一带,第二十兵团在太原北面的东西黄水一带集结。3月上中旬,杨得志率第十九兵团及四野炮兵第一师经石家庄、娘子关向太原开进,进至榆次地区。

杨成武率第二十兵团经大同附近开进,经过1000多里的行军,于4月初到达太原以北50里的地区。

第十八兵团指战员准备好粮食、蔬菜、房舍、物资,热烈欢迎兄弟部队到来。3月中旬,三大兵团在太原前线胜利会师了。他们当中,有从山西运城、临汾一直打到晋中和太原城下,经过多次艰苦攻坚和运动作战的英雄部队;有转战华北各地,参加过清风店、石家庄等重要战役,又在平津会战中解放新保安、张家口,包围北平的胜利之师;有在西北绥蒙一带,经过艰苦奋战的英勇将士;有经过中原突围,参加过苏中保卫战与孟良崮战斗的无畏健儿;有用从敌人手中夺来的美械装备武装起来的华北和东北炮兵;有一直在极其艰苦环境下,坚持武装斗争的晋中地方部队;还有随军转战各地,出色完成各项战勤任务的华北、西北民工。太原城周几十里的村庄,到处呈现着一片欢腾的景象。

为增进团结,协同作战,徐向前指示第十八兵团政治部主任胡耀邦制订了"八大守则",下发各部队贯彻执行。"八大守则"的内容是:一、随时虚心向兄弟部队学习。二、协同作战时要积极主动,不争夺缴获。三、行军相遇时,要主动让路;驻军一起时,要主动让房子,不争借家具,不争购物品。四、当兄弟部队有困难时,要尽力帮助。五、说话时要态度和蔼,礼节周到,在任何情况下不许与兄弟部队争吵。六、不许私自动用兄弟部队的武器弹药器材及其他物资。七、兄弟部队的规劝和建议,要虚心诚恳接受。八、见兄弟部队有违反政策纪律时,要经过组织提意见,不许背地议论。

决心解放全华北

阎锡山把太原经营成"堡垒城",在北起周家山、关口,南至武宿、小店,西起石千峰,东达罕山的百里防线内,共筑有碉堡5600余座,控制太原周边全部交通要点及瞰制地形。阎锡山还修建了环城铁路,以利兵力调动。这样,由点连成线,由线构成面,使整个太原形成一个大纵深的环形防御体系。

1948年7月晋中战役后,阎锡山残部被压缩于太原孤城。为死守太原,阎锡山撤销了原第七、第八兵团及第六、第八集团军司令部,成立了第十、第十五兵团,以地方团队补充正规军,充实基层战力;组建重机枪师、重迫击炮师、飞雷团和冲锋枪团等,以强化火力;将被解放军俘虏后放回的官兵编成雪耻奋斗团,以增加其反动气焰。其中,第十兵团以王靖国为司令,下辖第十九军(辖第六十八、第二七七师)、第三十三军(辖第七十一、第二八〇、第二七五师,其中第二七五师守大同)和第四十三军(辖第七十、第二七六、第二八三师);第十五兵团以孙福麟为代司令,下辖第三十四军(辖第七十三、第二七九师)和第六十一军(辖第六十六、第六十九、第七十二师)。

蒋介石把第三十军从西安空运太原,阎锡山遂以太原绥靖公署副主任孙楚直接指挥第三十军(辖第二十七师、第三十师第八十九团)、第二七四师(即重机枪师)、第二七八师(即重迫击炮师),暂编第八、第九、第十总队,冲锋枪团、工兵第二十一团、飞雷团、榴弹炮兵营、列车作战队等。经过补编,阎锡山太原兵力计2个兵团、6个军、16个师,共10万余人。

太原守敌的防御部署重点,为城垣外围阵地,在东7里、西20里、南10里、北30里的范围内,划为5个防区,布有13个师的兵力。北区总指挥韩步洲,辖3个师8个团;东北区总指挥温怀光,辖2个师8个团;东南区总指挥刘效增,辖2个师6个团;南区总指挥高倬之,辖2个师6个团;西区总指挥赵恭,辖4个师11个团。另以2个师及绥靖公署直属部队共2万余人防守城内;以第三十军及第八十三师共7个团约万人为机动部队;以亲训炮兵团、榴弹炮团及4个独立炮兵营共600门炮,分为10个炮队,布于城外5个防区。阎锡山的防御计划是:

一、方针:为确保华北据点,控制工业区,培植独立与共匪作战之军事、政治力量,彻底击灭来犯之匪,并相机配合其他地区之国军,全面反攻,恢复政权。

二、指导要领:为实施战略守势,战术攻势起见,以少数兵力,固守要点,大部兵力,保持机动,期凭借坚固工事,与炽盛火力,予匪以重大损害。尔后适时运用我机动部队,逐次歼灭局部匪军,以达攻势持久之目的。

三、兵力部署:第十兵团担任城东、城南地区。确保杨家堡、椿树园、马庄、淖马、牛驼寨、凤阁梁之线。机动部队,分别控制于双塔寺、卧虎山附近。第十五兵团担任城西、城北地区。确保阳曲镇、栏岗、呼延村、化土头、白家庄(九院北侧)、南堰镇。机动部队分别控制于新城、东社镇附近。

由孙楚直接指挥的各部为总预备队,在城垣附近,保持机动。

8月23日,阎锡山发布《告全体同志书》,命令所属严守阵地,企图凭坚恃险,负隅顽抗。阎锡山出于坚守太原的考虑,不断对太原兵力分布做调整。至12月1日,又做如下变动:

北线,将第四十六师移驻新城、皇后园、丈子头、牛驼寨一线。

东线,令第三十军担任陈家峪、山庄头、剪子湾及仓库区的任务;令暂编第四十师担任伞儿树以东防务,第八十三旅除一部为机动部队外,其余担任松庄、郝家沟间之防务。

南线,第三十四军军部驻双塔寺。第九师师部移驻王家坟,部队在王家坟、马庄、黑驼之线。

同时下令:暂编第八、第九、第十总队均调至城击整补。暂编第八总队残部300人,补一个保安团300人,共600人驻守五龙口,由前第一团团长张冠群代总队长。暂编第九总队残部300人,编为一个营,由第一团团长冠元模任营长,驻大东关。另保安第九团400人,前补充第四十五师,现移补暂编第九总队,保安第十三团500人补入该部。暂编第十总队驻赛马场(小东门外)。

第六十八师第二○四团残部开枣沟整补,保安第二十六团一部补入该团机枪连。暂编第四十六师第三团被残后,补入保安第十二团600人,另保安第四团500人编为第六十六师补训团。保安第七团一部400人补入第七十七师。保安第十四团残部200人补入第四十师。以上保安团(晋中战役后以民卫军编成者)共3000人补入正规军,连前共补入4000人。

暂编第四十四、第四十五两师将残部拨交第七十三师。

解放军攻击太原的兵力,有第十九、第二十兵团,加上第十八兵团及晋中军区部队、一野第七军(1949年2月由原第七纵队改称)、四野炮兵第一师等部队,总数达3个兵团、10个军、36个师、3个步兵旅、2个炮兵师,共计32万余人,拥有各种火炮1150余门,战斗力同太原守敌相比,明显占压倒性优势。

3个兵团聚会太原城下,官兵斗志昂扬,决心打好华北最后一仗,解放太原城。

》第十一章 阎锡山逃往南京

李宗仁电报

此时,太原城已被解放军围困三个多月。阎锡山表面上气壮如牛,加紧抵抗,内心却惊恐万状,惶惶不可终日。

黄樵松事件之后,梁化之曾建议阎锡山:将第三十军调回太原城内,罄其所有,重新装备,补充扩大,保持该军达万人以上的战斗力,给第三十军加粮加饷,破格待遇,给戴炳南以兵团司令官的职衔,统一指挥城内所有军民,配合梁化之的特务组织,组织所谓"孤岛核心钢骨体"。但此一设想尚未实施,战局就已发生巨变。

1949年春,三大战役结束后,国民党全面崩溃已成定局。阎锡山便采取三十六计走为上的办法,偷偷坐飞机逃往南京,将"誓死保卫太原"的任务,留给其亲信梁化之、孙楚、王靖国等反动头目承担。

至这年3月,太原守军仅凭空运接济维持,处境越来越困难。随着北平解放,第十九、第二十兵团主力西转,太原的包围圈越来越小,双方接触性作战已从外围发展到太原市近郊,南郊、北郊机场已被解放军完全控制,新开辟的西门外红沟临时机场,也在解放军的炮火射程之内。空运交通,行将断绝。阎锡山度日如年,日子越来越不好过。

1月21日,蒋介石被迫下野,退居幕后。李宗仁以和平商谈面目出现,代理总统。阎锡山认为这是一个机会,他一面在蒋介石下野后,亲赴蒋的家乡奉化,与蒋面谈,认为李宗仁肩负的和谈任务决不会成功,到时候,还是要蒋再度出山,组织战时政府,并提出由蒋任总统,自己任行政院院长的主张;一面他又指示当时在南京的太原绥靖公署副主任杨爱源,筹划向美国驻华大使司徒雷登及美使馆武官苏乐将军、陈纳德等尽力斡旋,促成李宗仁为代理总统,他为行政院院长,何应钦为国防部部长,白崇禧任参谋总长。太原方面,调回杨爱源,以太原绥靖公署副主任代理主任之职。

阎锡山做如此安排,若目的达到,他就能两全其美,进退有路了。一旦太原形势紧急,他可直飞南京,出任行政院院长;如果太原形势和缓,又可返回太原,继续统治山西。如意算盘行将实现之时,李宗仁变了态度,3月12日对外公布了何应钦为行政院院长,并请在南京的贾景德电告阎锡山,称阎的名望很高,不敢以行政院院长一职委屈,正筹划授予更高职位。贾景德报告说:"既然已发表何应钦为行政院院长,当然副院长一职未便屈就,容再徐图办法。"

阎锡山开始也不曾以取得行政院院长的职位为满足,他曾在外国记者面前拿出毒药炫耀过自己的反共精神,又通过与司徒雷登、苏乐和陈纳德等接洽,一再表现自己的反共本领。因此,在美国政府试验了蒋介石这个战时总统,又试验了李宗仁这个和谈总统之后,总统职位应该落到自己身上了。但事到如今,总统没捞着,连行政院院长也没当上。

阎锡山接电后,极为恼火,可转念一想,解放军步步迫近太原,不找一条退路,必然是死路一条。他只好忍气吞声,复电贾景德:"为了拯救晋民,名位高下,在所不计,虽副席亦可也。"

阎锡山又悄悄给太原绥靖公署驻南京办事处处长方闻,连发三封电报,叫方闻"多方活动,尤要接近李代总统,设法将吾调出太原"。

他得到报告,解放军第十九、第二十兵团正向太原挺进,不久就将对太原发起总攻,越发感到太原的命运不会太长,惊慌不已,吃不下,睡不稳,整日焦虑不安,脾气极其暴躁。

3月29日下午2点钟,太原绥靖公署各部要员突然接到召开紧急会议的命令。在城外火线上的各军事要员,也被召回,共计20多人,齐集于绥靖公署阎公馆内。梁化之见人到齐,便去请阎下楼开会。阎锡山笑容满面地走进会议室,没了平素那种乖张暴戾之气。

阎锡山令大家入座后,十分和蔼地说:"国共和谈即将开始,与山西相关的条件需要我前往南京商定。"随后,他向秘书长吴绍之说:"你把李代总统来的电报,念给大家听听。"

吴绍之打开公文夹,念道:

> 和平使节,将于三十一日飞平。党国大事,诸待我公前来商决。敬祈即日命驾入京,藉聆教益。如需飞机,请即电示,以便迎迓。
>
> 宗仁
>
> 三月二十八日

电报念完,阎锡山假惺惺地征求大家有何意见。人们有的默不作声,有的逢迎地说:"此次赴京开会,应在南京多住些日子。"

阎锡山说,这次去南京,"也许三天五天,也许十天八天,候和平商谈有了结果,我就回来"。见众人没有别的意见,他又说:"在我离开期间,由梁化之、王靖国、孙楚、赵世铃、吴绍之五位组成执行小组。军事方面,孙、王两位会同赵参谋长、戴军长共负责任。政务方面,由吴秘书长操持。梁化之跟随我多年,对诸事熟悉,他手下的人分布也广,事情易于推行。由他代管全面事务,住在钟楼下我的地下室内。"接着,他把"八杀"军律重申了一遍。

最后,阎锡山说:"楚汉相争的时候,山东出来个齐国。最后一个齐王,叫田横。刘邦取胜以后,田横带手下五百壮士退守一个海岛。刘邦得知后,召见田横。田横不甘受辱,在途中自杀了。他属下的五百人闻知,也全都自杀于海岛上。田横能得士,士也尽忠于田横。这就是传为千古美谈的田横五百壮士的故事。必要时,你们应仿效这五百壮士。"

梁化之贴在阎锡山的耳根,唧哝了几句,然后说:"天气已经不早了,飞机早在机场等候,请主任及早动身吧!"

阎锡山不要大家相送。他立刻起身,乘坐汽车,由太原绥靖公署风驰电掣般地直奔西门外红沟机场。

除梁化之和阎慧卿送到机场之外,其他人员只送到大堂口,算是做了几十年共事的最后一别。

阎锡山到达机场后,见所带贵重物品已装上飞机,便匆匆登机。这位一向标榜誓与太原共存亡的"阎老西"自感大势已去,扔下多年追随左右的部下,离开他经营多年的巢穴,借故溜到了南京。

在这之前,阎锡山深知国民党政权已处于风雨飘摇之中,就开始安排自己的退路了。他借口支持国民政府发行金圆券,向各营业单位提取大量黄金,派专机送往南京中央银行。后因金圆券贬值,阎不愿吃亏,要求退还黄金,蒋介石允许兑换外汇,但指定此项外汇须向加拿大购买面粉。阎锡山不得已向加拿大购买面粉4000吨,运存上海,高价出售,将所得款项据为己有。山西商人纷纷追至上海,讨还钱财,然却终未得到。

阎锡山还将国防部拨给他的军饷(包括粮食和金圆券)换成现洋和黄金,又命西北实业公司经理彭士弘将该公司在太原的资金和在上海、天津等地的物质,一律变为黄金,尽量外运,以备后用。

逃离太原前,阎锡山还令由他控制的一批工商企业,一律结束业务经营,将货物变款运至上海,由杨爱源负责收集,然后交给阎本人,仅此一项,阎锡山就得黄金4.5万两。晋中战役后,阎锡山在山西已无赋税来源,部队机关大吃空饷,共获黄金11.5万两。

同时,阎锡山把他的亲属也做了安排。阎锡山为防家人落到解放军的手里,要把他们秘密送往台湾。1949年2月5日,阎慧卿吩咐两名贴身侍从张日明、王延华,要他们带几辆汽车,赶往河边村阎府,第二天下午4时前,务把阎的家人送往红沟机场。

两人连夜带着四辆大卡车,接上陈秀卿、徐竹青婆媳俩及家人物什,赶往红沟机场。南京派来的一架军用飞机已在等候,他们把婆媳俩和要带的物件全部送上飞机被接走。

阎锡山将他的继母、媳妇、二儿媳送往台湾后,在台北建了阎公馆。再把他的四儿子阎志敏及四儿媳裴彬送往美国。又将他的内弟徐士珙和五儿子阎志惠送到日本。这样,以后无论是蛰居台湾,还是流亡海外,都有可靠的安身之地了。

子女突然出国,阎锡山担心他们的生活无人照顾,4月18日,特写了一份训示给儿子志敏、志惠。训示说:

> 出门在外,举目无亲。不敢有病。不敢丢人。要进步。我负山西责任时,你祖父说我,要知道你要负这么大的责任,我一定教你背几回炭,掏几回厕所,你才知道生活的困难和工作的艰苦,处理民事才有标准。
>
> 将来结婚时,要选一个有志的人,不在乎他有势有才有钱,是要重在有志,有志胜于一切。
>
> 最后告诉你们十六个字,就是"轻财重义,讷言敏行,俭己厚人,恭己恕人"。以此作你们一生的进步目标。

阎锡山一向贪得无厌,贪多务得,逃离太原时,席卷黄金16万两,却给子女做表面文章,要其"轻财重义,讷言敏行,俭己厚人,恭己恕人",真乃虚伪至极矣。

五人小组

阎锡山逃走后,阎军上下士气低落,军心瓦解,越发而不可收拾。

阎锡山仍然继续遥控着太原。他在南京每天都要通过无线电与太原联系,严厉督促五人小组必须拒绝和谈,顽抗到底,坚决与人民为敌。

五人小组实际上是阎锡山离开后的太原军事核心,负城垣的军事顽抗之责。阎锡山自认为,他的晋绥军有人才、有能力,完全可以与解放军对抗一阵子。

阎锡山自恃懂军事,不仅指挥有方,而且治军也远在其他军阀之上。不可否认,晋绥军中的中高级军官基本都是科班出身,而以保定系为主。晋绥军13名重要将领杨爱源、孙楚、梁培璜、杨澄源、傅作义、王靖国、赵承绶、李生达、李服膺、楚溪春、鲁英麟、董英斌、陈长捷,全毕业于保定军校,曾被称为"十三太保"。高级将领还有商震、徐永昌、张培槽、张荫梧、郭宗汾、郭景云、董其武、孙兰峰等人。

进入1949年,人们发现华北三座最大城市北平、天津、太原的守将都是晋绥军将领。天津的陈长捷、北平的傅作义曾是阎的部下,均出自晋绥军。晋绥军中有的还进入新中国开国将领之列。

但是,代行阎锡山职权的五人小组丝毫不能挽救阎家小朝廷灭亡的命运,只能是做最后的挣扎而已。

梁化之,名敦厚,字化之,后以字行,山西定襄人,是很受他的姨表叔阎锡山器重的侄辈。他24岁从山西大学毕业,当上阎的少校机要秘书,为阎掌管私人印章和特费开支,成了当时红得发紫的人物。4年后,又在阎的自强救国同志会任总干事,并作为阎的代表参加了牺盟会。抗战第三年,他被阎派到重庆,在国民党中央党校政训班受训。晋西事变后,他虽辞去职务,到大后方成都、重庆,做了个"逍遥自在王"。不久,回到山西,开始在一个名叫"最后同志会"的文人组织里当上头目。以后,又当上了特种警宪指挥处的处长。自此,阎就把一切特务大权,都交给了他。特务团、宪兵队、警察局,统统在他的管辖之内;同志会、高干会,也在他的控制之下;保委会、内卫处、防卫组、侍参室、侍从队,亦在他的掌握之中。就是王靖国的军人组织,即铁军基干——三三铁血团,还有那青年党、民社党以及军官收训总队、雪耻奋斗团,实际上也受他操纵。

梁化之发明的、专门对付共产党和老百姓的那个"自清、自卫、自治"的"三自传训",和"自白转生"那套名堂,更是受到阎的竭力赞许和推广。于是乎,梁化之想抓谁就抓谁,想怎么处死就怎么处死。太原市内的七处刑场,每日里怒吼惨叫之声不绝于耳。梁化之却哈哈大笑,说:"枪毙是最便宜的事。只有让他们死得越惨,我心里才越痛快!"

梁化之为阎竭尽犬马之劳,替阎剿灭政敌,清除异己,扫除隐患,越发受到阎锡山的信任。他成了支撑阎锡山的一根台柱子和离不开的左膀右臂。

阎锡山出逃时,理所当然把一切全权委托给梁,由梁以山西省政府代主席、五人小组之首主持一切,进行最后挣扎。

阎锡山走后,他不断与阎函电来往,通报情况,请示机宜。4月19日,梁化之电报阎锡山:"请勿再图返省,解救危急只有大量空军,希望能使飞虎队用国家空军名义大量出动。"寄希望于陈纳德的飞虎队。

4月21日,梁化之在电话中告诉阎锡山:"匪军增加炮兵甚多,恐城陷在即。目前已将应处理之人及事,处理完毕,职一定遵命集团自杀,并本尸体不见敌人面之昭示,一切准备妥当。"

4月23日午夜,太原城破在即,阎锡山曾致电五人小组说:"万一不能支持,可降;唯靖国、化之两人性命难保。"五人小组意见不一,王靖国坚决反对,可惜为时已晚。

王靖国,字治安,号梦飞,五台人,是阎锡山的心腹。阎锡山认为,王靖国是他最得力、最忠于他的将领。说好听点,是有"军人天职";说白了,是他顽固透顶,死不回头。

北平和平解决之后,他在北平上学的四女儿王瑞书受中共组织派遣,于3月中旬带着徐向前的亲笔信,通过两军的前沿阵地回到太原,曾劝说王靖国走傅作义的道路,和平解放太原。王靖国没有接受。他说:"太原已成为一座孤城,外无救援,实在难以确保,但我是军人,军人以服从为天职。如果阎有命令叫我投降,我就投降;阎没有命令,我只有战斗到底。傅作义够个俊杰,但我不能那样做。你可以革你的命,我要尽我的忠。"断然拒绝了女儿的劝告。

吴绍之是阎锡山亲信中的文人班底,很受阎锡山的欣赏。在五人小组中,他比其他几个识时务。对于太原形势,他心知肚明,被围数月,还哪来什么转机? 现在解放军节节胜利,阪上走丸,大势所趋,太原再坚持,也只是苟延残喘而已,不会再有阎家的半壁江山。

1949年1月,陈长捷在天津战败被俘,傅作义在北平率部接受和平改编,这两件事在阎锡山的上层干部中引起极大震动。许多人倾向和平,主张效法傅作义将军,走和平之路。吴绍之就曾向阎建言,来个和平解放。

但阎锡山不听,召集他的高官和基干开会,要他们"成功成仁",不走"北平道路",谁也不能朝秦暮楚,并骂傅作义"毫无人格","出卖了北平人民"。

留下阎慧卿

阎锡山逃离太原时,为了稳定人心,没有把阎慧卿带走,但他答应到南京后,一定会想办法把她接去。

4月1日晚间,吴绍之给梁化之送来一封阎锡山的密电。电报说:

化之、靖国、孙楚台鉴：

　　吾已安抵南京，勿为悬念。现李代总统宗仁正主持召开会议，商定国策，会期不得而知。昨闻行政院妇女部一司长之位出缺，吾念慧卿经略此务有方，遂向李代总统举荐照准。特电告诸位，转告慧卿，不日将派飞机往接，望速准备，切勿违嘱。

阎锡山

民国三十八年四月一日

阎慧卿是阎锡山叔父阎书典的女儿，在阎书典五个女儿中排行第五，人称五姑娘、五妹子。她生于1910年，比阎锡山小27岁，阎很器重这个堂妹。

袁世凯死后，北洋军阀政府正式任命阎锡山为山西省省长。集山西军政大权于一身的阎锡山，在家乡河边村办了一所育英女子学校，阎慧卿便入校就读，念了5年小学，在太原入教会加辣女子学校学习几年，也算一个知书识礼的女性。

阎慧卿有过两次婚姻，第一任丈夫是河边村曲佩环，曾留学日本，任榆次晋华纺织厂经理，后病逝。又嫁给崞县北社村的梁綖武。梁綖武于清华大学毕业后曾留学日本早稻田大学，结婚前双方商定，婚后生活方式、财产互不干涉。其实，梁綖武和五妹子当时均另有情人，五妹子的情人即是梁化之。梁綖武与阎慧卿婚后关系不好，两人貌合神离，后来梁綖武又娶汾阳一女子为妻，结束了这段婚姻。从那时起，阎慧卿开始照顾阎锡山的生活起居，再没有婚嫁。

阎慧卿工于心计，善于察言观色，很会哄阎锡山高兴。每当阎锡山情绪低沉，甚至生气、食欲不佳的时候，她就会给他讲讲家乡的风土人情、故事，给他做点豆面剔尖、高粱面擦擦或莜面鱼鱼，所以，深得阎锡山的喜爱。

从抗战开始，阎慧卿先后担任过战时儿童保育会山西分会主任、山西女子助产学校校长、太原慈善院院长、国民党国大代表和阎任会长的同志会妇工会主任等职。她仅挂名，不参与具体工作，只是在会上宣读有人草拟好的讲稿，主持一些会议而已。

阎慧卿很少与人往来，从不干预军政大事，更非参与主宰山西政局的铁腕人物。但由于她在阎心里有特殊地位，所以有时也会帮助别人讲讲情，疏通一下关系。

阎锡山飞往南京之后，梁化之要杀害共产党员赵宗复。赵宗复是老同盟会会员赵戴文之子。赵戴文年轻时，曾奉孙中山之命，跟阎锡山一道去执行刺杀慈禧太后的任务，后因此项计划停止，此举也就作罢。后来，赵戴文跟阎锡山一起发动山西反清起义，是阎锡山几十年的袍泽。

赵戴文，字次陇，五台东冶人，长阎锡山17岁，是民国时期山西历史上唯一可与阎锡山相提并论的人物，官至山西省政府主席，蒋介石国民政府内政部部长、监察院院长。

阎锡山说："次陇与吾相交30年，公私事件饱经波涛，虽有危及身家之虑，亦未尝忧形于色。"他把赵称为亦师亦友，首席辅弼。赵戴文逝世后，阎锡山概括了他"八个没有"：没有瞒过一文钱，清清白白廉正自持；没有瞒过一个人才，有一点长处的人，总想说出来；没有偷过一次懒，凡请他办的事，一定尽心去办；没有畏过难，无论多难的事，认为该办就办，不怕得罪人；没有显示自己才能的意思，即根本未宝贵过自己；没有轻视过人，对什么人也不轻视，即对差役也如此；没有厌过学，虽在病中，也不曾间断用功；没有倦过教诲人，对任何人，不惜三番五次地教诲。他本人虽谦诚和蔼，但对人也很严格，尤其对不学好的人，毫不留情地予以教训和指责。阎锡山对赵十分赞赏。

阎慧卿听说梁化之要杀赵宗复，忙对梁说："老汉（阎锡山）在（太原)的时候都没有处理,你为啥要处理他? 老先生(赵戴文)就这么棵苗苗,你还能这么做? 老先生过去是怎样对待你来的?"

结果,杀害赵宗复的事便搁置下来。几天后,解放军打进太原城,赵宗复得以活着走出监狱。

梁化之取代了阎锡山,对这个五妹子当然也就全盘接受了。

梁化之见阎锡山要把阎慧卿接走,马上回电说:"慧卿是绥署妇女会的理事,又是助产学校校长,组织上是个基干。她若一走,更会影响人心,不利于太原的坚守。因此,必须留下。"阎锡山无奈,只好暂且不提此事。

在此期间,解放军为使太原人民免遭战争损害,多次劝告梁化之、王靖国、戴炳南等人,放下武器,赎罪自新。然而,这些人悍然拒绝了多次劝告,一面大肆烧毁民房和公用建筑物,施放毒气,残害人民;一面"加大享受,缩短阳寿",过着荒淫无耻的生活。

梁化之与阎慧卿姘居在绥靖公署楼下阎锡山的地下室内,每日监视和控制着阎部的军政要员,等待着末日的来临。

≫ 第十二章　太原总前委

彭德怀途经太原

中共七届二中全会召开期间，徐向前因身体一直不好，请了假，未出席会议。会议结束后，毛泽东要彭德怀返西北途中，到太原前线看一看，待太原解放后，可将第十八兵团调往西北作战，归彭指挥。

3月28日，彭德怀到达太原已是晚上，他立即赶往峪壁村，看望徐向前。

他俩是在长征路上认识的。1935年6月，红一、红四方面军会师后，徐向前与彭德怀在维谷河畔相识，从那之后10多年间，虽然有过几次相会，但都是匆匆交谈几句，难得畅谈的机会。去年，中央召开九月会议，彭德怀没有参加，上个月召开七届二中全会，徐向前又因病请了假。今天能够重逢，自然都很高兴，也有许多话要说。

彭德怀说："去年，你打完临汾战役，我就向中央请求让你去西北，当时没能得到批准。现在中央已经决定，等拿下太原，把十八、十九兵团调给一野解放大西北，以后，咱们一起去消灭胡宗南和马家军。"

徐向前说："很希望能在彭总领导下工作，也很想去西北，只是身体不行，恐怕去不了哇！"

　　彭德怀说："你应该很好保重，身体好些再去也可以。我这次到你们这里，也是来学习的。在西柏坡，毛主席特别给我们讲了你那个晋中战役，他非常赞赏呢！"

　　徐向前忙说："彭总太客气了，毛主席那是过奖。我们没有完成包打太原的任务，正需要彭总多指示呢！"

　　彭德怀向徐向前介绍了七届二中全会精神，徐向前介绍了攻打太原的战役部署和准备情况。

　　徐向前这年刚48岁，按说应是体力充沛、精力旺盛之时，但长期在战火中的艰苦生活，早把他本来就弱的身体拖垮了。

　　他对彭德怀说："我的胸膜两次出水，胸背疼痛，身体虚弱得很，没法到前边去，你就留下来指挥攻城吧，等拿下太原再走。"

　　彭德怀表示同意。在报请中央军委批准后，彭德怀便留在了太原前线。

　　彭德怀善打大仗、恶仗，有一股子狠劲。

　　徐向前善打大仗、恶仗，而更善于打险仗，敢作敢为，有魄力。在鄂豫皖、长征途中，甚至率西路军西征，都打得非常艰苦，有军中"险胜将军"、"险胜元帅"之称。他善于用兵，常常能在危局之中顶天立地，化险为夷，转败为胜。他一生打游击战、运动战、攻坚战，每战都能打出自己的特色，创造辉煌战绩、战例典范。解放军在解放战争时期的十大攻坚战，徐向前就占了三个，这就是他指挥的运城战役、临汾战役和太原东山之战。

　　他取得如此战绩，靠了两条：一是善于学习，向实践学，向他人学，向敌人学；二是善于总结，特别注重总结失败的教训，因此，他总能胜敌一筹。

　　毛泽东说他是"老实人"，彭德怀则说他是"细心人"，主要指他对战争敌我方面的计算，很认真很精确，完全掌握在心里，所以打起仗来底气很足。

徐向前向彭德怀简要介绍了敌人的情况，他说："阎锡山的晋绥军还是有战斗力的，称它顽军，顽军顽军，既是顽固之军也是顽强之军。他的将领，多是保定军校的，比较善于打防御战，攻打运城、临汾我们都付出了很大代价。这次打太原，工事坚固，是一座'堡垒城'。"

彭德怀说："你那个临汾战役、晋中战役、太原东山之战，打得很好，已有了经验，你就安心休息，集中三个兵团打太原没有问题，只是要尽量减少伤亡。"

为了避免影响军心，那时下命令、写布告，仍用徐向前的名义签署。

后来，徐向前深情地回顾彭德怀说："……为避免影响军心，那时下命令、写报告，仍用我的名字签署，实际上是彭总在挑担子。他新来乍到，对敌我情况都不熟悉，但慨然允诺，勇挑重担，实在难得。"

彭德怀来后，又要熟悉部队情况，又要观察地形地貌，经常活动在前线，紧张得很。

第十九、第二十兵团的领导到达太原后，都到榆次以南的峪壁村看望了正在那里养病的徐向前。徐向前十分高兴，与杨得志、罗瑞卿、耿飚一一握手。

罗瑞卿风趣地说："徐司令呀，我们一进山西，就见山连着山，岭连着岭。山西山西，听起来山很稀，实际上山并不稀，倒是很多，山西应该叫山多。"引得大家笑起来。

不大一会儿，杨成武、李天焕也来了。

徐向前握住他们的手说："成武、天焕同志，你们辛苦了。"然后，高兴地说："欢迎十九兵团、二十兵团来，咱们一同来打我的这个老乡吧！"

罗瑞卿主持总前委

为了统一指挥太原前线作战，3月12日，中央军委决定成立太原前线司令部,以徐向前为司令兼政委,周士第为副司令,罗瑞卿为副政委。

成立太原总前委,由徐向前、罗瑞卿、周士第、杨得志、杨成武、陈漫远、胡耀邦、李天焕八人组成,以徐向前为书记,罗瑞卿为第一副书记,周士第为第二副书记。由于徐向前有病,军区决定由罗瑞卿、周士第代徐向前指挥。

并明确以第十八兵团司令部为太原前线司令部,第十八兵团政治部为太原前线政治部,以陈漫远为参谋长,胡耀邦为政治部主任,统一指挥第十八、第十九、第二十兵团及一野第七军与晋中军区部队。

这样,罗瑞卿便离开第十九兵团,搬到太原前线司令部了。

3月29日,太原总前委在东山大峪口召开第一次扩大会议,研究太原战役作战方针。这里原是第十八兵团司令部的驻地。

会议室里,几张高腿桌子并在一起,四周坐着身经百战的英勇将领。除总前委成员外,还吸收了各军以及炮师和晋中军区部队的领导参加,共150余人。

会议一连开了3天,由罗瑞卿主持。

彭德怀说:"我这次来太原前线办两件事:一是总攻太原。阎锡山的城防坚固,我参加此役,主要是学习攻坚的经验。二是来带兵的。打下太原以后,第十八兵团和第十九兵团将调西北战场参加对胡宗南、马家军的决战,争取在1年的时间里,全部解放大西北。"

罗瑞卿介绍了七届二中全会的情况,分析了全国及华北的战争形势。接着,分析敌情,确定作战方针和部署。

陈漫远介绍敌情说:"经过阎锡山几十年的苦心经营,太原现是国内第一流的要塞化城市。其防御布势,是将主要兵力集中于外围防御地区,依托宽广纵深和坚固的据点式筑城进行防御。阎锡山走后,太原绥靖公署主任兼第十五兵团司令官孙楚和太原防守司令兼第十兵团司令官王靖国指挥守城部队。他们决定,以第三十三军守城北;以第六十一军守城东北；以第四十三军守城东南；以第三十四军守城南；以第六十一军守汾河以西；以神勇师、铁血师及警卫部队守城近郊；以第三十军守城区，并担任预备队。另以阎锡山留下的日本侵华战犯今村指挥十个炮兵群，分别配置在太原城东南角、大小东门、双塔寺、剪子湾、狄村、丈子头、聂家山等阵地，支援步兵作战。太原守军整个兵力7.2万余人，有炮680门。"

陈漫远分析说："根据太原地形特点和敌军防御部署，我拟以割裂包围手段；将敌主力歼灭于主要防御地区外围，尔后，夺取敌之最后防御地区城垣。根据不同敌情、地形，在不同的方向上分别采用：北面，从两翼突破，实施向中心钳形突击，合围歼灭敌军于北飞机场以北地区。在西南方向，沿汾河并肩实施中央突击，协同东南和西北的辅助突击，分别围歼西面和南面之敌。东面，从正面突击。从全局看，这是多路突击，多方向合围，以构成数个合围圈，将敌分别围歼。对敌最后防御地区城垣的夺取，也以四面八方，多路向中心突击来实施。"

周士第补充说："对太原突破，分别采用三种方式进行：一是以短促火力急袭，突破敌军防御，以主力突贯敌军纵深。二是选择敌之支撑点与支撑点间的间隙，揳入敌军纵深，实施侧后突击。三是经过炮火准备，摧毁敌依托城墙所构筑的坚固阵地，尔后实施突击。我们要根据情况，确定具体打法。"

会议确定的作战指导方针是：首先集中兵力，分割包围外围之敌，进行连续攻击，争取歼敌大部，占领攻城的有利地形。尔后，集中全力，一举攻城。

战役部署是：一、第二十兵团及一野第七军一部，从东北及西北面突破敌人防御，歼灭北区守敌，尔后，由大小北门攻城。二、第十九兵团和晋中军区三个旅分两路突击，由南面和西面突破敌人防御，歼灭南区和西区守敌，由首义门、大南门和水西门攻城。三、第十八兵团和一野第七军两个师,分左右两集团,歼灭东部之敌,尔后在大东门方向攻城。以四野炮兵第一师及一个炮兵团配属到主要攻击方向和攻击点。太原前线司令部直接指挥华北军区炮兵师做机动使用,以能压倒敌军的火力。

周士第说:"关于炮兵使用,各项战斗保障、政治工作、后勤方面的问题,会有专门指示。"

罗瑞卿说:"这个决心和部署,体现了毛主席攻坚作战的指导原则。太原战场有今天这个形势,是十八兵团和一野七军,还有晋中部队老大哥,以及广大人民群众,做了艰苦努力的结果。他们在城南小店地区和城东四大要塞以及城北的作战,还有几个月的围困瓦解敌人,是太原战役的第一阶段。我们即将开始的,是战役的第二阶段。我们把第二阶段的作战完成好,这才是上下两篇有声有色的好文章。"

彭德怀说:"这次战役规模大,参战兵种多,战役战斗样式复杂,给组织指挥带来许多复杂问题,一定要有坚强的集中指挥,要特别注意搞好兵种、军队间的协同动作和各种保障,把胜利建立在稳妥可靠的基础上。"

攻击时间定为4月15日。

会议结束后,作战方案于3月30日上报中央军委并华北局、华北军区。

中央军委于4月3日复电如下:

一、同意寅陷电所述太原作战方案。

二、同时请你们注意和平解决的可能性,如有接洽机会应利用之。

太原总前委接到军委复电,一方面积极进行争取和平解决的努力,一方面继续加强攻击准备。

　　第一次总前委会讨论确定太原战役方案,第一步外围作战、第二步攻城,上报军委和军区后,罗瑞卿于4月5日至7日又在大峪口召开总前委第二次扩大会议,再次研究总攻太原问题。为有绝对的把握,把问题摊开,进行了具体分析研究。会议由罗瑞卿主持。会议安排周士第做军事报告,罗瑞卿做政治工作报告,陈漫远做有关战术问题的说明。作战参谋标绘一张太原战役图,挂在墙上。几个红色大箭头,从四面八方,一齐指向太原城内阎锡山的老巢。

　　周士第发言说:"总前委于上月29日开会,确定了作战方案,由罗副政委做了结论也经徐司令同意了。"他说:"整个形势对敌人非常不利,孤立无援,城内存粮至多半个月,弹药不多,靠空投则有1/3的损失,炮弹不超过10万枚。敌人斗志消沉,有些动摇,阎军候补高干都跑到我方来了。有些军官已向我接头,但也有坚持反动的。总之,在政治上、军事上、经济上,敌人都是守不住太原的。

　　"敌我力量对比:敌战斗部队7.2万人,我战斗部队27万人。敌炮680门(八二炮以上的),我们1233门,数量上超过1倍。质量我更高一些,敌10公分以上榴弹炮9门,我90门;野炮敌18门,我82门;山炮敌160门,我155门;迫击炮敌461门,我821门。我占优势,有信心、有把握打下太原,完成党给予我们的任务。"

　　罗瑞卿说:"太原是工业区,仅次于沈阳,能造15公分榴弹炮及其他各种炮,每月可出榴弹10万枚。工人5万余人,军工1万余人。打下太原后,我们25万军队即可向前进打西安及其他地方。"

　　在谈到与敌人谈判情况时,周士第说:"敌人虽准备同我们和谈(对下不传达),但在军事上应当做敌人顽强抵抗到底的准备。我们准备以40万枚炮弹、60万斤炸药,解决阎军是完全有把握的。但不要轻敌,不轻敌就是胜利的保证。

　　"阎锡山曾经说过:'太原是共产党的,我拿共产党的东西打共产党,有什么不值得呢? 中国只有我和蒋不能与共产党合作。'"

周士第就此话,进一步引申说:"他们是刀子不搁在头上不投降,野战不行守堡还可以,加上特务控制、工事强、火力强,城内有核心工事,城外有环城公路工事,防御是有一套的,我们万万不可轻敌,轻敌就要吃亏,死老虎要当活老虎来打就不会吃亏。"

他分析了敌人的弱点:"敌人是有弱点的,敌人守备地区,东面纵深六七里,南面10余里,北面30里,西面30里,同时煤矿、工厂、飞机场又必须控制。敌人东面配三个师是防御重点,其余散在西、北、南三面,有弱点可乘。"

谈到解放军作战方针,他说:"我们的方针是先打外围后攻城,两步是联系起来的。这样打的好处:外围歼敌一部,城内敌人就会动摇,我占领飞机场后敌空投也困难;工厂不能生产弹药,便利我之攻城作战。在外围作战得手后,即集中全力,从东、南、北三面攻城,西面作为助攻方向。"

周士第特别强调了执行上述方案的战术问题。他说,一要发扬军事民主,深入战斗动员,开展群众性想办法运动,并根据可能遇到的困难及克服的办法订出个人计划。如战士如何战斗、伙夫如何送饭等。二是要充分准备,有把握地进攻,具体地做准备。三要注意研究敌人战术。敌人战术,以前是以攻代守,现在是以打代攻。但敌之反冲锋、反突击任何时候都是有的,要注意。我占领一处阵地,敌必集中火力摧毁。我炮打时,敌会钻到地下工事去,待我炮击到一定程度,他就出来了。有些高碉是专引我炮兵射击的,敌名为诱弹碉,要特别注意。

有关注意事项,周士第强调说:"第一,敌人工事多而坚,要插进去,内中开花,但不可乱打乱碰,不打则已,打就要打下。采取插入切断,只要把敌插断就能歼灭敌人;否则就变成赶敌人,越打敌人越集中。插断后,结合政治攻势歼灭敌人。第二,队形不要密集,应采取疏散。天津一个突破口伤亡4000余人，每枚炮弹都要打着人。对二梯队使用问题，前面是疏散的，后面要取适当距离，要看情况发展。我们突破时火力往往组织很好，但到敌纵深，火力运动指挥组织很差。此外，还要纠正孤立使用小组的现象，分小组是对的，但孤立使用就不对了。第三，连续进攻不给敌人喘息机会，但攻坚必须是有准备地进攻，有计划地迅速。第四，火力、爆破、突击相结合。火力要集中，压制、摧毁敌人的工事和火力点。火力转移要有计划，不使中断。能爆破的地方用爆破，不用炮弹，用迫击炮送炸药也是很好方法。火力准备时间不要太长，而要短促猛烈。步兵要快上去，火力与运动要配合。遇敌顽强抵抗时，不要动摇，要认识我们困难时，也正是敌人比我们还困难的时候。不下决心则已，决心已下，必须坚决完成，受挫时要很冷静地研究，不要着急。"

关于后勤工作，他说："前方没后方支持，胜利是不可能的。首先是保证弹药、粮食供给、伤员救护。"同时，他建议地方在太原周围进行戒严，防止敌人逃跑，每个路口、村庄都要检查，使敌人一个也跑不掉。

最后，他说："要保证太原战役完满胜利，要做到三好：仗打好，政策纪律执行好，又要做到接好、交好、管好、团结好。"

罗瑞卿做了政治工作报告。他分析了打太原的有利条件和困难条件。他说："人心向我，我们力量比敌人优势得多，太原是肯定要打下来的。要反对恐敌没有信心，但有困难，要经过苦战，不要轻敌。"

他传达了毛泽东关于攻太原的一段讲话。毛泽东说："不要认为十九、二十兵团来了，东北炮师也来了，打下太原就没有问题。恐怕问题也出在这里，我们战略上要蔑视敌人，战术上则不能轻敌。"

他分析了打太原可能采取的四个方案："一、直接破城；二、以一部把外围切断，主力直接破城；三、把所有外围都打掉然后破城；四、把可打掉而必须打掉的外围打掉后破城。"

他说："前委经过反复研究，决定采取第四种方案，既要防止把敌人赶到一团再攻,也要防止见堡垒就去碰。要争取割掉一块吃一块,削弱敌人,抓住敌人的分散状态搞掉敌人。"

罗瑞卿特别指出:"军事上要打胜仗,政治上也要打胜仗。敌人总想在政治上孤立我们,使我们脱离群众。如果我们政策不适当,或在行动上违反了政策,其结果必然会脱离群众孤立自己,这就叫政治上中了敌人的计,就叫政治上打了败仗。果然如此,我们军事上亦会随着打败仗的。即令军事上暂时打了一些胜仗,而最后还是要失败的。这一条基本道理,必须搞清楚。"

陈漫远做了战术的发言。

最后,彭德怀敲定了战役的作战方案。他说:"经过两次反复研究,太原战役的作战方案更加明确,可以确定下来了,上报军委后就按此执行。"同时,他强调,第一要加强攻城准备,一定要强攻,各方面的力量都要组织好,炮火准备、爆破、架设云梯、突击队等,要密切协调,争取一次攻城成功。第二要加强战术研究,各个方向,各兵团、各军、各师团都要研究战术运用,猛打加巧打,加强指挥,沟通联络。第三要加强敢打必胜的教育,树立必胜信心,为人民立功。第四要加强后勤供应,保障弹药、转运伤员等项工作。

彭德怀说:"这是华北的最后一仗,我们一定要打好,打出解放军的威力来,不辜负中央和毛主席的期望。"

会议结束后,太原总前委于4月9日致电中央军委、华北局。电报说:

　　(甲)分析了敌我形势,说明了能打下太原的把握。同时,
反对了轻敌观念。
　　(乙)说明了作战方案,统一了战役思想。
　　(丙)说明了敌人战术特点及我之战术要领。
　　(丁)强调了打好接好交好之重要,并规定了一些具体办法。

（戊）强调了相互间的团结问题。

会议的缺点是因时间紧迫不允许多开，没有展开讨论。

可以说，太原总前委已经做好了最后攻坚的一切准备，万事俱备，只欠东风，就待中央军委一声令下了。

错过最后和平解决机会

在太原前线剑拔弩张之际，中央军委和毛泽东一忍再忍，仍然在寻求各种机会，为争取和平解决太原问题创造条件和机会。

4月1日至15日，国民党以张治中为首的和谈代表团23人，赴北平与周恩来为首的中共代表团林伯渠、林彪、叶剑英、李维汉、聂荣臻继续和平谈判。在此期间，李宗仁表示，愿意交涉和平解决太原问题。

4月3日，中央军委指示太原总前委："请你们注意和平解决的可能性，如有接洽机会应利用之。"

4月5日，毛泽东电示彭德怀、徐向前、周士第、罗瑞卿："阎锡山已离太原，李宗仁愿意出面交涉和平解决太原的问题。我们已告李宗仁代表，允许和平解决，重要反动分子允许其乘飞机出走，其余照北平方式解决，部队出城两星期至三星期后开始改编等语。你们应即派人进城，试行接洽，求得于十五日前谈妥。进行情况望告。"

4月11日18时，毛泽东又为中央军委起草了给徐向前、周士第、罗瑞卿的电报，提出攻击太原时间应推迟至22日。电报说：

一、我们和南京代表团的谈判已进行了十一天，颇有进展。如南京方面同意，可能于十五日或十六日签字，但破裂的可能仍然存在。

二、请将攻击太原的时间推迟至二十二日。那时，如能签订

和平协定,则太原即可用和平方法解决;如和谈破裂或签订后
反悔不执行,则用战斗方法解决,对我亦无多大损失。

毛泽东多次致电太原总前委,一方面指示总前委派人去洽谈和平
解决问题,一方面再三推迟解放太原的时间,对和平解决太原问题即使
有一线希望,也在积极争取,没有轻易放弃。

显而易见,这是党中央和中央军委以太原人民的生命财产为重,仁
至义尽,网开一面,给阎军官兵留的一条宽大出路,也是给他们最后一
次和平解决太原的机会。

彭德怀与徐向前商量后,又与总前委成员研究了毛泽东和军委的
指示,决定在总攻前,对太原守敌再做一次争取。罗瑞卿、周士第、胡耀
邦根据彭德怀的建议,请赵承绶等吃饭,让他们去劝守军投降。赵承绶
自告奋勇,进城劝降。最后商定,由赵承绶、高斌(阎军炮兵司令)、曹近
谦(阎军第三十五军参谋长)带着解放军致孙楚、王靖国的函,去太原城
内试谈。

临行前,彭德怀同他们谈话,要他们告诉太原守军:不可小视人民
解放军的攻城力量和决心,寄希望于美援和坚固工事是靠不住的。不要
一个心眼,一意孤行。如果愿意和平解决太原问题,采取长春方式或北
平方式都可以。

4月8日,赵承绶等人进到赵恭第六十一军城郊防区,与赵恭派来的
杜坤就彭德怀的谈话内容谈了一个小时,并将解放军的信件交给杜坤
转给王靖国、孙楚,要求王靖国、孙楚务于10日12时答复。

杜坤请赵承绶等返回等待,待电报请示后再会面。结果,对方迟迟
没有回音,王靖国不仅没有答应,而且以"阎锡山临走前有命令,被俘人
员不准进城",封城不能再进,彻底关闭了和平解决的大门。

这证明,王靖国他们是要决心顽抗到底了。

这之后，他们反而一方面宣称，国共和谈已签协议，要围城的解放军让出一条路，由孙楚率太原守军开赴西安；另一方面利用太原广播宣传其坚强意志，要决心战斗到底，并频繁调整部署，加紧备战。

为减轻太原人民生命财产的损失，太原总前委起草了《告阎锡山将军书》和《告困守太原的蒋阎军官兵书》，经军委批准，由新华社于我军总攻前适当时间广播。

其一，《告阎锡山将军书》说：

阎锡山将军：

你在山西近四十年之统治，罪恶滔天。抗战期间勾结日寇，出卖祖国，屠杀人民；抗战胜利后，又与蒋贼介石同谋发动内战，留用日军，进攻解放区；并强行"兵农合一"、"平民经济"等罪恶政策，使农村城市洗劫一空；更以所谓"自白转生"之特务统治，残害无辜。人民痛恨入骨，皆称你为人间"阎王"。本军奉命解放太原，吊民伐罪，为减少战争破坏，尚望你能悔祸于万一，故曾再三通告你下令停止抵抗。没料你怙恶不悛，反而变本加厉，一面往返南京，企求美帝援助；一面组织所谓"战斗城"威迫工人、学生、商民、妇女、儿童入伍服役，不惜以全市人民生命财产为赌注，妄图作绝望之挣扎；以致太原街头饥殍遍地，争尸而食，惨不忍睹。现在本军强大兵团已源源开到，总攻部署业已就绪。本军为顾念太原数十万人民生命财产及国家文化财富免于战争之毁坏，贵军部属免于无谓之牺牲，特再最后警告，希望你正当最后关头悬崖勒马，不再作绝望抵抗，下令所属官兵立即放下武器，并保证不杀戮革命人民，不破坏公共财产、武器弹药以及公文案卷。果能如此，则不但可以减轻你身为战犯应负之罪责，且可获得贵部官兵及其生命财产安全之宽待。倘仍执迷不悟，继续顽抗，则城破之日定予严惩。时机紧迫，望速抉择。

中国人民解放军太原前线司令部

司令员兼政治委员徐向前

副司令员周士第

副政治委员罗瑞卿

四月二日

其二，《告困守太原的蒋阎军官兵书》说：

人民解放军很快就要对太原举行总攻击了。本军曾三番五次劝告阎锡山和你们的许多高级军官，希望他们停止抵抗，和平合理地解决太原问题。但战犯阎锡山却死不接受本军的忠告，并梦想以太原城人民和你们的生命来维持他的罪恶统治。还在外围作战的时候，阎锡山就下过一反动的"八月二十三日手令"，强迫你们"与阵地共存亡"。在"谁退却就当场打死谁"的口号下，许多官兵遭受了残酷的屠杀。以后又组织所谓"战斗城"，逼迫太原所有市民继续给他修工事，当炮灰。并且几次飞往南京请求美帝国主义的直接援助，继续鼓吹战争，总之一句话：就是要你们给他白白送死。

自从太原作战以来，本军多次给你们指出了能走的活路，你们中的许多官兵因为接受了本军的劝告已经跑过来了。他们得到了解放，愿回家的已经回家，愿工作的已经得到工作了。

蒋阎军官兵们：本军现又已调来了强大兵团，无论兵力、火力，都超过你们许多倍。请你们仔细想想，太原这座孤城，能够抵挡得住强大的人民解放军的进攻吗？北平、天津、锦州、沈阳、长春、济南等城都抵挡不住，太原还比这些地方强些吗？你们要好好记住，不要相信阎锡山什么"战斗城"、"铁城"、"钢城"等等的鬼话，什么林立碉也好，钢骨水泥碉也好，都是经不起人民解放军的强大炮火和大量黄色炸药的打击的。现就抛开这些不说吧，请问你们吃得上饱饭、吃得上油盐么？请问你们中的许多人晚上何以都变成了瞎子？人民解放军晚上不打你们，只要完全截断你们的粮食接济，再围上你们个把月，请问你们受得了受不了？

蒋阎军官兵们：你们应该好好为自己打算一下，你们已经陷入这样的绝境，你们有什么理由要为阎锡山送掉性命？你们有什么理由把太原的老百姓一起拖下水？你们有什么理由使你们的父母妻子成天哭泣着为你们担心？

蒋阎军士兵们：你们都是被抓来卖命的工人、农民、学生或小商人。你们的家，大部分都得到了解放，而且还分到了土地和房屋。你们应该要求你们的官长马上投降。如果他们不听，就应该利用一切机会跑过来。你们应该秘密串通，打死监视你们的特务，打死逼迫你们作战的军官，万一跑不过来就在本军攻击的时候，自动放下武器，千万不要抵抗，白白送了自己的生命。

蒋阎军军官们：你们切不可继续与人民为敌，再继续为战犯卖命，你们应该要求阎锡山和你们的上级长官，马上投降。如果他们不听，就应该毫不犹豫地率领你们的部队投降过来。万一不能，就要在本军攻击的时候，命令你的部下不要抵抗，趁早放下武器。

蒋阎军官兵们：请你们记住这两句最要紧的话，如果你们企图顽抗就是自寻死路,只有投降过来或不作抵抗才是生路。

> 中国人民解放军太原前线司令部
> 司令员兼政治委员徐向前
> 副司令员周士第
> 副政治委员罗瑞卿
> 四月二日

总攻发起前,太原前线司令部向梁化之、王靖国、孙楚、戴炳南等发出十几次有关宽大劝告、警告与通牒的电文。王靖国等固执己见,刚愎自用,根本不接受劝告,自恃工事坚固,顽固地坚持反动立场,要与人民对抗到底。他们烧毁民房、工厂,破坏财物,施放毒气,继续残杀革命志士仁人,疯狂地做最后挣扎。还印发阎锡山从南京发来的公开文告,蛊惑说:"保卫太原之战, 关系国际视听, 你们能参加这个战争, 真是荣幸。"说他"因事被阻,不能和大家一起保卫太原,是一生最大的遗憾"。要求所有军政要员,"本成功成仁之决心,誓死保卫太原,以待第三次世界大战到来"云云。

守敌怙恶不悛,不但对劝告置若罔闻,反而变本加厉,4月11日晨向解放军阵地发射炮弹,并在广播中宣称:"坚强意志,奋斗到底。"

当天下午,太原前线司令部再给太原守敌送去《最后通牒》,同时命令部队完成攻城的各项准备。

徐向前知道他们的这个态度后, 说道:"那就对不起, 只好兵戎相见,将顽敌干净、全部、彻底地消灭了。"

》 第十三章 总攻发起之前

毛泽东起草20多封电报

总攻太原这一天终于来到了。

解放战争时期，在毛泽东战略决战的宏伟蓝图中，确定的是先东北，后华北。而解决华北，主要是消灭国民党军的两个集团，一是傅作义集团，一是阎锡山集团，并解放北平、天津、太原等城市。如果消灭这两个集团，加上辽沈战役消灭的卫立煌集团和刘峙集团，就吃掉了蒋介石六大集团中的四个，剩下的就只有西北胡宗南和华中的白崇禧集团了。

解决华北问题，毛泽东原来的预想是先阎锡山，后傅作义，即先取归绥，继取太原，消灭阎锡山集团，在绥远、山西解放以后，再夺取北平、天津，消灭傅作义集团。

阎锡山作为傅作义的老上司，在纵论华北形势时，提出了上、中、下三策：上策是构筑坚强碉堡1万至2万座，密布于唐山至塘沽及天津一线，以阻止东北林彪进关，或消灭向关内进攻的东北共军；中策是退守北平，守住张家口至包头一线，与山西及黄河以西的马家军成掎角之势；下策是坚守北平。

蒋介石的目标是"在东北力求稳定，在华北力求巩固"。但在辽沈战役结束后,林彪四野秘密入关,形势发生变化,蒋介石提出傅作义全军南撤,傅作义则不为所动,要"固守北平"。毛泽东为抑制傅作义以北平而歼灭之,做出缓攻太原的决定。

现在,北平和平解决,太原自然提上日程。中央军委遂决定对被围了半年多的太原之敌发起总攻,解放太原。

太原战役是华北一次规模较大的战役,从战争发起到结束,前后历经了几个月。其间,毛泽东全局在胸,临机制宜,为中央军委起草了20多封有关太原战役的电报,对确保解放太原及全华北作战的胜利,实施了正确指导。

最后一次和平解决的机会被王靖国等拒绝后,太原总前委积极进行攻城准备。一方面,令炮兵进入阵地,完成侦察及各种准备工作。在城东挖成的六条坑道,有一条被敌人挖通破坏,马上设法进行了修补和防范。另一方面,太原总前委向中央军委提出:按目前条件,争取在外围分割敌人,歼敌几个师,尔后乘胜攻城,把握是较大的。太原之敌,在我围歼外围敌人几个师以后,则可能容易就范。如16日南京谈判无大结果,可否提前攻击太原,时间如何?

同时,太原总前委向所属部队发出了攻击太原城的预备命令。命令说:

其一,我决定于太原西、南、北三方面外围之敌被我切断及登城障碍扫清后,即乘胜攻城,解放太原城,全歼阎匪。

其二,攻城部署(战斗分界线如附图)。

一、以第二十兵团由城北大、小北门地区登城,向城内发展,歼灭所属地区之敌。

二、以第十八兵团及第七军组成之左、右集团,分由大东门南、北地区登城(大东门属左集团),向城内发展,歼灭所属地区之敌。

三、以第十九兵团及晋中军区由城南首义门东、西地区登城,向城内发展,歼灭所属地区之敌。

四、各部城上及城内发展,均须注意互相打通,互相联络。如友邻方向攻击受阻,则勿受分界线之限制,迅速向有利方向发展,并派有力部队接应友邻登城,协同歼敌。

五、攻城战斗开始后,各兵团均应派出有力一部位于机动地区,捕歼可能突围逃窜之敌。

其三,总攻时间,依情况发展另定。

其四,攻城战斗开始时,我们指挥所位于淖马主阵地以东之石儿梁。

此时,由于国民党反动派企图以和谈为烟幕,拖延时间,扼守长江天险,造成"南北分治"的阴谋已充分暴露。4月17日,军委复电太原总前委说:"你们觉得何时发起打太原有利,即可动手打太原,不受任何约束。"根据中央军委的指示电,太原前线司令部将总攻太原的时间确定为4月20日。

据此,第十八、第十九、第二十兵团都根据各自的任务分工,向所属各军下达了作战预令。为力求有绝对胜利的把握,各兵团、各军师从上到下展开了全面的准备工作。

胡耀邦赶写动员令

太原总前委会议之后,胡耀邦根据徐向前的指示,赶写了《政治动员令》下发部队。《政治动员令》说:

英勇的全体指战员同志们:

总攻太原就要开始了。

我们必须彻底全部干净地歼灭穷凶极恶的阎匪，把山西人民的老祸害连根刨掉，我们必须拔掉敌人在华北这个残存的最大据点，以便继续向前进，解放全中国，我们必须将这个著名的大工业城市拿到人民手上来，以便造福于人民。我们以受领了解放太原的任务感到无上的光荣。

我们不仅必须解放太原，而且有打下太原的绝对把握。第一，敌人是孤立无援的，而且只剩下七万多人了；第二，敌人的粮食弹药是很缺乏的，而且他们中的许多士兵已饿得瘦弱不堪和变成了夜盲眼；第三，敌人的广大士兵是不愿和我们打的，而且敌人许多中下级军官也非常动摇；第四，无论在兵力和火力上我们都大大超过了敌人；第五，我们有华北人民特别是晋中人民的热烈支持；第六，太原人民非常痛恨阎匪，迫切希望我们去解放他们。因此，我们必须充满胜利的信心，勇往直前，一举打下太原！

但是，阎匪已经在太原建筑了许多较为坚固的堡垒，并依靠它加上不少的炮火，企图做绝望的挣扎，因而，这又是一场大规模的攻坚战，所有同志不能存任何的轻敌观念。

要歼灭敌人，就必须付出代价。这种代价是值得的，是光荣的。全体同志必须以高度的自我牺牲精神，坚决执行命令，战胜一切困难，努力完成在此次战役中交给自己的每个战斗任务。

但是，我们必须力求以较小的代价歼灭敌人，因此，我们不仅要靠勇敢歼灭敌人，还要靠智慧歼灭敌人。这就是说，每战都必须精心计划，充分准备，人人要实行勇敢加技术，个个都要学会用政治攻势配合猛打消灭敌人。

干净全部歼灭了敌人，还不算完满完成了我们解放太原的任务。中央给我们解放太原的任务是要"打好、接好、交好"。这就是说：我们还要把政策纪律搞好，做到秋毫无犯，保证把太原完好无损地交给人民。要是我们违犯了纪律，破坏了政策，那就是对人民和革命事业犯了罪。全体同志必须以高度的阶级觉悟来完成这个政治任务，每个部队都必须在这个战役中争取军政全胜。

……

亲爱的同志们！让我们团结同心，勇往直前地高呼：

太原解放万岁！

司令员兼政治委员　徐向前

副司令员　周士第

副政治委员　罗瑞卿

政治部主任　胡耀邦

四月五日

政治动员会如同强劲的东风，把指战员胸中阶级仇恨的怒火，吹得更为炽烈旺盛。广大官兵纷纷表示，一定要竭尽全力，不惜肝脑涂地，也要把太原攻下。随即，一场争分夺秒的战前准备和临战训练热火朝天地展开了。

第十四章 横扫外围

杨得志歼敌汾河西

在太原外围作战中，第十九兵团及晋中军区三个独立旅的任务是打开敌人西区守军的防御缺口，扫清汾河以西地区，并占领汾河大桥。

外围作战一打响，杨得志即指挥第六十四军及晋中军区部队，在上百门火炮的支援下，沿着汾河西岸向北突击。部队猛烈进攻，如秋风扫落叶一样横扫外围之敌，迅速突破敌人的前沿防线，穿插分割，狠打巧取，使敌人的防线很快土崩瓦解。

4月19日夜11点钟，在汾河以西大王村敌西区总指挥部突然响起一阵急促的电话铃声。

"总指挥，绥署来电话。"值班副官叫醒刚刚睡下的敌西区总指挥、第六十一军军长赵恭。赵恭披衣下床，拿起电话，一听是要调第八十三师去守城，忙说："王司令难哪！河西这么大地面，才五个师，坚贞师根本不顶事，工兵师也是稀松软蛋。六十九师和七十二师大都缺编，病残的也不少。你再调八十三师去守城，这怎么得了哇！"

对方显然很强硬。赵恭只好退了一步："非调不可，是不是不调八十三师，若论守城，工兵师最合适不过了。"对方不容商量。

赵恭又退一步："八十三师驻守在西山脚下，需做一番交接，三几日后才能进城。"

王靖国在电话里发火了："八十三师是战役预备队。必要时调守城垣，这是阎走前的布置。眼下城垣吃紧，要是丢了城，你担得起吗？没什么说的，立即让八十三师向城里开拔！"

一向拱手听命的赵恭放下电话，来了个关门骂皇帝："王靖国这个混账东西，就知道往我头上拉屎！从汾河到西山脚下，这么大地面，就这么几个破兵还要抽走。真他妈阎王爷不嫌鬼瘦！"

副军长娄福生到来，见此情景，冲副官喊道："赶快告诉八十三师，立即开拔。"

赵恭补充一句："让八十三师把炮弹全部留下，步枪子弹也留下一半！"

正当第八十三师往城里开拔的时候，杨得志兵团对太原外围的攻击开始了。在汾河以西，第六十四军军长曾思玉指挥第一九○、第一九一师由城西的上下兰村，沿汾河两岸直插新城、新店、芮城及芮城以东之汾河大桥。曾思玉给第一九○师的任务是：横扫河西之敌，为攻击太原城垣扫清道路。师长陈信忠、政委边疆研究后，决定兵分两路，沿汾河两岸对守敌实行南北夹攻。一路由北向南攻击，在大小留村一线占领进攻出发地域，从呼延村突破，直扑芮城村，控制下兰村的铁路大桥；一路由南向北，从南屯村和义井突破，直插汾河大桥，封闭河西敌人向太原城内的逃路。

20日2时，第一九○师发起攻击，从呼延村突破敌人的北部防线，分三路向南疾进。当第五七○团进到西张村时，突遭阎锡山坚贞师200多人的顽强抵抗，妄图封锁由呼延村直达芮城村的道路。这时，先头营营长刘贵友一面下令以火力压制敌人，一面令第三连向杨家村守敌进行迂回侧击。他率主力部队继续迅速前进。

部队进到柴村时，守敌又利用碉堡群，封锁了他们的道路。刘贵友遵照团长"中途不恋战,猛插目的地,愈快愈好"的指示,直插铁路大桥,断敌退路。于是,刘贵友当机立断下命令:第二连抽一个排,在村北钳制敌人。其余分为两路,由柴村以西继续前进。

刚绕过柴村,侦察员跑来报告:"芮城村坚贞师的一个团,要向城里逃跑。现在,已出动一个连,抢占铁路大桥去了。"

不管怎样,也得把这颗钉子拔掉。第一连连长王连福正要组织爆破组上去,突然,桥头堡里火光一闪,传来了手榴弹的爆炸声。

原来,第一班的战士王振水,趁敌人的射击间隙,迅速地跃进到桥头堡的火力死角下,把一枚手榴弹从射击眼里塞了进去。

王连福见敌人的机枪不响了,立刻指挥部队冲了上去。第一连刚踏上桥头,西边就传来了零星枪声。这是抢占铁路大桥的援敌来了。这时,主力营赶到,立即协同第一连将敌迅速消灭。接着,战士们在铁路大桥以西,构筑了好几道阻击阵地,并拆除了一段铁轨,割断了铁路专用电线,将铁路大桥牢牢地控制在手。

与此同时,师长陈信忠指挥师主力迅速赶到芮城村,将村内的敌人包围起来。敌人试图突围,先是向东冲击。结果,被一阵冰雹似的手榴弹和机关枪砸了回去。敌人继而又往南窜,除了丢下一片尸体以外,一无所获。他们又往西撞,刚到村口,就被压过来的第五七〇团驱赶到一座大庙里去。战士们冲进庙院,向着敌人喊道:"缴枪不杀!"敌人见大门堵死,无路可走,只得举手投降。就这样,坚贞师的一个团全做了俘虏。

接着,该团以两个营往西,消灭桑树坡的敌人,主力则继续向南猛插万柏林。这时,由南向北进攻的晋中军区独立第四、第五、第六旅各一部,在几十门大炮的配合下,迅速从南屯村和义井一线,突破了敌人的防线。拂晓前,分别占领南庄、南上庄、新庄、沙沟村、义井等点,歼敌第六十九师一部。接着,沿汾河以西,向北猛插,直奔大小王村、大小井峪,指向汾河大桥。

这时,敌西区总指挥部连接几个告急电话:"共军占了铁路大桥!""我们坚贞师只剩师部和一个团了。""我六十九师师部小王村被围。"……

赵恭坐立不安,脾气更加暴躁。听说解放军正向大王村穿插迂回,他马上下令第六十九、第七十二师,工兵师迅速向大王村靠拢,紧缩防线,坚决固守。他在地上转了一圈,又吼叫道:"还有,赶快就近抽一个营,加强大桥的防守!"

赵恭浑身直冒虚汗。他接过卫士递过来的毛巾,擦了一阵,然后小声对卫士说:"你找两个人,赶快在我里屋后墙上打个洞,把汽车开到屋后等我。"卫士点点头出去了。赵恭又吼叫起来:"我们是国军将士,长期受阎长官的栽培。在这危难之际都要竭尽精诚,忠于职守,誓与阵地共存亡!决不能临阵逃脱,恋家惜命。如有贪生怕死者,将受军法制裁!"

这时,副官进来报告:"六十九师师长郭弘仁和副师长韩佑虞坐车逃进城里,师部小王村被共军占领。"赵恭听了,又是一身冷汗。大王村距小王村仅一箭之遥,小王村被占,大王村还能守住?他不甘心坐以待毙,便连忙下令:"紧缩战线,加强防守,与共军决一死战。"

4月20日上午9点半,曾思玉按照兵团司令杨得志一定要打掉敌人西区指挥部的指示,指挥第一九二师第五七六团迅速攻占小王村,打掉敌第六十九师师部后,不待小王村硝烟散尽,随即令该团向北猛扑,直取大王村敌人的西区总指挥部。

从大王村往东,直至汾河边,敌人挖有两道堑壕。壕外有铁丝网,壕内有地雷,隔100米左右,还有一座碉堡。

为了切断大王村敌人逃入太原的后路,第一九二师师长马卫华令第五七六团一定抢占汾河大桥,切断敌人向太原的逃路。

第五七六团在团长的带领指挥下,连续突破敌人的两道防线,向汾河大桥冲去。汾河大桥长约500米,位于太原城水西门西南4里处,连接市区和汾河以西的广大地区,是东西往来的必经之地。

阎锡山曾说："汾河,由北向南,流经太原城西面,为太原城西的一道天险。只要能守住这座大桥,任何人,只要他没长翅膀,就休想过得河来。"

阎锡山在大桥附近修了大量工事,号称四层立体火力网。在大桥的东口20米处,是一座大型水泥梅花碉堡。在它周围有3座小堡,并有地道通往紧靠桥口的水泥地下室。这里用火力封锁着桥面, 为第一道火力网。在梅花碉堡的南北两侧,工事层层,碉堡林立。北面有11座小碉堡,南边有12座"好汉碉",东南还有7座大碉堡,构成了纵横交叉的第二道火力网。再往后,是城西的环城铁路,路基本来就高出地面,又在路基旁修了6座高碉堡,虎视眈眈地瞅着大桥,这是第三道火力网。最后,就是西城墙和西关上的碉堡和工事。它们居高临下,封锁十分严密。在河西大桥的东边,由近到远,由上到下,构成了四层立体火力网。在这里防守的是曾受阎锡山通令嘉奖的第一九六团,由被吹为"铁兵"的该团第九连守在最前沿。

第五七六团第五连与守敌经过一番激战,汾河大桥及其以东的30多座梅花碉、"好汉碉",全被解放军占领了。

至此,第六十四军和晋中军区部队南北两路的攻击部队,完全占领了汾河上的两座大桥。他们像两把大铁钳,紧紧扼住了敌人的咽喉,切断了敌人逃入城内的道路。

奉赵恭之命,前来汾河大桥增援的敌人一个营,远远望见桥头插上了解放军的红旗,一枪未放就跑了回去。

在第五连攻占汾河大桥的同时,师长马卫华组织各团开始攻击敌西区总指挥部、第六十一军军部——大王村。马卫华在大王村东面和南面各部署了一个团,又派出两个营,从汾河西岸越过壕沟,向大王村以北迂回攻击。由于敌工事多而坚,炮击破坏不彻底,加上担任迂回攻击的部队尚未赶到,没有达成合围,第一次攻击没有奏效。担任迂回的两个营,未能按时赶到,原因是途中与敌人的预备队相遇。经过20多分钟激战,将敌预备队歼灭一部、击溃一部。

这时,马卫华根据大王村的敌情和地形,又重新调整了部署。在大王村以东,又增加了一个营和两个炮连,并令第五七六团的预备队也加入战斗。

中午11点30分,部队发起了新的进攻。炮兵先以准确猛烈的炮火,对敌实施轰击,摧毁敌人的一道道工事。爆破手以勇敢迅速的动作,炸毁了残存的敌火力点。半小时后,团突击队从东面突破成功。战士们端着刺刀与敌展开巷战。

大王村内,第一营第一连的战士们首先冲进去,敌第六十一军副军长娄福生被生俘,但赵恭却不见了踪影。原来,赵恭见势不妙,带着两个卫士和小老婆,从里屋地道钻出房外,爬上汽车,令司机往汾河大桥疾驶,企图逃入太原城内。

赵恭的车子刚刚冲出大王村,就被第三营第八连第三排的战士发现。车里一定是个"大家伙",战士们一边射击,一边猛追过去。

赵恭坐在车里,气急败坏地催司机:"快!快开!"快到汾河大桥附近时,司机看见桥头堡上插着红旗,有解放军。他刹住车说:"桥被共军占了!"

赵恭顿时觉得天旋地转,两眼直冒金星。"桥头共军向我们开枪了!"卫士说。"哟呀,共军追过来了!"小老婆尖叫起来。

赵恭把手一挥:"快倒车,往西山开。"汽车掉过头来,夺路而逃。

正追着,一名战士喊道:"那辆小汽车掉头回来了,正往西跑!"

第三排排长贺真把手一挥,高喊:"向北,直插公路!"

机枪班班长曾少发扛着一挺轻机枪,甩开两条长腿,跑在最前面。

离公路越来越近。汽车里突然开枪,一战士被打伤。曾少发更加快了步伐,跨到公路中间,连声高喊:"停车!停车!"

汽车不但不停,还打过来几枪,子弹从曾少发耳边擦过。

只听贺真高声喊道:"曾少发,快打汽车轮子!"

曾少发就地卧倒,对着迎面开来的汽车就是一个点射。只见汽车向右倾斜了一下,栽到路旁的沟里去了。

战士们围上来,一起把枪口对准汽车:"缴枪不杀!赶快出来!"

第一个钻出来的是司机,被摔碎的玻璃扎得满脸血污。一个卫士爬出来,另一个卫士摔昏了。赵恭小老婆发抖,赵恭蜷伏在座位上一动不动。贺真上前推了一把,还是不动,赵恭歪着脑袋,胸前一片黑血。贺真骂了一句:"妈的,死了!"曾少发喃喃地说:"我没想打死他,倒让他吃了一枪。"

大王村的敌人西区总指挥部被攻占以后,第一九二师又马不停蹄向北挺进,直扑万柏林。在万柏林地区,有阎锡山的坚贞师师部和一个团。说起坚贞师,实在是又可怜又可笑。自徐向前开始攻击太原东山四大要塞之后,阎锡山的暂编第八、第九两个总队在解放军的沉重打击下,只剩下1000多人。1949年元旦这一天,阎锡山以这些残兵败将为基础,加上由民卫军改编的保安团,又抓了些市民和学生,拼凑了2500人左右的一个师,给这个师定名为坚贞师。阎锡山解释说:"这是一支既坚决勇敢,又忠贞不贰的部队。"坚贞师师长郭熙春,绰号"郭大胆"。可就是这样一支"坚贞"部队,当解放军外围作战的炮声刚刚响起,就一触即溃。"郭大胆"吓破了胆,丢下部队就往城里逃了。

向万柏林地区南北夹攻的是曾思玉第六十四军的两个团,他们以风卷残云之势,很快肃清了敌人。接着,又将逃到汾河边企图涉水渡河的坚贞师残部300多人歼灭。

之后,一野第七军第十九师立即分成数路,扑向东社、南社、窊流和西铭、南寨、西北洋灰厂敌第七十二师的驻地。这时,阎锡山第七十二师已经混乱不堪,当官的仓皇逃离,不去指挥;当兵的惊慌失措,不听命令,各自做逃命的准备。

彭绍辉指挥一野第七军第十九师以迅雷不及掩耳之势,一下子包围了各村的敌人。有的敌人是在遭一阵猛打之后,纷纷举手投降的;有的是经解放军一番喊话,乖乖放下了武器;而西北洋灰厂有一个营的敌人,则早已排好了队,将所有的武器都放在地上,等着解放军去收缴。

一野第七军第十九师占领敌第七十二师的师部之后,到处搜查,却找不到敌师长。"你们师长哪里去了?"敌工干事赵森问一群军官。

一个胖军官说:"9点的时候,他接了一个电话,叫我们向大王村靠拢,说了个撤就不知去哪儿了。"

这个敌第七十二师师长王楫正,最信奉阎锡山"生存即真理"的哲学。他一看形势不妙,就独自一人悄悄地乘汽车逃回了城里。王楫正跑了,但他手下的官兵却没能跑掉。

敌第七十二师占据的所有村庄很快被我一野第七军占领。指战员在工人纠察队和各村农民的大力协助下,迅速搜捕逃散的零星敌人,清查战利品。接着,彭绍辉指挥部队指向西南,配合晋中军区部队,歼灭敌人最后一个师——工兵师。

在义井、大小井峪地区,晋中军区司令兼政委罗贵波正指挥部队向西猛扫,分兵数路,向敌工兵师防守的神堂村、聂家山、观山、桃杏村等点猛插。各路神兵沿着小路,不顾荆棘丛生,踩着滚动的石块,翻过一道道陡峭的峰峦,太阳偏西时,逼近敌人阵地,并做好了发起攻击的准备。

突然,传来了几声惊天动地的巨响,只见观山、聂家山两处,土石迸飞,火光冲天。指战员都不知是怎么回事。

侦察员报告,是敌工兵师奉赵恭之命在向桃杏村集结,向大王村靠拢时,把观山、聂家山两处的弹药库给炸毁了。罗贵波立刻决定,以一部分兵力占领神堂村、观山、聂家山诸点,其余部队迅速向桃杏村挺进。

这时,敌工兵师的两个团已陆续赶到桃杏村。顿时,村内外人喊马叫,混乱异常。在桃杏村一所大院子里,敌工兵师代师长王同海如同热锅上的蚂蚁,焦急地走来走去。他照赵恭命令向大王村靠拢之后,一个小时过去了,再也没有接到任何电话。电话打不通,连派几个联络人员,一去不回。全部人马已集结在桃杏村,而大王村的情况却一概不知。这让王同海非常着急。王同海追随阎锡山20多年,他对阎锡山是言必听,令必从,竭尽犬马之劳。打起仗来,又是个亡命之徒。为此,阎锡山大为赏识,称他为"虎将",并封他为工兵副司令兼工兵师代师长。解放军曾几次劝降,他仗恃阎锡山兵多地险,顽固拒绝。随着阎锡山日薄西山,王同海虽然嘴上又臭又硬,但心里却一天比一天发虚起来。这时,副官报:"共军从南北两面攻过来了。"

作战科科长建议:"我们赶快走吧!"

"已经没有退路,往哪里走呢?"王同海脑子里翻腾着,"往西山走吗?如果共军守住山口,我们只有挨打。往东去吧,指挥部又没有一点消息,吉凶未知。对!还是往东,即便赵恭他们有个好歹,离城也近,他们还会接应我们。"想到这里,他下了命令:"马上向东边大王村方向开拔。二团在前,一团在后,师部在中间!"

他说完,一头钻进屋里,叫卫士从皮箱中找出一身士兵的衣服来,慌慌张张地就往身上穿。他刚穿上上衣,副官又报:"共军离我们只有3里地了!"

王同海语不成声地说:"知道啦,快走吧!"

他边说边向裤子里伸腿。怎奈腿肥,裤子瘦,咋也穿不进去。他两手使劲往上提裤,只听嘶啦一声,裤腿被撑裂,胡乱系上裤带,三步并作两步,蹿出门外去逃命。

敌工兵师1000余人的队伍,又是步兵、炮队,又是牲口、大车,杂七杂八,拖了一长串。王同海夹在队伍中间,诚惶诚恐,不时左顾右盼。他脑子里虽然很乱,但有一个念头却很清楚:无论如何要找条生路,决不能当了俘虏。

队伍正走着，先头侦察搜索的连长骑马来报："报告师长，大王村已被共军占去了！"

王同海一听，心里更慌，忙说："奔大王村北边，快往汾河堤上跑！"王同海坐在马车上，一气跑了10多里，来到后北屯一带的洼地里。"这里离汾河还有多远？"

副官回答："还有2里多。"

王同海看着跟上来的几百名士兵，往东一指，下令说："从这里徒步过河！"说完，长长地吁了一口气："阿弥陀佛，总算甩开共军了。"

王同海高兴得太早了。第六十五军军长邱蔚指挥第一九三师占领大王村后，见从后北屯跑来一股敌人，马上进行火力追击、跟踪追击和多路平行追击，对敌人发起了攻击。

第一九三师第五七九团令第三连在大王村东北占领有利地形，集中火力，对敌先头部队猛烈射击，打乱了敌人的战斗队形。又令在后边追击的第二营，一面紧紧拖住敌人，不让敌人摆脱；一面在敌退却的方向，实施拦阻射击，为多路平行追击创造条件。

王同海站在车上，对空放了两枪，喊道："弟兄们，快快朝东冲啊！"

刚刚跑出没几步，就见汾河堤岸上冲来一队解放军，拦头阻断了逃路。

此时，担任截腰和尾追的第五七九团第五、第六连，也迅猛地攻来。顷刻间，敌人陷入四面包围的绝境。王同海急得在原地转了两圈，又下令往东边冲！可士兵们一个个精疲力尽，魂飞魄散，早没了劲儿。

王同海见解放军距他只有100米左右，便一头钻进士兵群中，躲了起来。

被缴了械的敌工兵师排好了队，王同海混在俘虏群里，头也不敢抬。

突然，第五连连长用严峻的目光打量着他："你是干什么的？叫什么名字？"

"我是马夫,叫李锁锁。"

"马夫？怎还戴呢子帽呢？校级以上军官才戴这种帽子啊！"

"我……"王同海支支吾吾,讲不出话来。

连长说:"还有衣服。你这么胖,衣服那么瘦。你再瞧瞧你的裤子！"

只见王同海撕裂的两条裤腿,在微风中呼塌呼塌地呼扇着。

"他是我们师长,叫王同海。"一俘虏说。

连长一听是王同海,轻蔑地问他:"你就是阎锡山的'虎将'王同海呀！你不是要杀身成仁,决不当俘虏吗？"王同海低头不语。

连长说:"不过,看你这身打扮,你还是有当俘虏准备的。"

"我投降。"王同海低着头说。

在汾河欢快的奔流声中,夜幕降临了。阎锡山部署在汾河以西的第六十一军军部,第六十九、第七十二师,工兵师及坚贞师四个师,全被杨得志的第十九兵团歼灭,其中俘虏4927名,中校以上军官47名,缴获大小炮431门、机枪223挺。

第十九兵团第六十五军沿汾河东岸向北攻击,在杨家堡及其以东一线连续攻占杨家堡、老军营、西寇村、大小南关,控制了汾河大桥,进到西寇村、北寇村、中坞城、北坞城,歼灭了亲贤村、大营盘守敌第六十六师;第六十三军于20日攻占阎家坟、椿树园和千佛寺,进至狄村、什方院地区,在守敌第七十三师施放毒气的情况下,歼其一部。当日17时,第六十三军与攻占郝庄的第六十二军第一八六师包围了位于城东南的双塔寺要点,并肃清了该寺以南、以东的守军。21日,又占领了面粉公司、民众市场等地。至此,杨得志的第十九兵团及晋中军区部队从西面、南面兵临太原城下。

杨成武席卷城北

在太原城东北大约3里的地方,有座东西走向的山岭。这座山岭,东西长7里许,南北宽3里多,形状好像一只卧着的老虎。因为这个缘故,人们把它称作卧虎山。

卧虎山山峰起伏,层峦叠嶂,地势十分险要。阎锡山利用这一天然屏障,修筑了大小碉堡几百座。仅中型以上的,就有160多座,碉堡最厚的达3米多。此外,还在各个前沿削了2丈多高的峭壁,挖了许多纵横交织的堑壕、交通壕,设置铁丝网,布置地雷区。简直把一座卧虎山,变成了"铁虎山"。驻扎在这里的是阎锡山第十九军军部、铁血师全部、暂编第四十师大部和第六十八师一部,共5000多人。阎锡山还将东北区总指挥部、要塞司令部设在卧虎山。

阎锡山曾多次来这里巡视,吹嘘卧虎山是共军三个军一个月也攻不下的要塞。"它与双塔寺一样,是太原的生命要塞。"

据守卧虎山的第十九军军长兼东北区总指挥曹国忠,在阎锡山面前拍着胸脯说:"我既然奉命守在这里,就是骑在了老虎身上。我要让共产党在这里寸步难行。"可是,他们万万没有想到,他们的大话吹了不久,这座"攻不下的要塞"、"寸步难行"的"铁虎山",就被解放军降伏了。

太原外围战斗打响后,第二十兵团司令杨成武、政委李井泉就集中第六十六、第六十七、第六十八三个军和一野第七军两个师的强大兵力,在太原北面和东北面同时向敌人发起了勇猛攻击。

20日2时,正是夜深人静的时候,杨成武兵分三路,突然向南发起了攻击。文年生指挥第六十八军及一野第七军第十九师由城西的上兰村,沿汾河两岸,直插新城、新店、芮城及芮城以东的汾河大桥。以第二○二师沿汾河东岸向南进攻,于19日夜,穿过守军前沿堡垒群,直插纵深新城镇,炸开寨门,歼守敌第三十军第八十九团一个营500余人。20

日,进占了南北固碾和下兰村;第二〇二师攻占了南北下温、赵道峪、东留峪、东留庄和向阳店;第二〇四师及第二〇二师一部攻占了陈家窑、兰岗、南寨。

第六十六军沿同蒲路南下,先以第一九八师在峰西、蔡家岗之间地域突破,迫使阳曲湾守军第七十一师第二一二团投降,然后以第一九七师与之并肩突击,相继攻占了黄花园、沟南、新店、杜家坟、石坛,歼灭了守敌第二七六师大部。第六十七军及一野第七军第二十师由城东北之西岭向西攻击,于20日晨,攻占五岔、松树、大垴、下岭、高家场和西岭,打垮守敌第六十八师的反扑,并连克太原城东北的要点丈子头、南窳、七府坟和北飞机场。

至20日11时,杨成武的第二十兵团三个军会合于北飞机场、光社村地区,当日夜即肃清了城北十里铺以北的残部,阎锡山太原北区守军的四个师全被歼灭。

杨成武再接再厉,继续扩大战果。21日指挥第二十兵团各路大军又一举攻占城北工厂区及上北关、小北关等地,逼近太原城垣,紧缩包围圈,并以第六十七军协同一野第七军包围了太原城东北面的卧虎山。

杨成武考虑到卧虎山的敌军工事坚固,如果强攻,会有重大伤亡,他制定了两个方案:一是先把它围困起来,待攻下太原城以后,再行攻夺;二是根据战斗发展情况,若条件成熟,即在攻城的同时,攻占卧虎山。但是,不管在什么时候攻击,都得把卧虎山的地形、敌情搞清楚。他率兵团将其围困之后,令部队迅速派出侦察分队,对卧虎山进行详细侦察。

第六十七军军长韩伟将侦察任务交给了第一九九师主攻团,主攻团交给了第六连。4月21日黄昏,第六连组成两个侦察分队,由连长程志国和副连长郭民德带领,分别向卧虎山的西南和西北面出发。

当夜幕完全笼罩大地,卧虎山上已是一片沉静的时候,程志国率领的侦察分队出现在卧虎山西南面的峭壁之下。

他们爬上峭壁以后，立刻卧倒，凭着微弱的星光，仔细地观察着敌人的动静。敌人没有一点动静，连一个岗哨也没有发现。程志国马上让战士们剪断铁丝网，又悄悄向里前进了20多米，在一个土包跟前停了下来。

程志国把看到的碉堡、地形，草草地画在笔记本上。画完后，小声对第一排排长史明义说："看来，敌人今夜既无准备，又无警戒，这可是咱们偷袭的好机会。"

史明义说："咱们就给他来个相机行事。既然来了，就不能空手回去，能端就端他一两座碉堡，作为我们下一步夺取卧虎山的立脚点。"

正说着，旁边一个战士指着右前方，低声说："连长，你看！"大伙儿顺着他手指的方向看去，只见一座大碉堡中透出一丝昏黄灯光。

程志国根据经验判断，这座碉堡距他们大约50米左右。程志国和史明义商量决定先靠近这座碉堡，看情况再动手。

这座钢骨水泥大碉堡，呈平放的人字形，控制着右侧通往太原的一条大道。就要接近时，一个战士蹬落了几块石头。碉堡里立刻传出一个晋南口音："谁？老子开枪啦！"接着，是一阵拉动枪栓的声音。

程志国见敌人并没有出来，示意大家就地卧倒别动。

过了一会儿，又传出一个晋中口音："算了吧！刮风哩！你当成是人啦！"随即，里边又恢复了平静。

程志国摸清了情况，决定把这座碉堡拔掉。他分配任务说："咱们先诱降敌人。我和郝武明、王文元三个人，摸到这座人字形碉堡的三个角上。那是敌人的火力死角，向敌人喊话。你们分成三组，担任掩护。如果喊话不成，就来他个连锅端。"

程志国说完，就和郝武明、王文元悄悄地行动了。"睡觉了，睡觉！卢金娃，你头班岗啊！"又是那个晋南口音。

就在这时，程志国在外边喊话了："不要睡了，你们被包围啦！快出来投降吧！"

里边先是一阵骚动,接着那个晋南口音开了腔:"孙大狗,黑灯瞎火的,你开什么玩笑？老子的枪可不认人。"

程志国一拉枪机,厉声说:"谁和你开玩笑？我们是解放军！现在,炸药包就靠在碉堡下面。如敢顽抗,叫你们'坐飞机'上西天！"

敌人顿时惊慌起来。这时,郝武明、王文元也开始喊话。史明义还把枪机拉得哗啦哗啦地响。敌人吓呆了,碉堡里死一般寂静。

一会儿,只听有人说:"排长,咱们还是保命吧！要不人家一炸,就都完了。"里边沉默了一阵子后,那个晋南口音传了出来:"好吧,投降。"

程志国对他们说:"还得委屈一下,都在这里待着。先出来一个,跟我们到前边去一趟。"

程志国让王文元留下看守俘虏,又指挥侦察分队继续摸索前进。走出不远,领路的俘虏指着一座碉堡说:"那是个伏地堡,里边有五个人,领头的是我老乡。我去说说,让他们缴枪。"

一行人悄悄来到地堡前,那俘虏趴在地堡边喊道:"老陈班长,解放军来了！我们排都缴枪了,你们也别受这份洋罪了。"

"解放军在哪里？"里边的人问。

"就在外头哩,快出来吧！"

地堡里的士兵投降以后,程志国领着侦察分队又来到一座梅花形的碉堡旁。领路的俘虏冲着梅花堡里说:"侯营长,解放军上来了！我们两座碉堡的弟兄们都过去了。你们也一块儿投降吧！"

只听里边有人骂道:"李德贵你小子再敢瞎胡叫,看我不打死你。"话没说完,子弹就从俘虏兵的头顶穿过去了。

说时迟,那时快,史明义对着枪眼就是一梭子。那个侯营长号叫一声,倒了下去。这时,程志国喊道:"谁不投降,就打死谁！"不大工夫,惊魂未定的敌人一个个出来投降了。

　　程志国借着碉堡里的灯光,看看怀表,已是9点来钟,就押着俘虏往回走。刚走不远,忽见西北面火光闪闪,又传来一阵枪声和手榴弹的爆炸声。原来,郭民德带领的侦察分队摸到14号碉堡群附近时,被敌哨兵发现,于是就和敌人干了起来。经过一番激战,躲在碉堡里的敌连长见势不妙,连忙狂叫投降。就这样,14号碉堡群的敌人全部投降了。郭民德数了数,一共68人。

　　郭民德向程志国报告了这里的情况。两人交换了一下意见,决定由程志国带一个班把俘虏押送回去,将侦察到的情况报告首长,同时,建议首长今夜发动攻势,夺取卧虎山;其余人员,随郭民德留下,继续监视敌人。

　　卧虎山前沿阵地的枪声,传到敌东北区总指挥部后,当即引起了一阵骚乱。敌军官们匆匆忙忙钻进了高大厚实的指挥碉堡内。副官们拿着电话机,询问着各个方向的情况。

　　敌东北区总指挥、第十九军军长曹国忠听完各个方面的报告,故作镇静地说:"这不是共军的大部队,也不是要攻打卧虎山,而是小股武装所做的侦察性进攻。想要通过袭击骚扰,使我们不得安宁。然后,攻我于疲惫麻痹之时。这是共军的一贯战法,你们切切不可上当。告诉要塞司令程景堂,并转告各前沿阵地,不要大惊小怪,自相惊扰,应该稳如泰山,不为小患所动。"

　　曹国忠虽给属下打气,他自己心里却着实不安。去年那次东山争夺战,他是手握"执法刀",强迫士兵冲锋的。结果,全师141个排长只剩下了7个,40个连长只剩下2个,士兵几乎全部拼光。不想,阎锡山非但没有怪罪于他,反倒因他执行命令坚决,将他由第四十师师长提升为第十九军军长,还兼任了东北区总指挥。想起这段往事,曹国忠很担心。如果那段历史重演,阎锡山将会如何对待他呢?

　　程志国押着俘虏返回驻地,马上向上级做了报告。情况上报到师里,师长李水清很满意,对作战参谋说:"夜摸很顺利。不仅弄清了不少情况,还占了14号碉堡群和三座碉堡,俘获敌人一个营部、两个连。九连也不错,搞下敌人三座碉堡。现在,突破口已经打开,夺取卧虎山有了立足点了。"

李水清与政委李布德商量后,果断地说:"马上向军里请示,我师将出其不意,攻其不备,趁热打铁,连夜拿下卧虎山!"

第六十七军军长韩伟、政委旷伏兆对第一九九师的这一请示非常重视,立刻与副军长马龙、参谋长赵冠英、政治部主任刘国梁进行了研究。认为趁敌人搞不清我军意图之时,用夜摸和强袭的行动,连夜夺取卧虎山有充分把握。因此,决定改变原来计划,立即对卧虎山展开全面进攻。

为保证这一任务的完成,除由李水清、李布德指挥第一九九师担任主要攻击以外,再拿出一部分兵力担任辅助攻击。同时强调,要以果断的穿插分割,将卧虎山掐头、去尾、打断腰,将敌全歼于卧虎山地区。

韩伟要通了与太原总前委的直通电话,把作战计划做了报告。

10分钟后,前指作战处处长来电话:"前线指挥部首长同意你们的计划,可以马上实施。杨成武司令、李井泉政委指示:一定要紧紧抓住打掉敌人指挥中心和割裂敌人部署这两个关键。为了确有把握地夺取卧虎山,前委指挥部还决定:一野七军一部,在东面配合你们行动。你们可对俘虏士兵进行教育,然后,分到各突击连去带路。"

太原总前委首长的指示和军的作战计划传到第一九九师,已是夜里10点40分了。李水清立即向各部队下达了命令,并命令炮兵首先向卧虎山开炮。顷刻间,卧虎山坠入烟云火海之中。我一队队步兵,随即从四面八方向卧虎山迅速靠近。

在一阵阵惊天动地的爆破声中,敌人的一座座碉堡开了膛。有的敌人在睡梦中被炸死,有的敌人赤身裸体号叫着四处乱窜。卧虎山很快被切成了三块。"身""首"异处的敌人,再也不能以火力互相支援,通向城内的电话线也被切断。

与此同时,在其他方向攻击的解放军各突击分队,也纷纷炸毁了敌人前沿工事。接着,兵团的大炮向敌阵地纵深开始了猛烈轰击。30分钟后,向敌人纵深冲击的号声响了起来。一队队勇猛的解放军战士,顺着敌人的交通壕向里猛插,对各碉堡进行分割包围。

夜色深沉,伸手不见五指。敌人卧虎山要塞司令部的一个搜索排,迎面碰上了我第五九团尖刀第七连。连长刘西坤问:"哪一部分的?""要塞司令部搜索排。"刘西坤叭地就是一枪,一下子把敌人打乱了。

打着打着,敌人的一个重机枪班夹在了第七连当中。过了好一阵子,他们发现第七连战士的左臂上都缠着一条白毛巾,怀疑地问:"不对吧?"李清河早拿枪对准了说话人的后脑壳,说:"对呀!我们是解放军!"

敌人慌了,解释说:"我还当咱们是一个团的呢。"

李清河说:"兴许将来会编在一个团。现在,先跟上我们消灭敌人!"

刚解决了重机枪班的敌人,敌执法队又跑到第七连队伍中来了,正好碰上刘西坤。

带队的问:"为啥退回来了?"

刘西坤知道敌人弄错了,就说:"把枪给我!"

"你的枪哩?"

刘西坤突然伸手把枪夺过来,用手电一照,说:"这枪就是我的。"

敌人一看是解放军,知道弄错了,吓得浑身直抖,说:"我……我是被他们抓来的。"

刘西坤说:"不要怕,带我们去要塞司令部!"

"是,是。"俘房领着走了一阵子,来到两座大碉堡前,说,"前边是15、16号碉堡,全是机枪火力,不好通过。"

刘西坤借战场火光,向碉堡西侧望了望,回头对战士们说:"往后传,从碉堡右侧绕过去,甩开它。要肃静隐蔽,动作要快！"

战士们弯着腰,很快绕过了那两座大碉堡。里边的敌人没有发觉。

刚走出没多远,前面又有一座大碉堡。带路的俘虏说:"那就是卧虎山要塞司令部的指挥碉堡。里边很大,修得非常结实。一有情况,头头们就钻到里边去了。"

队伍停了下来。刘西坤立刻召集干部进行分工:"一排长,你们排正面上。先喊话,不行再打。三排分开,在左右两个方向配合。二排监视刚才绕过的15、16号碉堡。"

第一排排长张景同带着一个班摸了上去,刚要喊话,碉堡里的机枪就响了。从碉堡两边又闪出10多个黑影。"打！"张景同一声吼,一排子弹打了过去,敌人倒下七八个。没过几分钟,从碉堡暗道中又冲出十几个敌人。战士们不待命令,立刻用冰雹似的子弹和手榴弹打过去,敌人连滚带爬缩了回去。

敌人进行第三次反扑时,战士们的子弹快用完了。张景同刚要甩手榴弹,猛觉右臂一麻,他知道负伤了,就用左手将手榴弹投向敌人。

敌人见解放军火力减弱,从地上爬起来,号叫着冲过来。在这紧急关头,副连长石金刚带着第二排的一个班赶来支援,对着敌人一阵猛烈射击,把敌人打得又趴了下去。张景同又甩出一枚手榴弹,趁势冲到敌人机枪手跟前,夺过机枪,调转枪口,朝着敌人扫射,把敌人的第三次反扑打退了。

在碉堡右侧的第三排排长吴智勇抓住战机,端起冲锋枪对着碉堡的枪眼狠狠打了一梭子,又一个转身,从碉堡下边的暗道口钻了进去。

"不许动！"吴智勇端着枪怒吼,"你们的司令呢?"吓呆了的敌人,结结巴巴地回答:"刚从暗道跑到汽……汽车库去了。"

吴智勇顺着俘虏指的方向,快步钻出地道,冲向汽车库。

在汽车库靠中间的一间房子里,一个头上缠着绷带的人正蜷伏在角落里发抖。旁边站着一个大个子，喘着粗气。

"你就是卧虎山的要塞司令？"吴智勇冲进小屋，用枪指着头缠绷带的人。

"我是程景堂。"

"他呢？"

大个子回答："我是副司令沈思忠。"

卧虎山要塞司令部被第七连占领后，270多名俘虏全部集中在指挥碉堡内。程景堂在第七连的威逼下，下令让15、16号两座碉堡里的敌人也投降了。吴智勇发现桌子上有一封绥靖公署的电稿，拿起一看，上面写着：

倾接南京阎长官电谕：

太原外围各点失弃，不足深虑；惟双塔、卧虎二处，是为我生命要塞，干系极重。切望二要塞全体官兵，协力坚守，以待共军力竭精疲之时，再大举反击。届时，南京将空运大军往援。为此，亟须训导属下，顽强坚守，并应严申军律，维系军心。为嘉勉双塔、卧虎二塞炮兵群之奋勇精神，特颁奖现洋一千三百元。

吴智勇说："难道这能挽救你们灭亡的命运吗？"

程景堂低声说："电报刚到，钱还没有送来，就被……"

之后，第七连继续向东，去攻夺敌东北区总指挥部。敌人东北区总指挥部灯火通明，却不见有人走动。我军正要往里冲，突然从暗道里钻出一股敌人扑了过来。又是冲锋枪又是手榴弹，我军把敌人压了下去，一鼓作气，趁敌人混乱之际，冲了上去，插进了敌人东北区总指挥部院内。

战士们搜遍了院内所有的屋子，除了一片狼藉之外，一个人影儿也没见着。

经审问俘虏才知，敌人跑了。

敌人是跑了，但没有跑远，都钻进了一条名叫敦化坊的大沟里去了。

敦化坊两边是五六丈高的峭壁，沟底南北各有一排窑洞。在一间宽敞的窑洞里，13个刚由东北区总指挥部逃出来的阎锡山的高级军官，有的躺着，有的坐着，一张张满面灰尘的脸上，现出了疲乏、颓丧的狼狈神情。他们听着越来越近的枪炮声和喊杀声，都不安地瞪着充满血丝的眼睛，看着伏在桌旁的总指挥曹国忠。

曹国忠长叹一声："眼看共军就要冲到跟前了，怎么办好哇？"

没人回答。曹国忠站起身来，焦急地走来走去："死拼呢？还是另寻出路？"

还是没人吱声。这些人，虽看透了曹国忠的心思，但谁也不先开口。

一阵沉默之后，敌第六十八师师长武世权站起来说："共军实在厉害。我们六十八师在丈子头的阵地那么坚固，他们只一个钟头就拿下来了。我还算走运，捡了一条活命。你想，北平25万国军，还不放一枪就都过去了。我们到了这地步，还不如仿效傅作义哩！"

"不！不行！"敌第十九军政治部主任彭登旺从炕上跳下来，高声说，"我们无论如何不能走那条路。我们应该牢记阎长官的训诫：以不变应万变。我们还是回城去，与孙、王司令会合……"

敌军官乱嚷开了。铁血师师长赵显珠从大衣领里伸出脖子，走过来，拍拍彭登旺的肩膀，说："老弟，算了吧！不论在这里，还是到城里，反正都是一个死，没代价的白死。阎长官有一句话：'生存即真理。'只要能保住命，以后再徐图良策吧！"曹国忠一筹莫展，束手无策。

突然，几枚炮弹落在近处，震得窑顶哗哗落土。这些人更慌了。敌第十九军参谋长郭瑜走到门口，向外望望，只见满沟都是败兵。他回转身来，对曹国忠说："共军越来越近，弟兄们无心再战，也无力再战了。现在，已是火烧眉毛，总指挥，不能坐以待毙，赶快决断吧！"

曹国忠脸色灰白，一双失神的眼睛死死盯着地面。过了一会儿,他背着身子说了一句:"马上派人交涉投诚。"

当东方泛起一片红霞的时候,卧虎山上的战斗进入了"赶羊"阶段。李水清指挥部队很快从四面八方合围上去,把残敌压缩到了敦化坊的大沟里。

占领了敌东北区总指挥部的第七连两个班,又经过一阵勇猛追击,来到大沟附近。这里有刚溃逃来的阎锡山第十九军通信营和铁血师的一个营。战士们见了,一下扑了上去,端着枪就要打。

那边,一群士兵喊开了:"解放军不要开枪,我们是被抓来的市民,当兵没几天。我们要和平! 我们缴枪! "

这时,团政治处主任张雨和第三营教导员杨同方赶来。杨同方说:"过去三个人,让他们放下武器,列队过来。"

第七连的三个战士才走出十几米,就见从沟里爬上一个军官,手里拿着个小白旗,一个劲儿地乱摆。三个战士一见就火了:"好啊,还指挥呀! 用手榴弹甩他! "

"别打,别打! "手执白旗的军官连忙高声呼喊,"我是军长派来交涉投降的,千万别打! "

"干什么的? "张雨问他。

那军官点头哈腰地说:"我是十九军的副官,叫许雨生。我们总指挥曹国忠派我们三个人来,向贵军交涉投降。他俩也是副官,一个叫王士英,一个叫陈达。"

张雨顺他手指的方向看去,才发现从沟里又爬上来两个人。他思忖片刻,说道:"好吧! 你们先回去一个,告诉曹国忠,让他马上命令所有的官兵停止抵抗,放下武器,听候接收! "

不一会儿,张雨带着一个班的战士奉命前去交涉受降事宜。他们一行人走进沟里,只见到处是衣衫破烂和疲乏饥馑的官兵。他们把子弹袋和手榴弹袋扔在一旁,把枪炮架在另一边,正忙着收拾个人的小行李卷。

张雨走进敦化坊的大窑洞后,满屋穿绿咔叽布服和呢子服的人立刻规规矩矩地站起来。一个穿日本绿呢大衣的家伙赶忙走上前,满脸堆笑,指着一个身穿绿咔叽翻领衣服、脸色苍白的高个子说:"他就是我们东北区总指挥、十九军中将军长曹国忠。"

曹国忠低声说:"是的,我是曹国忠。"

张雨边记他的名字,边问:"你们准备怎么办?"

"我们效法北平,效法傅作义。"

张雨盯着曹国忠说:"干脆点吧!我们是来受降的,你不要拐弯抹角了。北平25万国民党官兵,是一枪未放。你们呢?打得无力再战了,还有什么可说的?"

"对!是,是!"曹国忠赶忙点头,以无可奈何的神情说,"我们投降,全部投降。贵军的政策,是宽大俘虏。"

曹国忠对解放军的俘虏政策是深有体会的。日本投降后,蒋介石挑动内战,阎锡山派兵进犯上党,曹国忠就是在上党战役中被俘虏,后被解放军释放回去,时隔3年半,又第二次被俘了。

穿日本绿呢大衣的人,又指着那些军官一一介绍说:"他是十九军副军长兼四十师师长许森。"

"这是铁血师师长赵显珠,他是铁血师副师长张汉兴。"

"这位是六十八师师长武世权。"

之后,他又指着自己的鼻子说:"我是十九军参谋长郭瑜。"

郭瑜等张雨把名字都记在本子上,忽然又向屋角望了望,说:"老彭,你咋办?记上你的名字不?"

"我……"从屋角里传出一个颤抖的声音。接着,走出来一个焦黄面孔的家伙,忙不迭地说,"记上我的名字,我叫彭登旺,是十九军政治部主任。"

太阳冉冉升上东山。在卧虎山各个阵地上，解放军鲜艳的红旗，迎着晨风，轻轻地飘动着。上午8点30分，卧虎山战斗全部结束，用时不到10小时。战士们押着一串串俘虏，扛着缴获的武器，精神抖擞地走下山来。队伍中，有人编了一段唱词唱起来：

> 卧虎山来像只虎，
> 张牙舞爪好威武。
> 不怕你山高碉堡多，
> 今天我要打你这只虎。
> 砍虎头，捣虎尾，
> 掏虎心，打虎背，
> 巧攻猛打多干脆，
> 把阎军的牛皮都打碎。
> 哎，哎，哎咳哟！
> ……

在第六十七军攻克卧虎山的同时，第六十二军攻占了大巴沟、郝家沟；第六十军攻占了剪子湾、黑土巷；第六十一军攻占了照壁坟、郝庄，歼守敌第七〇师和第二七九师大部，各路大军直逼太原城下。

郑维山强攻双塔寺

在城南进攻的是第十九兵团。司令杨得志、政委罗瑞卿指挥的所属第六十三军和第六十五军，分别在马庄、王家坟、许坦、南坞城至汾河东岸一线，突破敌人防御前沿。接着，又马不停蹄地向纵深插去。

军长邱蔚、政委王道邦指挥第六十五军第一九三、第一九四、第一九五师三个师沿汾河东岸，向北攻击，突破杨家堡防线，攻占了老军营、大营盘,直逼大小南门。

军长郑维山、政治委员王宗槐指挥第六十三军第一八七、第一八八、第一八九师三个师经过激战,连续攻克了北坞城、椿树园、亲贤村、阎家坟、狄村、三营盘、二营盘等点,拔除了百十来座碉堡,一直推进到太原的南城墙附近,歼灭了阎锡山布置在太原南区和东南区的第六十六师全部及第七十、第七十三师各一部。同时,把敌人东南区总指挥部的所在地——双塔寺,紧紧地包围起来。

双塔寺原名永祚寺,位于太原城东南大约4里的地方,为明朝佛灯和尚所建。由于寺内那两座高达13层的古塔,雄伟壮观,全城瞩目,所以后来改称为双塔寺。阎锡山见这里地势十分有利,距离太原城垣很近,又为太原城外制高点,北有郝庄、五龙口,南有王家坟、狄村、东太堡、郭家坟,东有马庄、观家峪诸要点相围绕,而且,对稳定东山四大要塞,均有重要的战略支撑作用。因此,把双塔寺院里的和尚全都赶了出去,在那里大修工事,并称之为他的"生命要塞"。阎锡山常说:"守太原,不能不守双塔寺。南边守住双塔寺,北边守住卧虎山,太原就可以高枕无忧了。"

为了加强这一"生命要塞"的设防,阎锡山以双塔寺为中心,利用这座寺院和其东、西、南三面的沟壑,大肆筑碉挖壕。在这块东西不满1000米,南北不过400米的地面上,构筑了三层密密麻麻的工事网。48座大碉堡,全由洋灰碉、钢骨碉、砖石碉组成。围绕大堡,另有100多座地堡、土堡。每座大碉堡四周,都挖有大小不等的三道交通壕。最大的宽1.8米,深2.5米。在交通壕内,又构筑了许多伏地堡。在交通壕外10米至15米处,遍设地雷和铁丝网。大碉堡之间,皆有暗道相连。几个弹药库,根据地形布设在各碉堡之间,随时都可得到补充。阎锡山在双塔寺的东面,还构筑了四个炮兵阵地,无论从东面或南面攻取太原,都会遭到他的火力杀伤。

阎锡山把第四十三军军部和东南区总指挥部设置于此，进行调度指挥。除原暂编第四十九师和迫击炮师以外，又增加第二八三师、第七十二师一个团和第七十师一部，共计5000多人在此驻守。然而，这个被阎锡山称为由"钢弹"、"火海"构成的"生命要塞"，却在郑维山第六十三军的强大攻击之下，迅速转化成攻取太原的前进基地。

第十九兵团给予第六十三军的任务是：首先集中兵力，扫清城南外围之敌，拔掉双塔寺要点，然后，从大南门以东的首义门和城东南角实施突破，得手后，直取阎锡山的绥靖公署。

根据兵团这一部署，郑维山与王宗槐召开了有副军长兼参谋长易耀彩、政治部主任陆平、副参谋长张挺以及各师领导参加的作战会议，研究了攻击部署，决心以第一八九师从许坦、千家坟地段突破敌之防御，歼灭椿树园、马庄至南什方院地域之敌，完成对双塔寺的包围、歼灭任务。以第一八七师从马庄以东，直插双塔寺和以东、以北的郭家坟、郝庄，协同第一八九师包围并歼灭双塔寺之敌。尔后，以第一八八师为主实施攻城。

为了完成夺取双塔寺的任务，师长杜瑜华、政委蔡长元指挥第一八九师首先攻歼12号碉堡，尔后沿大营盘、狄村直插双塔寺西北侧，占领有利地形，断敌后路，割裂双塔寺与太原城敌之联系，主力从南、西南、西北面三个方向合围双塔寺。

第一八九师第五六六团向守军展开政治攻势，以战场喊话和火力打击相结合，争取了东南角堡垒守军一个连投降。

为弄清双塔寺的情况，师长宋玉琳把侦察任务交给了第五六五团。

第三连连长把第四班班长米文贵和战士秦昌海、晋才、王大虎叫到连部，要他们立即到双塔寺侦察敌情，搞清敌人的炮位和阵地部署，时间是3天。他们几个，除米文贵是晋东南人以外，其他三个都是太原人。王大虎还是老侦察员出身。连长和他们一起分析了可能遇到的问题及对付的办法,最后对晋才说:"自从双塔寺和文昌庙住上敌军以后,和尚全被赶出来了。现在,文广和尚和小喜子都住在郝庄的白龙庙里。你们可利用他们初一到双塔寺降香的机会,与他们一起前往侦察。"

小喜子是晋才童年时代的朋友,是个孤儿,从小就到文昌庙里当了文广和尚的弟子。当时,晋才家住在文昌庙附近,两人常在一起玩。连里决定利用这个关系,让晋才先找小喜子联系。

晚上,四个人一律短打扮,每人腰里别了一把24响的快慢机,向目的地奔去。他们摸到郝庄,绕过敌岗哨,直扑白龙庙。晋才向庙里投了一块问路石,没有任何反应,便踩着米文贵的肩膀,翻入庙内,来到东禅房轻轻叩门,连叩三遍,才见一个人端着一盏油灯,将门打开。

"小喜子。"晋才小声说。小喜子见是晋才,忙把他们让进屋。

60多岁的文广和尚见半夜三更闯进四个陌生人,很是惊恐。小喜子介绍说:"师父,他是庙后种菜的那个晋才呀!"

文广和尚这才记起,一把拉住晋才的手说:"乱世道,人人遭劫,佛家也被他们糟塌得不像样子了。"

晋才听文广和尚的话里透出了对敌人的不满,趁机请他们帮助自己到双塔寺侦察情况。谁知,文广和尚直摇头,说:"难呀!电网、铁丝网,里三层外三层。别说你们,就是麻雀也飞不进去……"

他停了停又说:"他们抓住八路军,定杀不赦。何况,我们出家人一向以慈善为本、救生为怀!"

晋才说:"佛家以慈善为本,能看着太原数十万人民惨遭阎军迫害吗?救人一命,胜造七级浮屠。解放双塔寺,关系到太原数十万人民的生命,也关系着你们佛家的命运。"

小喜子在一边竭力鼓动,文广和尚终于答应了。他们商量决定,趁明早前去双塔寺降香之机,由晋才和米文贵跟随文广和尚和小喜子进庙侦察。

晋才和米文贵剃了发,穿上袈裟,规定了称呼。第二天一早,就由文广和尚带领,手持木鱼,口念"无量佛",朝双塔寺走去。

文广和尚过去与阎军一个副师长是棋友。这次带路,省了许多麻烦。通过第一道封锁沟,绕过铁丝网,都很顺利。从敌人的哨兵跟前走过,敌人问也不问。他们便直冲庙门走去。

晋才走在最后,他边走边仔细观察,用心记着。在庙门前,并排放着五挺重机枪。庙门东侧的洼地,并排着五门榴弹炮,炮口指向解放军东南和正南的阵地。庙门左右的明碉暗堡,三五成群地布设在高地和洼地。晋才扫了一眼,在高坡的碉堡有七座,在洼地的有九座。

晋才只顾注意敌人的部署情况,与文广和尚拉开了一些距离。这时,他们已步入正殿。晋才正要紧赶几步追上,只见一个敌军官扑过来,抓住晋才的袈裟,恶狠狠地喊叫:"看你鬼头鬼脑,一定不是个好东西。"

小喜子听到,赶忙走过来说:"老总,他是我的大师兄。我们是来求佛爷保佑贵军打胜仗的呀!"

"不要你多嘴!"那家伙推开小喜子,逼近晋才,"你在哪里出家的?老子怎没见过你这个和尚?"

"文昌庙。"晋才说。"那我就来问问你文昌庙,要有半句错话,我就要你脑袋搬家。"晋才原认为敌人发现了什么破绽,正在暗暗盘算掩护米文贵完成任务。听这个阎军军官要考问他文昌庙,心里踏实了。

阎军军官连问几句,晋才都对答如流。阎军军官只好放行。

晋才赶到正殿,里面横七竖八地睡着好些阎军士兵。文广和尚领他们在佛像跟前叩了头,就要急匆匆地往回返。看来,他是被刚才的一场纠纷吓慌了。这下,可急坏了米文贵和晋才。任务还没有完成,怎么能走呢?忽然,晋才把裤带解下来,一手提着裤带,一手提着裤子,向塔前的厕所跑去。机灵的米文贵明白了晋才的意图,故意指着晋才的背影高声骂道:"你这个人,就是贫嘴,吃那么多,活该拉肚子!"

晋才跑到设在小土包的厕所里,一边假意蹲下大便,一边机灵地向四处瞭望,做进一步侦察。这时,他又发现双塔的西南有敌人的炮兵阵地和工事。当敌人前来驱赶他的时候,他已如数记了下来。

弄清了敌人的情况之后,郑维山决定集中兵力,采取迂回包围战术,消灭双塔寺的敌人。以一部兵力担任攻占双塔寺的任务,以另一部兵力堵截逃敌。

在西面担任主攻的第六十三军第五六五团,是一支善于山地攻坚作战的英雄部队。为保证他们顺利突破,郑维山给他们加强了一部分炮兵和其他特种兵。

作战任务传达到部队,指战员们马上利用浓浓的夜色,开始了紧张的战前准备。

4月21日夜幕降临,各部队隐蔽进入攻击出发阵地。指战员们动作敏捷轻巧,几十米外碉堡中的敌人,一点儿都没有发觉。

晚11点,郑维山在双塔寺的西南和东南面,首先开始了试探性进攻。

在西南面攻击的第五六六团第五连,首先集中神枪手,打死三口水井旁边的游动哨,又用一阵手榴弹和机枪消灭了警戒水井的一个排,同时向敌人喊话劝降,使防守外壕的一个连的敌人投降了。

在东南攻击的张英辉师长指挥的第一八七师第五五九团第三连,在罗金友连长的带领下,向位于双塔寺东南200米的敌13号碉堡发起攻击。

这是一座高大的钢骨水泥工事。周围有十来个伏地堡所拱卫,还有一条深3米、宽2米的外壕相环绕。守敌是一个连,由一个少校营长指挥。罗金友带领第三连连续两次攻击,摸清了敌人的底细。一个敌排长在他们政治喊话之后,带领30多人爬过来投降了。

根据第三、第五连的几次试探性的进攻和从俘虏口中了解到的情况,郑维山立即修订了作战计划,并决定马上对双塔寺进行强攻。

22日6时,东方刚刚现出鱼肚白,三枚信号弹升起在阵地上空。第六十三军的大炮首先发言了。只见敌人阵地上,火光闪烁,烟尘弥漫,砖石腾空,血肉横飞。没死的敌人,哭爹叫娘,东奔西闯,乱成一团。敌人的大部分碉堡被炸烂,阵地被摧毁,火炮被压制,连设在塔上的观察所也中弹起火,被穿了两个大窟窿。

炮火急袭以后,清脆嘹亮的冲锋号响起来。各突击分队的战士们如同小老虎一样,扑向敌人阵地。接着,第一八七师的主力从北东两面对敌发起攻击,部队像一把锋利的钢刀,向敌人阵地猛插。

第一八九师从双塔寺的西南两面发起攻击。从南面进攻的第五五九团第三连,炸毁了敌人的13号碉堡。又在第七连的密切配合下,拔除了敌人的14号碉堡。此时,担任向纵深穿插的第一营已迅速攻入敌人阵地,扫除了残敌,向西北猛插过去。

在双塔寺东北面进攻的第五六一团,将两个营的十几门火炮集中使用,以猛烈的火力,压制了双塔寺东北角敌人的梅花碉堡群。第一营以一部兵力在正面钳制,主力绕到侧后,趁着烟幕的遮蔽,实施大胆穿插,一直冲到了敌人的阵地上。50多个敌人来不及逃跑,纷纷举枪做了俘虏。第一营又乘胜发展,向西南方向猛冲。

郑维山在东南、东北两面的猛烈进攻,使敌人误认为这是主攻方向,慌忙集中大部分兵力进行抵抗。在西面和西南面担任主要攻击的第六十三军主力抓住这一有利时机,以更加迅猛的攻势,向敌人的纵深和核心阵地英勇突击。

第五六五团突击第一营在王根成营长的指挥下,迎着敌人的硝烟,冒着乱飞的子弹,跨过壕沟,穿过障碍,一股劲向里猛插。

当第一营尖刀连顺利地越过第二道外壕以后,突然受到敌人正面火力的阻击,尖刀连被迫停了下来。

时间不等人。第一排又连续冲击两次,均未成功。人人急得眼里冒火。这时,王根成发现右前方有一个暗道口,便立即派出一个由第二班副班长李国强及3名战士组成的小组,由暗道口攻入。走了有30多米的样子,听到暗道外的道沟里有说话的声音。4个人猛地冲出暗道,抢占有利地形,打得敌人蒙头转向。面对从天而降的神兵,200多个敌人举起了双手。李国强把俘虏交给顺着暗道刚上来的另一个小组,又带着3名战士向西,迅速接近地堡东侧,并把手榴弹塞进3个地堡。几声巨响过后,里边的敌人大部分被炸死,机枪也不响了。

在正面隐蔽的第一排排长韩永顺,见地堡被炸,把枪一挥,全排冲过第三道外壕,向双塔寺猛插过去。同时,第二排和第三排也爆破成功,扑向敌人的核心阵地。

正当尖刀连与敌人激战的时候,王根成又令第二梯队迅速前出,以爆破手段,炸塌敌人的第一道外壕。由第三排排长董义文率领全排战士,一下子插入第一道外壕,在壕内截获30多个敌人。

董义文问一个军官模样的俘虏:"你们军长在哪里?"

"在东边大……大庙里。"

"山炮阵地在哪里?"

"在庙东边。"

第三排随即跃出第一道外壕,向东扑去。董义文率部顺利通过第三道外壕后,大庙——敌人东南区的心脏,出现在面前。

董义文第一个跨入大庙院内,第八班紧随其后,他对第八班班长段光喜说:"你带两个战士,去打掉敌人的指挥部,捉拿敌人军长,不要和小股敌人纠缠。我们在这里打反扑,肃清院内残敌。"

段光喜原先决心在双塔寺战斗中缴他几门大炮,现在,排长要他去捉军长,他响亮地应了一声,立刻带着王同生、王贵两人向寺院冲去。

段光喜等三人进入头道门,发现一个弹药库。两个守敌吓呆了,不知所措。

"你们军长在哪里？"段光喜厉声问道。

"在后边大……大殿里。"

"从哪里进去最快？"

一个年龄大点的向东边的围墙指了指，说："从这里出去，往北走上30多步，墙上有一个豁口，再进院，就到正殿前边了。比从这里奔正殿要快，也没有兵把守。"

段光喜留下王贵看守弹药库和这两个阎兵，带着王同生，几步就跨出东墙。又向北一阵小跑，发现围墙上果然有一道豁口。往里一看，正殿就在30米远的地方，敌人慌乱地出出进进，一片嘈杂。

段光喜、王同生一下就扑到正殿跟前。门口的敌人还没弄清怎么回事，就被一阵猛烈的射击撂倒了。紧接着，王同生卡住门口，段光喜端着冲锋枪，一个箭步冲进大殿之内。

段光喜奋力高喊："都出来！缴枪不杀！"满殿内的敌人被惊得魂飞魄散，目瞪口呆，一个个像木头橛子一样立在那里。他们被这突如其来的情况，吓得不知如何是好。

段光喜见无人言语，便向东屋厉声问道："哪个是军长？站出来！"

不一会儿，从东面走出一个满面汗珠的矮胖子，用颤抖的手向西屋指着说："在那个屋里。"

段光喜冲向西屋，对着满屋呆若木鸡的军官们问："谁是军长？站出来！"

十几个军官指向北墙根："在那里。"段光喜向北墙根望去，只见一个人盘腿坐在那里。此人横粗短胖，肥头小耳，一双充满血丝的鼠眼，瞪得溜圆，白煞煞的额头上，渗着汗珠子。他就是堂堂的东南区总指挥、第四十三军中将军长刘效增。他已吓得六神无主。那股"要血战到底"的勇气，早不知跑到哪里去了。

看着刘效增这副狼狈相,段光喜挺挺胸脯,走到他面前说:"北平25万国民党军,没放一枪,全被解决了。你们还想抵抗?别装蒜了,赶快起来跟我走!"

刘效增用颤抖的哑嗓子,喃喃说道:"好……不打了,我们投降,马上出去。"

70多个俘虏,刚往院里走,突然,墙外枪声大作,手榴弹也飞进来了。原来,我各路攻击的部队,已经包围了整个寺院。走在头里的刘效增,吓得抖成一团,慌慌张张地说:"快找个负责人说说吧,我们都投降了,可不要再打了。"

看到这些平素耀武扬威、临阵胆小如鼠的敌军官,段光喜鄙夷地对他们说:"找什么负责人? 我就是负责人。你们不要慌乱。"

他走到前面,听听墙外的声响,知道是自己人,就大声喊道:"同志们,别打了! 已经捉到阎锡山的军长了。他们总指挥部的人,都被活捉了。"

这时候,不知是谁,已把一面鲜艳的红旗插上了庙顶。

与此同时,第五六六团突击第三营尖刀第九连,经过与敌人的激烈厮杀,打到了双塔寺西边。第八连和一营的第三连,也从北面和南面冲了上去。

双塔寺内有一个营的敌人,他们在一个副团长的指挥下,正像羊群一样往外乱冲乱撞。冲在前边的王根成喊了一声"打",三个连队的机枪一起开了火。敌人被打得分成了两三股,东跑西窜,各自逃命。可哪能跑得了呢! 解放军从四面八方包围了上来。在一片震耳欲聋的喊声中,敌人争相跪倒在地,放下了武器。两座古塔上,升起了两面鲜红的旗帜。

从东北向西南猛插的尖刀第一连,用火炮和爆破筒,把一座大碉堡周围的铁丝网炸开。神枪手于振华三枪打断了吊桥的绳索,吊桥落了下来。接着,在机枪掩护下,解放军战士飞快越过吊桥,冲到了大碉堡旁边。

碉堡里的敌人不再打枪，从碉堡枪眼伸出一面白旗，又传出嘶哑的喊声："我们是炮兵师司令部。师长在这里，我们投降。"

敌人一个个走了出来，走在最后面的是一个黑大个子。他点头哈腰地说："我是第四十三军副军长兼迫击炮师师长，贱姓贾，卑名毓芝。我率弟兄们投降。"

"马上让那些还在抵抗的士兵放下武器！"张副连长命令说。

"是！是！不过，电话线被贵军打断，一切联络都中断了……"

"那你跟我们到前边喊话去。"

贾毓芝支支吾吾地说："我的腿受了伤。这几天说话困难，实在……"

张副连长听出他怕死，就说："不用怕，找两个人扶着你。"说着向后把手一挥："前进！"

敌人的指挥机构，被解放军全部打掉了。失去了指挥的敌人，像无头的苍蝇，更加混乱。解放军战士浴血火拼，失魂落魄的敌兵争相逃命，相互践踏，最后，都乖乖地做了俘虏。

强攻双塔寺战斗从22日6时开始，郑维山令第一八七师从北面和东面，令第一八九师从西面和南面，两个师一起发起攻击，首先以炮兵第一师准确的炮火轰击守军的碉堡，压制其火力，尔后，各部乘势突破外壕，以连续爆破的方式，摧毁双塔寺的碉堡群，一举攻占了双塔寺南部的阵地。然后，大胆迂回分割，直捣守军的核心阵地。

仅经一个半小时的战斗，就将双塔寺的要点完全占领。

早晨7点30分，整个双塔寺阵地上的枪声逐渐疏落下来。这次战斗，第六十三军共歼敌570多人，活捉4400多人。俘虏当中，有敌东南区总指挥、第四十三军中将军长刘效增、第十九军军长曹国忠、军政治部主任彭登望，第四十三军少将副军长兼迫击炮师师长贾毓芝，第四十师师长许森，第六十八师师长武士权，第七十三师师长祁国朝、副师长王振纲，第七十师师长赵显珠等。

4月22日,徐向前、周士第、罗瑞卿、陈漫远就攻占双塔寺要塞致电中央军委、华北军区。电报说:

> 本(养)日(即二十二)九时前,全部攻占双塔寺、北黄家坟(即卧虎山)两要塞,守敌除北黄家坟有少数经暗道逃窜城内外,余均全歼。

至此,太原城的外围作战胜利结束。解放军运用集中兵力、分割包围、各个歼灭的战法,将太原城外的敌5个军部、13个步兵师、1个工兵师的兵力全部歼灭,约占太原守军总兵力的80%。

4月20日,徐向前、周士第、罗瑞卿致电中央军委。电报说:"太原解放前受阎匪残害之惨,实属骇人听闻。而以梁化之、孙楚、王靖国、戴炳南为首,对我十数次之宽大劝告、警告与通牒,不仅只字不理,反而烧毁民房、工厂,破坏财物,施放毒气,挣扎至最后。为泄民愤以警告敌人,我们拟公开宣布该四人为战犯,并令部队严予缉拿。并拟于该四犯就擒后,有计划地公布其罪状,发动人民控诉,然后召开庆祝太原解放与公审战犯大会,予以公审正法。"

毛泽东为中央军委起草了复电:"同意宣布梁化之、孙楚、王靖国、戴炳南四人为战犯,缉拿治罪。"

随即,太原前线司令部颁布了缉拿梁化之、孙楚、王靖国、戴炳南的命令,同时加上了日本战犯今村、岩田的名字。

≫ 第十五章 攻克"堡垒城"

第二十兵团先锋团首登小北门

经过3天激战,太原外围作战取得巨大成果。在强大炮火掩护下,各兵团齐头并进,长驱直入,穿插分割,狠打巧取,对敌发起猛烈攻击,使敌军防线很快土崩瓦解。

至4月22日夜,已将敌人外围的5个防区14个师全部歼灭,并逼近城垣,控制了突破城垣的进攻出发阵地,完成了一切登城的作战准备。

4月22日,转入总攻太原的战斗。如何以较小的代价,夺取"堡垒城"太原? 太原总前委制定了一个总攻方案:第十九兵团由南,第二十兵团由北,第十八兵团由东,首先以穿插、分割的战术,将太原城外围的敌军主力围歼,然后集中兵力从四面攻城,全歼守敌。

4月22日,太原总前委以徐向前、周士第、罗瑞卿、陈漫远的名义向所属各部队发出了攻击太原城的命令。命令说:

其一,决定各攻城部队统一于本(四)月二十四日九时发起登城。炮兵开始破坏与压制射击时间由各部自定。

其二,战斗分界线除十八兵团左右集团分界线另有图示外,其余均见本部攻城预备命令附图所示(堵溃分界线亦同)。

其三, 通信联络按本部通字一号通报及联络信号规定第三种(识别灯号一种)。

小北门是第二十兵团攻城的一个突破点。在这里担任主攻任务的是第六十六军第一九七师第五八九团。他们经过对敌情、地形的侦察了解,一切准备就绪之后,便神不知鬼不觉地隐蔽在小北门以北200米的地方,等待总攻的信号。

小北门位于太原城垣东北(今五一路与胜利街交叉处),它与大北门(今解放路与胜利街交叉处),一东一西,成为太原北城连接内外的两条通道。为防备解放军从这个方向攻城,阎锡山在小北门正面150米以内的地面,设置了层层障碍。最外一层,紧靠横贯东西的同蒲铁路是两道铁丝网。往里,是一条又宽又深的护城河。铁丝网和护城河之间,密布着地雷。再里,是小北门左右的2座狮子碉堡。每座狮子碉堡周围,又配了5座地堡。在狮子碉堡和地堡之间,都有地下暗道通往城楼。最里边,就是那个宽8米、高10米、长25米的门洞了。门洞里上了两道铁门,修了4座暗堡、16个火力点。门洞之上,是个二层门楼,上面布设了两层火力网和杀伤力很强的野炮。这样,就对小北门正面构成了严密的交叉火力网。

第一九七师师长成少甫与第五八九团党委研究后, 认为小北门的敌火力很强,一时不易摧毁,为了避免过多损失,决定把突破口选在小北门以东的一段城墙, 并委派富有战斗经验的赵安然副团长直接指挥突击营的战斗。

赵安然看了看表,心里十分激动,说:"现在是1点35分,已经到了4月24日。再有几个钟头,就要最后解放太原了。"

他分析了突破的有利条件:一是前10多天,他和营连排的干部以及各组组长,夜摸了十几次,把小北门一带的地形全摸熟了。二是小北门东西两边的两道铁丝网和个别地堡,在我炮火试射时已被摧毁,冲击道路上的部分障碍已被排除。三是在人民群众的大力支援下,护城河里有几段已经堆上了装着沙石的麻袋,只要把几块门板往上一放,部队就可以通过。四是在我军攻击的左右两侧,各设了两挺机枪,战斗打响,这两挺机枪将把小北门以东狮子碉堡的火力吸引过去,再以火力压制敌地堡,以配合尖刀连的突击。有这几个有利条件,做到火力、爆破、突击紧密结合,就一定能够突破敌人的防御,攻上城墙,打开口子。攻上去,就要像钉子一样钉在那里,巩固住突破口,向两翼扩展,掩护后续部队投入巷战。

根据团党委的决定,这次攻城,第一营确定了两个尖刀连,第一连在左,第三连在右,实施并肩突击登城。

赵安然把突破时可能要遇到的情况等问题,又同营连排的干部做了多次分析,并制定了相应的措施,但他还是不放心,又把自己的指挥位置选在了最前边。开始,营连干部不让他这样做。他解释说:"在作战过程中,情况是千变万化的。只有指挥位置靠前,指挥员才能及早发现情况,根据敌我双方情况的变化,实施灵活机动的指挥。"大伙儿听他说得有道理,就同意了。

5点30分,空中升起三枚红绿信号弹。随着排炮的怒吼,一条条火龙从不同方向飞向前方,一片片火光立刻在太原城头腾起。城墙一块一块地垮了下来。敌人的残尸断枪和砖石木棍,飞上了半空。最叫人高兴的是,解放军的神炮手连着五炮都打在小北门门洞的二层楼上。二层门楼塌了,一片火海……

解放军的炮火猛轰了几十分钟,敌人城墙上的碉堡、工事纷纷被炸毁,吓得敌人蒙头转向,鬼哭狼嚎。

赵安然见第一连冲击道路的正前方铁丝网没有被彻底破坏,有两个地堡还竖在那儿,便向第一连爆破组下达了命令:"尽快把冲击道路上的障碍扫除干净！"

这时，第三连梯子组不到预定时间，就提前冲上去了。

赵安然跟着火力组冲了上来。他把机枪分在两边，下令对着小北门的狮子碉堡猛烈扫射。随后，又令梯子组趁此机会，冲到城墙跟前，把梯子竖起来。

与此同时，第三连梯子组也在激烈的爆炸声和滚滚浓烟中，把一架4丈多高的云梯，靠在了城墙上。"攻上去呀！"战士们喊着，不顾一切地往前猛冲。

在硝烟弥漫中，袁文魁、王根和等突击队队员也上来了。在机枪火力的掩护下，他们把一面鲜艳的红旗，插在了城头。

赵安然看了看表，这时是6时15分。他一面让通信员向指挥所发出信号，一面飞快地登上城去，组织突击队向两侧发展进攻，指挥后续部队迅速登城。

在第一连登城的时候，第三连也开始奋勇向城头攀登。第一连和第三连的两个突击队，登上城头之后，立即遭敌反扑。30多个敌人分成三路，朝突击队冲过来。

赵安然迅速命令机枪射手，抢占有利地形，先敌开火。顿时，正面和东面的来敌一个个东倒西歪，死的死伤的伤。从西边扑过来的敌人见状，吓得抱头鼠窜，争先恐后往暗洞里钻。

这时候，第一连和第三连各有一个排登上了城头。正当他们掩护全连登城时，小北门、城角碉堡和城下碉堡里的敌人，以密集的侧射火力封锁了他们的云梯。突破口两侧，又有50多个敌人趁势组织了新的反扑。敌人企图趁解放军登城兵力较少和立足未稳之际，重新把城楼夺回去。

城上敌人的侧射火力，像一条条毒蛇，在战士们周围穿来穿去。情况十分危急。赵安然坚定地说："同志们！不能后退！坚决击退敌人的反扑！"他令两个排分头反击敌人。

在赵安然的鼓动下,战士们精神抖擞,勇猛地向敌人扑去。反扑的敌人惊恐万状,毒气弹还没扔出去,就在手中爆炸。他们慌不择路,互相践踏,连滚带爬地窜了回去。

与此同时,在城下准备登城的后续部队,迅速集中火力向小北门的两座狮子碉堡和城角碉堡上的敌火力点猛烈射击。一门平射炮,像长了眼睛,连续把城角的三座碉堡摧毁。小北门的两座狮子碉堡,也应声炸开了花。城下的战士们利用弥漫的烟雾,迅速冲到城下碉堡旁,顺枪眼向里填塞小炸药包和手榴弹,炸死了里边的敌人。

敌人的又一次反扑被打垮了。登上城墙的两个排,迅速向东西两翼扩展。第三连突击队向西,直扑小北门。后续登城部队,鱼贯而上。至6时40分,第一连和第三连的指战员全部登上城墙。

经过近半个小时的激烈战斗,第五八九团的第一连和第三连像两支利箭一样直插小北门城头,打开了突破口,巩固了既得阵地。

赵安然同第一营徐营长、高教导员商量后决定:他自己带第三连向西攻击,继续扩大战果;徐营长带领第一连向东突击,压制敌城碉的火力;高教导员带两个排,进入城内,消灭城里城墙角下的敌人,之后,向小北门迂回,夺取小北门,打开门洞,为主力部队进城开辟道路。

任务明确之后,赵安然带领第三连突击队出发了。他们前进到距小北门30米左右的地方,小北门上的一座敌碉堡内喷出了一股股炽热的火流。敌人使用喷火器了。冲在最前面的三个战士受重伤,倒在城墙上,后面的战士气得直跳,又要往上扑。

"停止前进!"赵安然果断地下令。他指挥部队,迅速隐蔽在城上被占领的炮兵工事东侧。随后,赵安然把迫击炮炮手招到跟前,说:"对准敌人碉堡,狠狠砸!坚决干掉它!"

三门迫击炮炮手就地选择发射位置,对着喷火的碉堡,一阵轰击,把碉堡里的敌人炸得血肉横飞。

突击队队长王昌水带领突击队冲了上去。烟尘起处,红旗飞扬。旗手刘玉庆刚要把红旗插到小北门城楼,从城内一座高碉堡里射出一排子弹,刘玉庆中弹牺牲。王昌水立刻接过红旗,一气冲上小北门,把红旗插在最高处。这时,他才发现腿和胳膊上都中了弹,鲜血直流。

赵安然也跟上来,跑到王昌水跟前,刚要开口,猛觉腿上一热,知道负伤了。通信员要喊卫生员,赵安然连忙捂住他的嘴,镇静地下着命令:"迫击炮,给我砸!"一阵猛烈的轰击之后,高碉堡被削了,但残存的敌人还在射击。

这时,迫击炮弹打完了。赵安然一面指挥部人就地隐蔽,一面让通信员去找第一连指导员。通信员跑来报告,说第一连指导员在带领爆破组爆破城墙时,中弹牺牲了。他找来了副连长石德才。

赵安然对石德才说:"从突破口到小北门这100米地段被我占领,城上不会再有大的战斗。城内那座高碉严重妨碍着我们的行动。你留下指挥,一要吸引高碉火力,二要防止城内敌人爬城。牢牢钉在这里!我下城去找高教导员,把高碉炸掉,打开城门。"

在一间炸塌的房子背后,赵安然找到高教导员和第一连李连长。赵安然先向他俩说明情况,然后说:"现在,石德才在城上指挥火力吸引高碉敌人火力,我带来三个爆破手,快行动吧!"

两名爆破手各抱一包炸药,很快接近了高碉堡。随着一声巨响,碉堡内的敌人被炸死,战士们飞快地向城门扑去。

城门洞里还有一个连的敌人。连长王子庆是阎锡山阳曲县县长的小舅子。他们早被炮火吓蒙了,见解放军冲过来,一个个全都慌了神。

"叫共军活捉去,就要开膛挖心,反正也是死,他妈的都冲上去!"王子庆举着手枪吆喝着。士兵们跌跌撞撞钻出来了。

李连长率领战士们如猛虎扑食般冲入敌群,与敌人展开白刃战。

高教导员侧身靠在门外,冲着里面喊:"解放军政策是缴枪不杀,宽待俘虏！顽抗到底,死路一条！要死要活,马上回答！"

躲在里边的五十来个敌人,一个个吓得如筛糠,连长王子庆更是吓得魂不附体:"我……我们投降。"敌人投降了。几十个战士忙着前去开城门。

一阵急促的军号声响起来了。城门外的部队像决堤的怒潮,勇猛地冲向城门。

7时40分,文年生、向仲华指挥第六十八军第二〇四师也炸开大北门,开辟通路。师长杨栋梁、政委李志远指挥的第二〇三师一部,也在小北门以西架梯登上城墙。

大部队顺着炸开的城墙缺口,纷纷跨过城墙,进入城内,向北肖墙、东缉虎营进攻,开始了更为激烈的纵深战斗。

第五八九团主力于6时55分全部登城之后,分五路向突破口两侧和市街分头猛插。第五八九团的正面一路,很快沿着城墙打过去,接应第一九六师主力于大北门附近登城。正东一路,沿着城墙拐向东城,在小东门附近迎接第十八兵团的右翼登城。

向市街插入的三支部队,打得更为顽强英勇,一直打遍半个城区,犹入无人之境。最后,打到南城附近的红市街,他们与第十八、第十九两兵团的先锋部队胜利会师。他们打乱了城内北部敌人的防御系统,阻止和割裂了从城北退下来的敌人,创造了兵团后续部队分歼敌的有利形势。

战斗结束后,师长成少甫使劲地握着赵安然的手,高兴地说:"赵安然同志,你们打得好哇！"

赵安然说:"师长,我总觉得动作慢了……"

成少甫说:"不,不慢。你们登城是6点15分,40分钟之后,全团登城。至7点15分,我师主力已越过城墙,开始纵深巷战了。"

师政委钟炳昌满意地说:"你们最先把红旗插上城头,是登城先锋,师里要给你们请功！"

在兵团庆功会上，该团荣获了兵团司令部、政治部奖给的"登城先锋团"的锦旗。

第十九兵团首义门上双猛虎

太原敌军总兵力的80%被歼灭于外围之后，解放军各路大军迅速进逼，将太原城包围得如铁桶一般。

下一步，就要攻城了。有军事常识的人都知道，突破口选择得正确与否，是进攻战成败的关键。攻城也是这样。从何处突破敌人的防御，对一举登城和向纵深发展进攻有很大关系。

太原的首义门（今太原市五一广场中心）素有"铁门"之称，它高12米、上宽8米、下宽15米，左有胜利门，右有复兴门，是阎锡山退守太原城垣之后，防御最为坚固的城门。

为加强这里的防护，阎锡山在首义门一带修筑了大量工事。在城垣脚下，是一条又宽又深的护城河和一条护城路。护城路上有坦克、装甲车来回巡逻。在首义门的两旁，筑有6座大母碉和2座钢板卧虎碉。在首义门东西150米以内的城垣正面，从上至下构筑了九层工事，配置有各种火炮40余门、轻重机枪240多挺、喷火器30具，各种火力点总共250多处，还有可以转动的所谓原子射孔。

一个美国记者曾在他的观感中写道："任何人都会为这里的工事、碉堡而感到吃惊。高的低的，方的圆的，三角形的，藏在地下的，构成了不可思议的密集火力网。"阎锡山把它吹嘘为"太原铁城之铁门"、"坚如钢铁的要塞"。守敌为第八十三师2个团，战斗力较强，除配有1个炮兵营外，另有2门机关炮和数十门迫击炮。

太原绥靖公署参谋长赵世铃嚣张地扬言："倘共军由首义门攻城，我可在几秒钟内，将城前变成一片火海，使共军死无葬身之地。"

按说，这次选择攻城的突破口，是应当避开敌人这一强点的。但第十九兵团第六十三军第一八八师，却偏偏看中了首义门。

第一八八师是一支能攻善守的英雄部队。在多次战斗中，尤以长于攻城作战而闻名。这次突破太原城垣，他们计划以两个团并肩突击。首义门以西第13号突出部，由第五六三团负责。担任突击的是该团的"钢铁第一营"，尖刀连是该营第一连。

在首义门以西的第11号突出部，由第五六二团负责。担任突破的是赫赫有名的该团第二营，尖刀连是该营第六连。

第一八八师把突破口选在首义门，以这个师的代师长张挺的意见看，有这样几个有利条件：一是中共太原城内地下工作人员送来的太原城防图，详细说明了首义门一带敌人的防御工事和部署情况。二是敌人自恃首义门牢不可破，估计解放军不会由此突破，麻痹大意，警惕性不高。三是解放军已以此为对象，进行了多次登城训练。四是突破城垣以后，便于解放军向敌纵深发展，直插太原绥靖公署。

把突破口选在首义门，实际上是选在了敌人最要害的部位。搞掉它，就可以动摇其全局，使敌人的整个防御体系解体。他们把方案报到了军部。军长郑维山很快做了批复，同意他们的方案。

正在这时，解放军渡江大军胜利突破长江天险的消息，传到了太原前线，指战员们的情绪更加激昂振奋了。

4月23日夜，解放军攻城各部队全部秘密进入了各自预定位置。为了更好地利用解放军炮火袭击的效果，各突击分队一直前进到距城墙很近的堑壕内就地隐蔽下来。整个大地悄然无声。这是暴风雨前的短暂宁静，一场激战就要来临了。

4月24日5时30分，东方刚刚露出一线曙光，太原城头上空，突然升起三枚信号弹，向太原守敌的总攻开始了。刹那间，千百门大炮同时怒吼，一条条愤怒的火舌，呼啸着射向敌人的阵地。顷刻，太原城头火光闪闪,炮声隆隆,硝烟弥漫,一片火海。

在解放军炮兵准确猛烈的射击下,城墙一段一段地塌了下来,不少碉堡被摧毁,敌人连滚带爬,鬼哭狼嚎,一片混乱。

战士们压抑不住心头的兴奋,再也等不得了。趁炮火袭击的有利时机,首先实施连续爆破,迅速扫清冲击道路上的障碍,开辟了登城通路。梯子组飞快地把梯子向城墙靠去,各突击分队如箭离弦,争先恐后地开始登城。

在城南,紧靠首义门的西边,向敌人第11号突出部突击的第五六二团第二营第六连在解放军炮火刚刚延伸时,就勇猛地发起了冲锋。

早晨6点30分,将红旗插在了城墙上。

与此同时,与第六连并肩突击的第五六三团"钢铁第一营"尖刀第一连,由副连长王福全率领突击队,开始向首义门以西的敌第12号突出部勇猛突击。

因为敌第12号突出部的城墙已被解放军炮火轰开一个2米多宽的口子,塌下来的砖石土块,形成了一个70多度的斜坡,已经用不着云梯了。他们便顺着斜坡向上爬。

斜坡上,沙石累累,给突击队前进带来了很多困难,但战士们谁也不甘落后,迎着飞来的子弹,不停地往上猛冲。

6点10分,他们将红旗插在了城墙的垛口上。

两支英雄的突击队同时登城成功,两面鲜艳夺目的红旗,在冲天的火光和轰鸣的炮声中,在太原城头迎风飘扬。

登上城墙的各突击队,按照师党委事先明确布置的任务,迅速向两翼扩展,巩固突破口,接应连主力和突击营登城,保证团主力向纵深进攻。

第五六三团尖刀第一连突击队在副连长王福全的率领下向西迅猛突击,占领了敌第13、第14号突出部,为后续部队开辟了通路。尖刀第一连全部登城后,第三连也登上城头,与第一连会合,迅速向两翼和纵深扩展。接着,团主力也加入战斗,迅速向纵深插去。

在第11号突出部登城的第五六二团第六连,由副连长杨俊杰率领突击第一排,在火力组的掩护下,全部登城后即遭到敌人的三面反扑。

在解放军的猛烈打击下,敌人的第一次反扑被粉碎了。这时,阎同茂副团长指挥第六连预备队,分别以云梯和爬城两种方式迅速登上了城墙。此时,阎同茂见东面首义门方向有敌人的炮兵阵地,一群敌人正在集结,准备实施反冲击。有几门炮,已在敌军官的指挥下,调转了炮口。如不及时干掉它,后续部队登城就会面临严重困难。已经登上城头的部队,也有被反扑下去的危险。

阎同茂在敌人调炮、架炮之际,迅速指挥两个排前进了8米,就地卧倒,利用城墙上的弹坑、断墙,抢在敌人的前头开了火。敌人遭解放军火力杀伤,赶紧往后撤退。阎同茂指挥部队交替掩护前进,一口气向前推进了50米,连续占领了敌人三处炮兵发射阵地。敌人向后撤退了。不一会儿,敌人又重新反扑过来,并利用一间破屋做依托,用两挺机枪实施封锁。阎同茂令两挺机枪在正面拊制,同时派出一个小组,跃出20多米,迂回到那间破屋的侧后,将敌人的机枪干掉。就这样,他们冲锋陷阵,连续打退了敌人的四次反扑。

这时,连长阎学辉率领的火力组,也登上城头赶来。他们利用被占领的敌人工事,猛烈地压制住敌人的火力,掩护第一、第二排向前发展,继续巩固突破口。

正当第一、第二排即将占领第四个炮兵阵地时,首义门上敌人的一个加强班,在火力的掩护下,向他们反扑过来。经过一番激战,第六连火力组有效地压制了敌人的火力点,第一、第二排乘势夺取了第四个炮兵阵地。接着,第六连像一把钢刀一样,向东刺去。

首义门的敌人,在阎军军官的指挥下,向首义门西部的第五六二团第六连射击。敌人顾头不顾腚,不承想在与第六连作战的时候,第一营第一连在连长李凤华的带领下开始登城。经一阵猛打,第一连全部登城。紧接着,第二排向西面的胜利门,第三排向东面的复兴门扩展。第二排向西继续攻击,在胜利门与向东进攻的第六连会合。向东扩展的第三排,接连击退反扑之敌,乘胜占领了复兴门。

激烈的战斗进行了半个多小时,第五六二团第六连和第五六三团第一连在首义门胜利会师。两个连紧密配合,迅速控制了胜利门,并强令俘敌用火炮对负隅顽抗之敌射击。先后攻占敌掩体和暗堡百余处,歼敌600余人。至此,被吹为"坚如钢铁"的首义门被彻底攻克。

两个团的主力全部登城后,随即向敌人纵深勇猛插去。

战斗结束后,第五六二团第六连和第五六三团第一连双双获得"猛虎连"的光荣称号,两个连队的所属各个班排,分别获得"登城先锋排"和"猛虎班"等光荣称号。

在第一八八师登城的同时,第一八七师也在首义门以东登城,突破城垣后,分别向后海街、鼓楼街进攻。

这时,其他方向的攻城部队也都破城进入市区。在城东的大小东门攻击的部队也相继突破城垣,攻入城内。在城西,第六十四军第五七四团于6时40分在水西门、旱西门之间登城,打开了水西门,使我军的主力得以迅速冲入城内,向半坡北巷、水西门街和麻市街发展攻击。6时50分,第六十五军第一九三师第五七九团在城南的大南门以东登城。第五七七团由40人组成的爆破队,用625公斤炸药炸开大南门,并掩护军的主力分多路突入城内,迅速向米市街、估衣街进攻。

各路大军,如同决堤的怒涛,奔腾呼啸着,一起冲向阎锡山的最后巢穴。

第十八兵团城东大破堡垒阵

4月20日深夜2时起,第十九兵团由南、第二十兵团由北,向敌展开总攻击,第十八兵团右集团一部亦出动配合;下午,东线第十八兵团主力投入战斗。

至22日,太原城郊的守敌基本被歼,仅少数残兵败将逃回城内。阎锡山军队上下军心涣散,士无斗志,已呈土崩瓦解之势。

从城东攻击,是总前委确定的太原战役攻城阶段的主要作战方向。由于阎锡山在城东一线工事坚固,重重设防,这场战斗进行得异常激烈。

周士第将部队分为左右两个集团,指挥第十八兵团从东面攻取太原城垣。左集团由第六十一、第六十二军组成,由刘忠任第一司令,韦杰任第二司令,在大东门以南,分路突入城内,向西发展进攻;右集团由第六十军、一野第七军组成,王新亭任第一司令,彭绍辉任第二司令,在大东门以北,突入城内,分路向西攻击。

刘忠指挥左集团,以第一八一、第一八五师为尖刀部队,王诚汉、涂则生率领部队大胆跃进至城垣外壕边沿,采用多路轮番爆破手段,迅速扫清外围据点。

王新亭指挥右集团,以第二十师首克牛驻村后,向黄家坟发展,第一七八师突破前沿,直插英国坟,占领红沟子。杨嘉瑞的第八师、黄定基的第一七九师迅速逼进城垣,做好了登城准备。

太原城东是阎锡山"铁城"防御的重点。在南北5里的东城墙内,北有阎锡山的司令部、兵工厂、发电厂;向南,经过复兴公司、烟草公司、面粉公司,与首义门紧紧相连。

太原东山失守,首当其冲的就是东城墙。因此,阎锡山把这里当作一个防御要地。除大肆筑堡建碉之外,他还在东山与城墙之间的数里之内,部署了五个日本炮兵群。在绥靖公署马场以东,剪子湾东北一带,构筑了五个炮兵阵地,为城东最北的一个炮兵群。在绥靖公署马场以南、大东门以东的英国坟一带,构筑了四个炮兵阵地,为第二个炮兵群。再往南,在五龙口以东,又构筑了第三个炮兵群。这三个炮兵群,南北串为一线,构成了太原城东最里的一道火力网。

在大东门以东的台庄地区,由四个炮兵阵地组成了第四个炮兵群;从台庄地区向南,到郝家沟之间的七个炮兵阵地,组成了第五个炮兵群。这两个炮兵群,成3字形,为紧靠太原东城墙的第一道炮兵火力网。另外,还在北面的黄家坟、山庄头,设有四个炮兵阵地,在南面的双塔寺设了三个炮兵阵地。它们南北相望,可以相互实施火力支援。

为了加强火力密度,阎锡山还枪炮结合,在城东修了各式各样的碉堡,五花八门,星罗棋布。在各主要碉堡周围,还配设了一道道堑壕、劈坡、铁丝网、鹿砦、布雷区,并有地下暗道,纵横交织,互相沟通。经过阎锡山30多年的苦心经营,太原城墙以东,确实成了处处设防的堡垒阵。

在这里担任防卫任务的,是国民党第三十军,现任军长戴炳南。他对部下说:"虽然东山之战丢掉了四大要塞,但我们有五个炮兵群的百门大炮和上千座碉堡,还可以与共军决一死战。阎长官把我们三十军部署在东山,就是这个意思。咱们凭借这样的兵力、工事和武器,一旦共军来攻,就让咱们的阵地在30分钟内变成一片火海,把他们全部烧死。"

连日来,准备从城垣东面攻击的第十八兵团所属各部队、一野第七军的有关单位,都派出了侦察员,用化装潜入、捕俘、潜听等方法,获取了城东敌人各方面的情报。

3月23日,按照兵团指挥部的决定,刘忠、韦杰指挥左集团,王新亭、彭绍辉指挥右集团所属各部队,分头开始行动。

左集团第一八一师曾多次担任尖刀连的第五四三团第四连,这次又担任第一梯队尖刀连。曾参加东山战斗的一野第七军第二十师一部,这次担任对杨家峪和剪子湾方向的突击。

4月20日夜间，东山脚下，突然响起了解放军的一阵号声。城东的敌人惊恐万状，不等上司命令，便胡乱地开枪打炮。打了好一阵，不见解放军的半个人影，都弄不清是怎么回事。

原来那一阵号声，是刘忠用来迷惑敌人的一项措施。号声一响，敌人进行射击，突击部队进一步查清了敌人阵地前沿的火力点，炮兵核对了敌人的炮兵阵地。

敌人枪炮刚一停止，第十八兵团在东山上所有的火炮就对准城东、双塔寺、卧虎山敌人的炮兵阵地和敌指挥中枢，开始倾泻弹雨了。

敌人炮兵阵地上，一门门大炮变成了哑巴。敌人陷入一片混乱。戴炳南的执法队过来了，号叫着："快！快！开炮还击！"

在第十八兵团东山炮兵的支援下，北面的第二十兵团，南面和西面的第十九兵团，已经全部突破了敌人的外围防线。接着，第十八兵团的几百门大炮，又开始轰击敌人阵地纵深的碉堡和堑壕、铁丝网等障碍物。在隆隆炮声中，敌人的一座座碉堡被炸毁，一道道堑壕被填塞，铁丝网和鹿砦飞上半空。惊慌逃窜的敌人，踏响了自己布设的地雷。

24日7时，第十八兵团集中强大炮火，把城墙轰开多道缺口。7时10分，第七、第六十军在大东门以北，第六一一、第六十二军在大东门以南，分路突入城内。

在右翼担任攻击的第六十军第一七八师，师长胡正平把攻击任务交给了第五三四团第四连。该连连长张贵福带领突击队，像一把锋利的钢刀，沿伞树沟和坟茔沟之间突击。

同时，第四连以排为单位，经一番鏖战，牢固地占领了英国坟的敌阵地。这时，营主力到达，一起突入敌人营房，将敌人歼灭后，又迅速向黑土巷进击。

在左翼担任攻击的是黄定基第一七九师第五三七团尖刀第七连，在淖马沟和五龙口之间向西突击。正面敌人的3号碉堡群，被师炮兵炸平了。左侧敌人的2号碉堡群,也被第一七九师以坑道爆破炸毁。右侧敌人的4号碉堡群,还剩两座各有三层火力点的碉堡,正不停地向外射击。

第七连连长阎天举一声命令,两门迫击炮集中火力,打掉敌人一座碉堡。全连越过了两道被轰塌的壕沟,五龙口出现在面前。防守五龙口的是阎锡山第七十师的一个团。在我第一七九师炮兵的沉重打击下,死伤惨重,只剩下团部和一个营了。这时,第五三七团第三营营部和第八、九两个连陆续上来了,第一、第二两营也正向五龙口迂回,对敌人形成了四面包围。此时,从四面八方攻入的第十八兵团右集团,很快把五龙口占领了。

在北面,由东向西攻击的突击第一营以第一连为尖刀连,沿大巴沟以北向剪子湾猛扑。副军长兼参谋长张祖谅指挥第六十军顺大巴沟向剪子湾左侧进攻,师长邓仕俊指挥第一八〇师第五四〇团迂回到一座三角碉的西边,拔除了碉堡,部队继续向东猛插。

第一营占领了剪子湾,又在太原绥靖公署马场消灭了守马的敌人,缴获了全部军马。随即,从北向南,对黑土巷展开了进攻。这时候,占领了英国坟、红营房的右集团突击第三营,正由南向北进攻黑土巷。两个营南北对攻,向中心猛插。

敌人已无力再战。守军望风而降,到处是成帮结队的溃兵。第十八兵团的勇士却越杀越勇。附近的群众也纷纷行动起来,主动带路,配合作战。只一个小时,黑土巷的阵地上全部插上了红旗。

激战进行到午后2点,所谓的"铁垒之阵"、"坚中之坚",很快变成了一片废墟。第十八兵团的阵地前沿,由东山脚下,一下子推进到了城墙脚下100多米远的地方。

敌人见攻破了他们的堡垒阵,不由得惊恐万分,急忙从城里开出两辆铁甲列车,沿着环城铁路,由城东北角转向南,对第十八兵团刚刚占领阵地的步兵开始疯狂射击,妄图再把阵地夺回。没等步兵还击,伴随步兵战斗的炮兵一个班,立即对准敌第一列铁甲列车开了炮。

这边炮弹出膛,那边铁甲列车的车头就中弹起火了。敌人吓得哇哇乱叫。第二枚炮弹不偏不倚,又钻进车厢爆炸了。第二列铁甲列车见势不妙,不再前行,望风而逃,慌忙退回城里去了。

第十八兵团左右两个集团军,势不可当,实施多路突击,各部队以小型爆破开辟道路,向守敌纵深猛插。

》第十六章　聚擒敌首

飞袭鼓楼

经过勇猛顽强的攻击，至4月24日7点40分，太原前线解放军各部全部突破了太原城垣。数十路英雄部队，像怒潮决堤般从四面八方攻入城内。太原城内烟云弥漫，枪声、手榴弹和炸药包的爆炸声响成一片。激烈的街巷战斗开始了。

由首义门攻入太原城内的第六十三军第一八八师第五六四团指战员，在曹步墀副团长的指挥下，正顺着首义门大街，向市中心勇猛冲击。

他们不顾两旁的侧射火力，迅速穿插分割，打乱敌人的部署，将敌割裂成若干小块，使敌不能互相联系支援，造成各个歼灭敌人的有利条件。

当他们清除障碍正要跨过红市街时，敌人一个连阵前投诚，有100多人。在他们接收降敌的时候，第五五三团以第四连为先头连，由西北修造厂工人赵海汉引导，跨过了红市街，一下子冲到了桥头街以东。正当第四连插向桥头街时，阎锡山第八十三师一个机枪排，依托桥头街口筑起的掩体，用密集的火力封锁了解放军前进的道路。第五六三团三门迫击炮一阵猛轰，打死一多半敌人，剩下的敌人抱头鼠窜。第四连乘势插入桥头街。

前面就是柳巷了。在那里，有在外围作战由南区逃入城内的阎锡山第三十四军军部。敌人正在收拾残兵，往门口垒机枪掩体，搬运手榴弹箱，以图顽抗。

当第四连到达距敌100多米时，敌人40多挺轻重机枪突然开火，整个街道都被封锁了。冲在最前面的四五个战士，不幸中弹倒下。指挥员立即指挥部队进入街旁的院落。

军情急如火。鼓楼是太原城内的制高点，不能及早拿下它，就不能割断敌人的防御体系，为解放军各个歼灭创造条件。现在，部队前进受挫，附近又没有街巷可通，急得大伙儿搓手跺脚。

这时，指导员对连长说："从大街上过不去，咱从院子里过。从这院子往西，还有三个大院，过去就是杭州饭店。那儿离鼓楼就很近了。咱挖开院墙前进，敌人的机枪也伤不着咱们。"

连长马上组织人员爆破，一连爆开四道院墙。第四连官兵从炸开的院墙缺口，绕过敌第三十四军门口的火力封锁，冲过杭州饭店，一鼓作气接近了鼓楼。

鼓楼下，敌人用沙袋筑起了临时掩体，两挺重机枪吐着火舌。第三班隐蔽在楼下的火力死角。第三班班长魏云喜对准掩护体后的敌人，从侧面连投了两枚飞雷。敌人的机枪不响了。第三班战士趁着炸起的一股硝烟，飞快地冲进了鼓楼。

鼓楼下的十几个敌人来不及逃跑，全部举手投降了。

第三班战士李端富举着红旗，殷高魁端着冲锋枪为其开路，机智地躲过了敌人的射击，冲到了鼓楼的最高层，李端富把红旗顺窗口伸了出去。可是，因为鼓楼被弥漫的烟尘所笼罩，解放军的火力组看不清目标，仍然一个劲儿地打炮射击。伸出窗外的信号红旗，不大工夫，就被飞来的炮弹打中了。

"怎么办？"殷高魁焦急地问李端富。

李端富说了声："跟我来！"

两个人几步跨到了敌人的卧室门口。李端富让殷高魁留在门口准备反击敌人，他冲进了屋内。屋内空无一人，李端富从床上拖过几条红被子，撕下三条红被面，夹着被面转身出来了。

李端富又找来三根木棍，把红被面绑在上边，对殷高魁说："多插几处。"

不一会儿，三面"红旗"便从鼓楼的窗口和枪眼里伸出去了。

通信员看到"红旗"，马上把这一情况报告给了曹步墀："副团长，鼓楼被我们占领了。"

曹步墀迅速调整兵力，很快指挥部队扑上去。约8点50分，鼓楼被解放军全部占领。

在第二营攻打鼓楼的同时，第一营第一、第二连也与第三十四军军部的敌人接上了火。在第四连的支援下，第二连从正面，第八、第九连从东面，第五、第六连从西往东，冲了进来，突入敌第三十四军军部院内，六个连队把敌人的军部大楼围了个水泄不通。

大楼里像开了锅，当官的不知道该怎么办好，当兵的更是乱钻乱叫。

"快出来，解放军宽待俘虏！"楼外一片喊声。

一阵吵嚷之后，从楼门口出来一个戴眼镜的瘦高个子，连连说："我们投降，全部投降。"

"你是谁？"指导员吴守元问。

"我是第三十四军作战处处长于明轩。"

"你们军长呢？"

"他跑到太原绥靖公署去了。"

吴守元高声说："就是跑到天边，也要把他捉回来！"

9点05分，阎锡山第三十四军军部的楼上插上了解放军的红旗。控制了城内制高点,将敌防御体系割裂,整个城市被切成数块。解放军各路大军按照预先区分的任务,各自围歼守敌。阎锡山的指挥中心——太原绥靖公署被彻底孤立了。

这时,师长宋玉琳、政委李贞在作训科张科长的陪同下赶来看望部队,李贞站在高处,对大伙儿说:"同志们,这一仗打得很好。两个多小时,你们已胜利完成任务。西北500多米的地方,就是阎锡山的老巢。我们要把最后的任务完成好,彻底干净地消灭反动的死硬派!"

9点10分,嘹亮的冲锋号响起。在一面面鲜艳红旗的后面,一支支钢铁的队伍,向着梅山、太原绥靖公署和山西省政府发起了最后的冲击。

街巷激战

在第十九兵团飞袭鼓楼的同时,城内的其他街巷也在进行激烈的战斗。

第六十三军第一八八师从城南突破以后,勇猛地朝着市中心攻击。在纵深战斗中,第一八八师勇猛攻击前进。冲在前面的连长吴玉珍,率领全连来到首义门大街路西的邮政局门口,见大门紧闭,院子里一片寂静,既没有解放军战士,也没有敌人的尸体和俘虏,楼顶却插着一面小红旗。

吴玉珍看到这一情况,觉得这里面有鬼,一定藏有敌人。

他立刻命令第二班守住门口,第一排从左,第三排从右,两面包围市邮政局,并派第二排排长张学仁带着一挺机枪和五个战士进楼搜索。

张学仁和战士们刚进楼道,就碰上一个敌军官站在地下室门口。张学仁问:"你是哪部分的?"敌军官背过脸去,来回溜达,装作没听见。

张学仁又大声问了一句,他才哆哆嗦嗦地回答:"这……这是师部。"

"哪个师?"

"第八十三师。"

张学仁一听说阎的王牌第八十三师,不由得一阵高兴:"你是干什么的?"

"我是营长,在这里守门——"

"带我进去,抓你们师长去。要是不老实,不会有好下场。我们的政策你知道吗?"

敌营长扑通一声跪下连连说:"贵军政策我知道,缴枪不杀,宽待俘虏;坦白从宽,抗拒从严!"

"知道就好,起来带路!"

敌营长站起来领着张学仁他们朝地下室走去。地下室躲着30个敌人,见守门营长领来一位解放军,哗地一下都站起来了。

张学仁把枪机左右晃了一下,大声喝道:"不许动!都把枪交出来!"

30多个阎军官被这一声怒喝镇住了,一个个都站在原地不动,谁也没有交枪。

"不要犹豫,赶快交枪!"张学仁又是一声怒喝。

一个矮胖军官走出来,把枪放在中间,其他的也都跟着把枪掏出来扔成一堆。

张学仁一步跨过去,一只脚踏在枪堆上,对他们说:"我知道,这是阎锡山的王牌第八十三师师部。现在,我宣布,你们全部被俘了。谁是师长?"

30多个敌军官重足而立,谁也不说话。

张学仁见里边角落里有个大个子,穿一身人字呢军装,冲着他问:"你是干什么的?"

大个子转过身来:"我是师长。"

这时,吴玉珍带着战士李根元也走进地下室来,对张学仁说:"叫他们领着去捉孙楚!"

敌"师长"往北一指:"孙楚?在那边。"

这时,看门的敌营长过来悄悄地说:"他是司令,不是师长。"

张学仁大声问道:"你就是孙楚？"

敌"师长"吓得脸色焦黄,连忙摆手,说:"我倒也姓孙,可不是孙楚。我是第十五兵团司令孙福麟。"

就这样,阎锡山有名的打手和帮凶孙福麟以及阎锡山的王牌第八十三师师长马海龙以下军官共37名,全部乖乖做了俘虏。

由旱西门和水西门之间攻入城内的第六十四军第一九〇师第五七〇团,以尖刀连为前导,在梁副营长的率领下,由县前街径直向东扑去。他们的任务是迅速猛插,打开一条走廊,为街巷战斗创造条件。他们一口气横穿后铁匠巷、棉花巷,一直打到柳巷。

柳巷是太原的繁华闹市,两旁多为商门店户。它又是由城南首义门直通太原绥靖公署和省政府的交通要道。阎锡山利用两旁楼房,修了许多暗火力点,以阻止解放军由此进入太原绥靖公署和省政府。在太原城破之后,阎军为阻止解放军前进,放火烧了太原最繁华的商业区柳巷交易所大楼。第五六三团猛虎连一连追歼逃敌,一边抢救群众。火光中,一位战士从倒塌的废墟中救出一位抱着孩子的母亲。时任第十九兵团政治部摄影股股长的袁苓和第六十三军摄影干事肖池一起立即抓拍了这动人的一幕。21年后,《解放军画报》刊登了这幅照片。1970年,被救母亲阎竹青和儿子王长青看到这幅照片,便四处寻找救命恩人。当他们找到第五六三团,得知这位战士是猛虎连第一班班长胡广志,已牺牲在抗美援朝战场上时,热泪夺眶而出,母子俩跪在地上,很长时间没有起来。

攻击中,部队利用自制的土坦克清除敌人的暗火力点后,继续沿柳巷北进,冲到鼓楼街东口的一个院子里,缴获了敌人的三辆坦克。这三辆坦克是阎锡山用来担任太原绥靖公署和省政府周围巡逻任务的。阎军闻知解放军攻入城内,开着坦克在府东街转了两趟,开进柳巷一大院躲了起来。

彭三增连长让俘虏把坦克手找来,要他们把坦克调过头来,往太原绥靖公署开!

太原绥靖公署和省政府同在一个院内。彭三增指挥敌坦克撞开铁门,冲进大院。

这时,第五七〇团的尖刀连也冲到了太原绥靖公署的附近。一个叫李本杰的人力车夫主动带路,并说:"从这里往北,再往东,过两条巷,就到绥靖公署。绥靖公署西边的那个院里有敌人一个营,不知还在不在。"

院内有一个营,营长溜了,士兵们像没头苍蝇一样乱哄哄的,正准备跑。我军没放一枪,373名阎军士兵全都缴械投降。

绥靖公署西墙2丈多高,3尺多厚。墙中间有一排枪眼,墙上有电网。墙角下,每隔30米左右有一座地堡。梁副营长下令尖刀连,用迫击炮把围墙轰开一道口子,炸掉墙下相邻的两个地堡,以尖刀连第二排首先夺取围墙突破口,掩护全连突入院内。

太原绥靖公署和省政府的西围墙被打开了。第七连和第九连跟上来,团主力也随后赶到,一起冲进了绥靖公署大楼。

拆毁"活地狱"

经过激烈巷战,太原城内的大部分地区被解放军占领。残存的敌人龟缩到他们寥寥可数的几个巢穴,做最后的绝望挣扎。

解放军各路英雄部队,发扬连续作战的作风,一鼓作气,猛打猛冲……

城内地下党组织,积极配合解放军的行动。在南肖墙大观园澡塘后院的一间小屋,地下工作者姜兆兴正在传达党的指示:"市委指示我们,除检查上次会议布置的保卫工厂、仓库、学校等措施外,还要做好迎接解放军入城的工作,主要是带路。我们这一片的任务是,向大东门以西各街道派出联络员,主动找队伍接头。然后,领部队打桥头街、南肖墙、北肖墙、上肖墙、西肖墙、府东街。"

24日7点多钟,由城东攻击的第十八兵团,在炮击之后,分几路向大东门南北地段发起勇猛冲击。号称"铁军"的阎锡山第二十七师一部,刚一接触,就做了俘虏。仅10分钟,第十八兵团就完全控制了大东门南北2里长的城墙。接着,勇猛插向城内。

沿大东门街向西进攻的先头团,为尽快插向敌人的心脏,以第三营为突击营,快速前进。

第三营在发电厂工人乔四茂的带领下兵分两路,俘虏了敌人神勇师的一个营,共300多人。

孙营长指挥部队继续向西猛进。他们穿过太原神社,沿着新开的通路,向北冲了一段,又向西跨上了精营南横街。

"前边就是精营西边街45号,那是敌人的特种警宪指挥处。"乔四茂边走边说,"人们把它叫作'活地狱'。最近,又杀了不少在押人员。昨天,楼里还有几处起了火……"

孙营长把连长叫来,分配了任务:"九连从正面牵制。七连绕到后面,听到前面枪响就行动。八连抽出一部分兵力加强给七连。其余部队,待命行动。"

吴教导员补充说:"这里净是敌人的特务、宪兵,心狠手辣,但怕近战。你们要尽量靠近打,最好能插到他们中间去,与敌人肉搏。"

几个连分头行动去了。

精营西街45号,在日寇侵华期间,是驻晋日军的宪兵司令部。日本投降后,阎锡山接收了这里的全部人马和设施,改名为资源调查社。不久,又挂上了特种警宪指挥处的牌子,委任梁化之为处长,徐端、兰风为副处长。在日本特务的操持下,这里训练特务达数千人,进行着各种阴险毒辣的反革命活动。

特种警宪指挥处下设秘书处、组织科、宣传科、审讯科、武装科、设计委员会(被捕释放的人员,给以设计委员的名义,与其保持联系,称为"断绝归路"),另有特警大队、特宪大队、特种武装部队和别动队、刑警队。除此之外,还有政卫组、铁纪团、警备司令部、建军会、返干团等特务杀人机构。特种警宪指挥处的人员,遍布阎匪的政府机关、团体、部队等部门。这些特务组织,在阎锡山的操纵和梁化之之流的直接控制下,随意捕人杀人。大批地下党员、革命群众和进步人士,惨死于它的明杀暗害之中。阎锡山几次骇人听闻的大屠杀,特种警宪指挥处和政卫组等特务机构,都起了特殊的作用。这些特务的手段极其狠毒,他们忠实执行阎锡山"宁可错杀一千,也不叫漏掉一个"的杀人政策。设有专门埋人的枯井和死人坑,有特制的勒人绳。

杀人方法有公开杀害、秘密杀害、强迫自裁三种。公开杀害的方式,一般是枪决。秘密杀害的方式共有五种:第一种是勒死,就是在被害者的脖子上套一个绳索,再把反绑的两手与脖子上的绳索拴在一起,然后,把人吊在屋梁上。只消一会儿工夫,吊在空中的人就活活被勒死和憋死了。第二种是糊死,就是把被害者牢牢捆绑后,将裁成方块的麻纸,用水浸湿,一层一层地将嘴和鼻孔糊住,直到窒息而死为止。第三种是毒死,就是把他们自制的剧毒药"士的年"放在饭内,让犯人吃下,就不吭一声地死去了。第四种是打毒针。第五种是活埋。至于强迫自裁,一般是强迫犯人吞大烟或氰化钾。为使被害者"不叫、无痕、不流血",他们大量采用了勒死、糊死和毒死这三种方式。

大的刑场共有七处,除城外几处以外,在这个特务机关的大礼堂、地下室、办公室后院,都是他们的杀人场所。

特种警宪指挥处从1949年3月公开残杀地下党员和进步青年乔亚、刘鑫、梁维书、李心平等8人开始,直到太原解放,大量革命者被杀害。对阎锡山兵营中的悲观、失望和动摇的中下层军官,也实行大捕大杀。特务头子兰风一次就亲自坐汽车搜捕了"变节分子"147人,将34人当场杀害,把21人用铁丝插进锁骨串起来活埋了。

徐端曾对他的特务爪牙说:"越杀得多,我死后越能瞑目。"

在太原被解放军包围后,这帮大小特务更加快了他们进行罪恶勾当的步伐。3月下旬,阎锡山专门召集梁化之、徐端、兰风三个人,秘密研究了一个暗中处理的应急方案。

进入4月份以后,他们在双龙巷、南园子、西巷、北门街、坝陵桥、东缉虎营等几个特务住的大院内,以各种方法对在押犯人开始进行暗中处理。

太原外围作战开始后,他们简直杀红了眼,仅在4月20日到23日4天之内,就在城内活埋了数百人。4月份以来,被杀害的2000多人当中,大部分是市民、工人、教师、职员、学生,还有一些是对他们有不满表现的士兵,甚至特务人员。

被捕的地下党员和战士,则被称为"重要犯",关押在特种警宪指挥处的地下室内,准备用更特殊的手段处死。

4月23日中午,徐端和兰风接到梁化之的一个绝密命令,让把关押的"重要犯"、政治嫌疑犯和又重新抓回来的保释出狱的政治犯,连同特种警宪指挥处的头目及所属部门的工作人员,统统集中在特种警宪指挥处,一个不剩地杀掉。

徐端和兰风商量后,就通知这些人员于当日晚上10点钟,准时到指挥处集合,说是要"传达阎长官的重要命令"。

徐端和兰风来到大会议室,看人到齐了,就把大门紧闭,命令一个排荷枪实弹在院内警戒,禁止任何人出入。然后,把"重要犯"、保释出狱的政治犯和政治嫌疑犯,从地下室押出来,往每个人的身上泼上汽油,枪打火烧。转眼之间,200余人全部遇难。

徐端看着手下那些惶恐不安的特务们,发出一阵令人毛骨悚然的狞笑："今天，把你们找来，是要传达，也是执行阎长官给我们的最后命令：集体自杀成仁！"

特务们立即骚动起来。徐端把桌子一拍，让特务们静下来。他接着说："这些年来，诸位追随阎长官，效尽犬马之劳。因此，阎长官特奖给每人20块现洋，科长以上的每人一根金条。一会儿，再设宴招待诸位一顿。眼下，太原城危在旦夕。我们这些人平素的作为，自己都很清楚。一旦城破被俘，谁也好受不了，不如自己早一刻离开人世，也省却了那份洋罪。所以嘛，我发给每人一瓶'士的年'，没手枪再给一把手枪。吃'士的年'可以，用枪打也可以，互相打死也行。楼底下还堆了棉花和汽油，到时候一点火，我们将与大楼同归于尽，以忠烈的行动，来报答阎长官对我们的栽培，在反共大业中留下我们不朽的声名。"

听徐端这样一说，特务们一个个都变成了一堆肉泥。一种恐惧、绝望、混乱的气氛笼罩了特种警宪指挥处。

解放军攻城的隆隆炮声，震醒了精营西边街45号院内的这群野兽，特务们惊恐万状。徐端和兰风慌忙披衣而出，把人召集到大会议室内。徐端刚要开口，只见特务连连长慌慌张张跑进来报告："共军进城了。"

徐端故作镇静地说："知道了，再去侦察。"特务连连长刚转身走到门口，徐端手中的枪就响了。兰风过去踢了应声倒地的特务连连长两脚，说："搅乱军心的怕死鬼。"

徐端用嘶哑的声音说："最后的关头到了，开始执行阎长官的命令吧！"

可是，要人吃毒药，没有人吃；要人用枪打，没有人开枪。10分钟过去了，还是没有人行动。

徐端破口大骂："你们这些混账东西，怕死鬼，都舍不得自己的狗命，好！我来帮助你们！"

说着，徐瑞手中的手枪子弹上膛。他刚要击发，情报科科长郝彬楠开口说："徐处长，我有一言相进。"

"什么事？快说。"徐端不耐烦地问。

郝彬楠说："我们这些人，都是坚决的反共分子，对阎长官又都是绝对忠诚的，一定会在最后时刻从容就义。现在，共军还没有到跟前，还是不要慌。等共军到了这里，每人拼他几个，再殉节也不算迟。"

徐端觉得不能操之过急，不能把他们逼急了，点头说："这样，也未尝不可……"

这时候，靠门口的人开始往外溜了。稍里一点的，恐怕慢了跑不出去，就使劲往外挤。徐端听到响声，扭过头来，急得连连喊叫："站住！站住！"

人们还是往外挤。徐端和兰风急了，一起对着门口开了枪。有几个人倒下了，没死的还是往外钻。徐端和兰风走到门口，想把人们追回来。谁知，那些跑出去的人，早把门反扣上，落了锁。任凭徐端和兰风怎么用力，也拉不开。

这时，解放军突击第三营逼近了这个特务机关。第九连首先向大门开始攻击。第七连则在乔四茂的带领下，来到特种警宪指挥处南面的围墙下。墙有1丈多高，上边还安着电网。

第七连连长张国栋命令爆破组炸开围墙。随着几声巨响，围墙塌了一大段。战士们争先恐后地冲进院内，又以班为单位，小群多股，向北压缩。

刚从大楼办公室里逃出来的敌人，想从大门逃跑，被第九连打了回去。他们正想从北边翻墙，忽听南面有爆破声响，就赶忙向南涌来。在敌人办公楼的西侧，双方遭遇，一场恶战展开了。

张国栋一面命令战士隐蔽，一面指挥机枪手，压制住敌人的火力。战士们打死20多个敌人后，剩下的敌人见势不妙，窜回楼里。

战士们紧紧追了过去。刚刚跨进楼内，猛听一个屋里响起了一阵枪声。战士们快步冲向枪响的屋子,只见屋门反锁着。待把门砸开进去一看,里边血流满地,十几个男人和女人横七竖八躺在地上,刺鼻的血腥味扑鼻而来。原来,徐端和兰风被反锁在屋里之后,想跳窗户出去。刚打开窗户,就听到前面枪响,后面爆炸。不一会儿,又见解放军冲进楼房。徐端和兰风见大势已去,就让屋里剩下的七个男人和六个被吓瘫的女人一起自杀。徐端和兰风见谁也不动手,便每人各执两把手枪,先打死了那六个女人。接着,这些死心塌地的反革命特务头目,互相开了枪。徐端中弹两处,但都不在要害处,他又对着自己的太阳穴扣动了枪机,结束了他罪恶的一生。

解放军战士很快肃清了楼下的敌人,占领了一层楼道。又经过一阵激烈交火,战士们冲上二楼歼灭了守敌。大楼内的所有敌人,全部被解放军肃清了。

在二楼的一间大屋内,只见满屋都是被烧死和枪杀的尸体。这些人被反绑着,面目模糊不清,皮肉已经焦烂。从一个个死者的姿势可以看出,这些人被害时是多么难受。突然,传来了乔四茂的哭声,他边哭边说:"被害的都是地下党的同志啊!昨天晚上,这里就有火炮,原来是匪徒把同志们杀害了!……"指战员们个个热泪盈眶,愤怒的火焰在心头熊熊燃烧,"向敌人讨还血债!""为革命烈士报仇"的喊声此起彼伏。

这时,从正面进攻的第九连,也拔除了大门两侧的碉堡,消灭了顽抗的敌人。接着,全营迅速肃清了躲在大院各个角落的敌人。

8点20分,解放军完全占领了特种警宪指挥处。

到拆毁"活地狱"为止,城内的敌第十、第十五两个兵团部,第三十、第四十两个军部,第二十七师、第八十三师、神勇师、机枪总队和直属特务团、亲训炮兵团的全部,铁血师、冲锋枪大队和青年军的残部等,共计1.6万余人,被解放军全部歼灭。

逃进绥靖公署和省政府的敌首们,已成瓮中之鳖。

俯首就擒

攻克太原城,从4月24日5时39分开始,解放军1300多的大炮同时开火,向太原城猛烈轰击,打开了攻城缺口,给敌军城内的主阵地以致命性的摧毁。

三个兵团所向披靡,各路大军争先恐后,沿途犁庭扫穴,勇猛攻克,从南、北、东分别突入城内,迅速指向太原绥靖公署,并很快形成合围。

这时候,太原绥靖公署早已是一片混乱。太原守备总司令王靖国、市长白志沂,急得如丧家之犬。阎锡山的军政要员300多人,都躲进了地下室,一个个垂头丧气,愁眉苦脸,束手无策。

当年阎锡山做的那口棺材,现在还停放在那里,只是上面积了厚厚的一层尘土。几百瓶毒药,整齐地摆放在桌子上。阎锡山选中的为在最后关头杀死自己的日本人小野,始终手握佩刀,肩挎手枪,但现在也不知躲藏到哪里去了。

外面的枪声越来越近。

阎锡山逃往南京后,每天早晚都要用无线电和太原直接联系,给他的五人小组撑腰打气,严厉督促必须坚守到底。

他通过五人小组散布种种谎言,以坚定下属和士兵困守太原的决心。他经常变换手法,欺骗他们。今天欺骗说,蒋介石已答应派两个师增援太原;明天又欺骗说,美英的海军已决定参加防卫南京、上海和武汉方面的作战战斗;后天又欺骗说,陈纳德的飞虎队已经组织起来了,不日即飞太原参加战斗。

4月19日,在解放军下达总攻击令时,阎锡山还急电五人小组:"你们要努力再支持一个星期,我就一切都有办法。"可惜,太原守军严重丧失斗志,整团整营地溃散、缴械投降,城外的据点、碉堡、工事很快被清除。

阎锡山电令于城破之时,将太原城内的在押政治犯全部杀害,屠杀完毕后,特务人员再行集体自杀。

阎锡山又急电梁化之等五人小组,命令他们将太原城内所有的大炮集中起来,对北门外的工业区实施猛烈攻击,务必彻底破坏。可惜,他还没来得及布置,解放军就已经开始炮击了。

梁化之感到末日来临,他和阎慧卿躺在绥靖公署地下室的床上,仿效希特勒和情人埃娃的模样,服毒自尽,让卫士柏广元把汽油洒在被子上,再把蜡烛点着扔在上面,将尸体化为灰烬。后经被俘人员提供线索,在太原绥靖公署东花园的地下室里,找到男女两具尸体,经检验是服毒后点火自焚。从男尸身上找到一枚图章,证实就是梁化之。可是,那些平日里张口闭口"不成功,便成仁"的敌首们,却谁也迟迟不动。

从城南面突破的第十九兵团第六十三军一部,由文瀛湖以西,穿过羊市街和钟楼街,缴获三辆坦克,命令敌坦克手向太原绥靖公署和省政府正面冲击。在这同时,左右两边各有一个团,以风卷残云之势,迅速逼近了太原绥靖公署的南面。

从城西面突破的第六十四军第五七四团,所向无敌,由水西门突入,向半坡北街、麻市街进攻,击败了沿街抵抗的敌人,很快突入了太原绥靖公署。他们严密控制了太原绥靖公署的西墙。随后,又占了太原绥靖公署西面的楼房,使敌人完全暴露在解放军的火力之下。

由城北面突破的第六十六军第一九七师和第一九六师、第六十八军第二〇四师,势如破竹,分别沿大小北门街,向南猛插,直抵太原绥靖公署的北墙,堵住了敌人的后大门。

从城东突破的第十八兵团第六十二军第一八五师第五五三团粉碎了敌人的层层拦阻,沿大东门街向西,跨过了红市街和桥头街,打掉了敌人的一个个据点,进到太原绥靖公署东面,炸塌了东墙。

红旗在硝烟中飞舞，刺刀在阳光下闪亮。敌人面临彻底灭亡的绝境，有的不再抵抗，纷纷弃甲曳兵，望风而逃。

上午9点多，解放军从四面八方向太原绥靖公署和省政府发起了最后攻击。在解放军猛烈炮火袭击和爆破之后，太原绥靖公署和省政府四周的工事被摧毁。敌人组织了两次反扑，均被打退。

当搭乘敌坦克的第一营第三连和第二营第六连的指战员向太原绥靖公署南面冲击的时候，惊恐万状的敌人，一下子把火力都集中到了南面来了。就在这时，由东面攻击的第六十二军第一八五师第五五三团第二营指战员，飞一般地冲了上去，冲在最前面的是第四连第三班的战士。政治工作员徐玉保带领部队跨过炸塌了的围墙，冲进院内，直扑太原绥靖公署办公大楼。这时，时间是9点10分。

在攻城部队强大武力的威慑下，守军纷纷放下武器，俯首就擒。9时50分，第四连的战士把藏在楼里、地下室里的头头脑脑们共380多人，其中军官64人，光少将以上就13人，全部押到太原绥靖公署楼前。他们当中有：太原守备总司令兼第十兵团司令王靖国，太原绥靖公署副主任兼第十五兵团司令孙楚，太原绥靖公署参谋长赵世铃，第十兵团副司令侯远村、温怀光，第十五兵团参谋长崔杰，山西保安司令许鸿林，机械化兵团司令韩文彬，工兵司令程继忠，第三十三军军长韩步洲，太原市市长白志沂，太原绥靖公署新闻室主任景春利，宪兵司令樊明渊，第八十三师师长马海龙，机枪总队队长宫子清……

徐玉保问怎么没有梁化之、戴炳南和日本战犯今村、岩田。

王靖国说："梁化之在东花园的地下室自杀了。听说戴炳南前几天被炮弹炸死了。"

"今村、岩田呢？"

"死了，被打死了。"有人说。

今村叫今村方策，在日寇侵华期间，是山西崞县日本驻军旅团部上校参谋长。在来到山西的7年多时间里,他亲手屠杀的中国人民有30多个。他下令杀害的,连他自己也记不清有多少了。日本投降后,阎锡山留用日军战俘和技术人员5000多人。有的当了阎锡山的高级参谋和顾问,有的在阎锡山的炮兵队、步兵队、机枪队、传卫队、特务队、警察局里当了训练教官。日本士兵还编组了一个暂编第十总队列入阎锡山军队的序列,继续屠杀中国人民。这个今村,被阎锡山授予中将军衔,委以暂编第十总队队长兼炮兵大队长之职。阎锡山还给他取了一个中国名字,叫晋封德。随着解放战争的进展,阎锡山的统治风雨飘摇,替阎锡山卖命的日寇也临近末日。晋中战役中,担任阎锡山总顾问的原日军驻晋中的少将旅团长原泉福和炮兵总指挥松田,被解放军炮火打死。在东山四大要塞争夺战中,日本人组成的暂编第十总队,几乎全军覆没。给阎锡山当顾问的原日军驻晋中的第一军团少将参谋长山冈,也受了重伤。一直躲在幕后的高级参谋澄田,吓得日夜不安。平津战役结束不久,他毛遂自荐,当了阎锡山的求援特使,借回日本参见美驻日盟军总司令麦克阿瑟之机,一去不归。山冈也以治伤为名,回日本去了。

阎锡山逃离太原临行前,曾私下告知今村,在城破之日,要与王靖国、孙楚一起把绥靖公署和省政府的人都弄死,决不能当共军的俘虏。没想到,他倒先去见了阎王。

那个岩田,全名叫岩田清一郎,是日本陆军大学的高才生。早在日军侵占华北之初,他就在山西日军司令部任少校情报参谋。他能说一口流利的中国话,算得上一个中国通。对阎锡山的老底,也摸得一清二楚。在阎锡山与日军勾结、共同对付共产党和镇压抗日武装当中,岩田是个很能干的幕后角色,深得阎锡山的赏识。日本投降后,阎锡山把岩田留在身边,安插在绥靖公署里当高级军事顾问,并把他的军衔,从少校一下子提拔为少将。为了掩人耳目,阎锡山还亲自给岩田起了个中国人的名字叫于福田。晋中战役中,松田被解放军打死,岩田被任命为绥靖公署的炮兵总指挥。阎锡山逃离太原时，专门接见了今村、岩田，还特别嘱咐孙楚、王靖国，要好好关照这两个日本人。

在1948年至1949年的太原战役中，约有1100名日本兵参战。至4月24日太原解放，除有日本残寇600人被俘以外，包括原侵华日军战犯今村中将、岩田少将以下500余人全部被歼。

梁化之死了，阎慧卿做了陪葬。在阎慧卿死前，梁化之代笔写了一封《阎慧卿致阎锡山的绝命电》，经吴绍之润色后交机要处拍发给阎锡山。电文说：

> 连日炮声如雷，震耳欲聋。弹飞似雨，骇魄惊心。屋外烟焰弥漫，一片火海。室内昏黑死寂，万念俱灰。大势已去，巷战不支。徐端赴难，敦厚殉城。军民千万，浴血街头。同仁五百，成仁火中。妹虽女流，死志已决。目睹玉碎，岂敢瓦全？生既未能挽国家狂澜于万一，死后当遵命尸首不与匪共见。临电依依，不尽所言！今生已矣，一别永诀。来生再见，愿非虚幻。妹今发电之刻尚在人间，大哥至阅电之时，已成隔世！前楼火起，后山崩颓。死在眉睫，心转平安。嗟乎，果上苍之有召耶？痛哉！抑列祖之矜悯耶？

这时阎锡山已由南京逃至上海，他读到这封绝命电，泪流满面。

绝命电中提到的"同仁五百，成仁火中"，成为后来阎锡山大肆吹嘘"太原五百完人"的依据。其实，后来调查核实，自杀者多为特种警宪指挥处的成员，先后服毒或开枪互击结束了生命，不足百人。

阎锡山害怕上海解放，又急飞台湾。他到台湾后，通过行政院拨发新台币20万元，在台北园山建了一个招魂冢，他题了个"先我而死"的匾，并撰写了碑文和祭文。

1949年5月18日，章士钊和邵力子在写给李宗仁的一封长信中，这样评论阎锡山逃离太原的行径："夫阎君不惜其乡人子弟，以万无可守之太原，已遁去，而责若辈死守，以致城破之日，尸与沟平，屋无完瓦，晋人莫不恨之。"

太原解放后，当地市民将梁化之与阎慧卿的残骸合葬在太原东门外的荒地中。后来，梁化之儿女从美国归来，为父扫墓，因城市扩建和地形变化，当年负责埋葬的人员最终未能找到梁、阎合葬的墓地。

1949年6月3日，阎锡山正式出任国民政府行政院院长。1950年3月卸任，退出政治舞台，开始隐居生活。香港《真报》记者采访他，谈到重返大陆时，阎还说："一旦如能配合国际形势，王师跨海北进，直捣黄龙，毫无问题。诸位别看我阎锡山已老态了，真个一旦反攻号响，看吧，我还要请求率领健儿们再打几个胜仗给国人看看，我有信心。生从太原来，我这把老骨头仍将活着回太原去。"但时隔不久，他就在1960年5月23日去世了。

» 第十七章　太原获新生

欢庆胜利

1949年4月24日上午10时，解放太原的攻城作战胜利结束。

太原战役，从1948年10月5日开始，至1949年4月24日止，历时六个多月。在这次战役中，共歼灭国民党军1个绥靖公署、2个兵团部、1个省保安司令部、6个军部、17个师、3个特种兵师及地方武装，共计13.5万余人，其中毙伤3.3万余人、生俘9.7万余人。缴获各种火炮6283门、各种机枪6943挺、长短枪3.7784万支，各种子弹236.5万枚、各种炮弹5.4386万枚、手榴弹20.5万枚，坦克9辆（以上数字不含仓库库存），骡马千匹。解放军自身伤亡3.2万余人。

太原解放了！蒋介石吹嘘的"反共模范堡垒"，被彻底摧毁了。阎锡山在山西38年的统治，永远结束了。1949年4月24日，太原人民将永远记住这一天。

中午时分，太原总前委的首长来了。彭德怀副总司令在周士第副司令、罗瑞卿副政委、杨得志司令、杨成武司令、李天焕副政委、陈漫远参谋长、耿飚参谋长、胡耀邦主任的陪同下，来到了太原街头。

部队列队欢迎，群众热烈鼓掌。

太原解放后,固守大同的阎锡山嫡系第二七五师(原暂编第三十八师)第八八三、第八八四、第八八五团及五个保安团1.3万余人接受解放军改编,大同和平解放。接着,绥远也和平解放。至此,华北全境获得解放。

太原城破之后,在俘虏群中找遍了,也没有找见戴炳南。有人传出风声,说戴在城东阵地被解放军的大炮打死了。查了一下,没有发现戴的尸体。

第十八兵团敌工部的赵世枢科长找来了戴的卫士李士杰,问他:"戴炳南藏到哪里去了?"

李士杰说:"被炮弹打死了。"

问了几次,都是这句话。为了证明自己说的不是假话,他还伸出胳膊,指着说:"我亲眼看见的,瞧,我的胳膊也受伤了。"

开始李士杰态度很硬,一口咬定戴被炸死了。经过一番政策教育,才改口说:"这事可以去问问他的女人。"

赵世枢严厉地质问他:"你知道,为什么还要去问他的女人?"被问得张口结舌,李世杰只好说实话:"他藏在地柜里。"

原来,在第十八兵团炮击城东堡垒阵地之后,戴见阎锡山几十年苦心经营的家当,只一顿饭的工夫就全被毁了,感到末日来临。他躲进办公室,对阎锡山绥靖公署少校秘书、自己的二连襟高尊愈和卫士李士杰说:"我得想法离开这里。留得青山在,不怕没柴烧。暂且躲避一下,日后再雪耻报仇,东山再起!"

"对对对!"高尊愈点头赞同,却又说,"眼下共军把太原围死了,逃不出去呀!"

李士杰插了一句:"戴军长不如在城里找个避眼的地方先藏起来。待城破以后,再化装溜走。我们在外传出风去,就说戴军长在督战中,中弹阵亡了。"戴炳南和高尊愈一听,觉得这个办法可行,连声称好。可是该藏在哪里呢?

其实,戴炳南早已在东缉虎营、新民街几个地方霸占民房民院,设置公馆和包养娼妓、女招待,搞了不少临时藏匿地。还用大量金钱收买了附近民商,拉拢亲戚,结识朋友,以打掩护,想逃脱人民的法网。

这年4月,第三十军全部撤进太原城内。原拟接守城上东北角阵地,谁知一进城,官兵们即沿街串巷大肆抢劫,不少官兵腰缠万贯,偷换便衣,在市民中认干娘,拜兄弟,娶老婆,想方设法藏形匿影,混入社会,谋求掩护自己。

两三天之后,大约在18日半夜,城内突然传出一个秘密消息,说第三十军军长戴炳南在当天半夜从公馆到东北城上指挥战斗,路经北肖墙附近时,被炮弹打死在街上了。天明,又传说戴的灵柩停放在傅公祠,准备公祭。又传说,灵柩移到了北门街关帝庙里。

实际上,戴炳南把他所部残余官兵借口守城调进城内,放任他们抢劫,暗示逃匿。他一面散布自己被解放军炮弹炸死的谣言,一面把潘四姑娘德荣安置在东缉虎营的公馆里,为他治丧守制。

他东躲西藏,开始藏在姑姑庵18号潘大姑娘家中,让他的连襟李发贵向外联系。不久,李士杰建议到他小老婆那里。

戴炳南说:"那儿不行。她那里人多嘴杂,房子又少,传出去不得了。我看,尊愈,就到你家吧!"

高尊愈忙说:"我那里更不保险。谁不知道开化寺阴阳巷2号是我的家。那里又是个闹市中心,来往出入的人也多。"

戴炳南说:"只要咱们三人不说就没事。我要逃出活命,还能忘了你们?"高尊愈无奈,只好让戴藏到自家的柜子里,由他在外打听动静。

阴阳巷是太原最小的胡同,住户最少,2号在该巷的最里边,要说是真够保险的了。戴身穿一套黑布便衣,蒙着大被子,并用衣包掩盖着,到了夜深人静时才开衣柜锁,给他送吃喝,倒屎尿。

戴的亲戚为他严守秘密,连他最亲信的随从都摸不清他的踪迹。他藏在一个日本式的壁橱底层内,壁橱在女人放置衣物的地方。他自以为藏在里面,行踪隐秘,万无一失,等待时机,想趁机逃出太原城,远走高飞。

这天,敌工部和公安人员让李士杰引路来到开化寺阴阳巷,走进了高尊愈的家。高尊愈正在吃饭,看到来了人,赶紧起来。

李士杰说:"你让他出来吧!"

高尊愈矢口否认:"不在这里,不在这里!"

李士杰又说:"不要紧,快叫他出来吧。团长、师长都在哩。"

高尊愈没有搭话,屋子里静了片刻。

李士杰对着屋子说:"军长,出来吧! 团长、师长和杜参谋长都在这里哩!"

"杜参谋长也在这儿?"有人搭话,声音嘶哑,但看不见他在哪里搭话。

不一会儿,突然从大衣柜下传出响声。随后,从柜前的八仙桌下爬出一个人来。

大家一瞅,正是戴炳南,穿一身破旧的黑色便服,光着两片脚,上衣也没扣,双手牢牢地提着沉甸甸的裤带。他脸色苍白,眉毛和两腮黑乎乎的胡子上净是灰土,活像是刚从土里刨出来的。他在大衣柜下,平平躺了10天,只吃了一点鸡蛋。

戴炳南站起来,见有解放军,吓得站不稳,惊奇地问:"怎么?谁知道我在这儿?"

赵世枢说:"你那个三十军全军覆没,就差你这个假报阵亡的、即将被蒋介石追认为上将的军长了。"

这个坚决与人民为敌的反动家伙,此时吓成了稀泥软蛋,连汽车都上不去了。人们检查他有无携带武器、文件时,发现他那沉甸甸的腰带里,藏着10两黄金。

不久,徐向前发布《太原市军事管制委员会布告》:

> 查重大反革命犯戴炳南……于太原解放后,该匪企图隐匿,相机潜逃。经我严缉,终于五月二日查获。现经本会特别法庭审判终结,特判仵德厚徒刑十年,送监执行;判处戴炳南死刑,剥夺公权终身。兹于七月八日下午四时验明正身,绑赴刑场,执行枪决,以慰烈士之英灵,而伸人民之公愤。

在公布战犯的罪状、发动人民控诉后,召开了胜利庆祝太原解放与公审战犯大会。

太原解放没几天,就是五一劳动节。这一天,中共中央发来贺电。贺电说:

> 徐向前、周士第、罗瑞卿诸同志及太原前线人民解放军全体指战员战斗员同志们、山西及华北各省全体军民同胞们:
>
> > 战犯阎锡山及其反动集团,盘踞山西,危害人民,业已三十八年,为国内军阀割据为时最长久者。抗日时期,阎匪即与日本侵略军勾结妥协,与抗日人民为敌。近几年来,阎匪在蒋介石指挥下,参与反革命内战,节节溃败,最后退守太原一隅,犹作顽抗。此次我太原前线人民解放军奉命攻城,迅速解决,阎匪虽逃,群凶就缚。大同敌军,亦即投诚。从此山西全境肃清,华北臻于巩固。当此伟大节日,特向你们致热烈的祝贺。
>
> > 中国共产党中央委员会
> > 一九四九年五月一日

太原解放的第二天,太原总前委及前线司令部移至太原城内。

经中共中央批准,立即组成了太原军事管制委员会,徐向前为主任,罗瑞卿、赖若愚为副主任,周士第、胡耀邦、罗贵波、萧文玖、裴丽生、解学恭、康永和为委员。办公地点暂时确定在赵承绶公馆。

太原市人民政府宣告成立,并开始在新民街20号办公,裴丽生就任太原市第一任市长(后为岳维藩)。

根据华北军区4月20日的命令,由晋中军区组成太原警备司令部,罗贵波为司令、赖际发为政委、萧文玖为副司令,负责维持治安,安定社会秩序,守卫和保护工矿企业、公共设施与国家机关的安全;监督入城部队与国家工作人员执行城市政策与纪律;拆除工事与障碍物,打扫战场;收容处理散兵游勇和俘虏。

根据中共中央和中央军委的命令,以程子华为主席的山西省人民政府成立;以程子华为司令兼政委的山西省军区也成立了。

同时,以康永和为主任的华北总工会,也搬进太原市内,开始办公。

这些领导机构,发布了一系列命令和通告,组织全市人民迅速打扫战场,恢复生产,安排灾民自救,医治战争创伤。

全市人民热烈响应,以全部热情和力量,投入了保卫和建设新太原的斗争。

战役总结

4月24日,徐向前、周士第关于全部占领太原城,守敌全歼无一漏网,致电中央军委、华北军区:"我于十时全部占领太原城,守敌全歼无一漏网,战果正清中。"

4月28日,太原总前委以徐向前、周士第等名义,就攻克太原城各部队战果向中央军委、华北军区做了报告。

太原战役结束了。徐向前对阎锡山的防御工事很重视,他抱病亲自查看了缴获的阎锡山的军事档案、文件,从中选取了有价值的资料进行研究。

他看到太原绥靖公署编印的《晋中作战经过概要》,特地将其中的主要部分勾画出来,交作战科录转有关部门研究参考。

他还是那个老习惯,亲自到战场上,去察看那些难攻的要点。他支撑着坐在担架上,到双塔寺、卧虎山等要塞,仔细研究各式碉堡工事的构造。

太原总前委召开了战役总结大会。周士第在会上做了重点讲话。

他说,从军事上来说,太原战役是我军对敌坚固设防的大城市进行的一次典型的攻坚战。对于我以较小代价,全歼太原守军,在战役指导方面他谈了三点:

第一,我军在长达六个多月的围城期间,采取了围困、瓦解和攻击相结合的战役指导方针,首先在外围作战和围城斗争中,反复争夺外围据点,攻占了战役战术要点,逐批次地消灭了部分敌军,同时以有力的政治攻势瓦解了敌军的士气,极大地削弱了敌人的战斗力,为最后以小的代价顺利围歼守敌创造了条件。在战役后期,在占绝对优势的情况下,采取先分割后围歼城外守敌大部或全部,占领攻城阵地,后一举攻城的战役指导方针,从而使守军猝不及防,顷刻崩溃。实践证明,在战略和战役的主动权都操之于我手,而我之兵力一时又不占优势的情况下,对孤守城市之敌的进攻,采取长期围困,尔后进行总攻方针的正确性。

第二,采取了机动灵活的作战方法。根据太原的地理特点和守军的兵力部署,战役第一阶段,首先攻占东山四大要点,扫除攻城的重要障碍,同时控制飞机场,断绝守军的空中外援和逃路,然后转入较长时间的围困,使守军陷入极度困境。在战役的第二阶段,集中绝对优势兵力、火力,密切协同各种力量,综合运用土工、爆破作业和炮兵轰击等手段,广泛实施多路突破、连续攻击、穿插分割、迂回包围等战术,一举攻克太原城。

第三，开展政治攻势，瓦解守军。充分利用和平解放北平的大好形势，紧密结合军事打击，积极采取各种有效方式，不失时机地开展政治瓦解工作，使大批守军纷纷弃暗投明，从而加快了战役胜利的进程。

6月25日，召开太原总前委扩大会议，周士第就太原战役的后勤工作专门做了总结报告。特别表扬了裴丽生领导的太原战役联合后勤指挥部，功不可没。

会后，各兵团、各军也都进行了太原战役的作战总结。

徐向前在审定太原总前委报给中央军委、华北局的总结报告上，亲笔加了这样几句话："大胜后容易骄傲，有成绩也就容易掩盖缺点，故各部均应于整训前三评工作中，着重注意自己尚有缺点的研讨与发现弱点！"

太原战役后，徐向前的身体越来越虚弱。医疗小组提出建议：应停止工作，到空气清新的海滨去静养、治疗。

徐向前向军委报告了自己的身体情况，请即解除现职，并提议由周士第接替第十八兵团工作，王新亭任第十八兵团副司令兼副政委。这一建议很快得到军委的同意。

中央决定将第十八、第十九兵团划归一野指挥。彭德怀即率领这两个兵团去西北，参加解放大西北的战斗。

第十八兵团是徐向前亲手培育起来的部队。他很想去与部队作一次告别，可身体不行，只好坐在病床上写了一封信。他在信中说：

　　我们在毛主席和朱总司令的英明领导和指挥下，与广大人民热烈支援及前后各个机关的密切合作之下，在我全体战斗员、指挥员、政工员、后勤员，英勇作战、奋不顾身、自我牺牲的精神之下，终于打下了蒋阎匪帮进行内战、反对和平的强固据点之一的太原城。但敌人尚未全部消灭，尚图作困兽之斗，幻想着卷土重来。因之，我们每个指挥员与战斗员决不可稍有骄傲和松懈的心理，我们要本着打下太原的决心勇猛前进！敌人逃到哪里我们就追到哪里。敌人敢于在哪里抵抗我们就坚决把它消灭在哪里！把人民胜利的旗帜插到全中国的领土上去！

第十八兵团是在解放战争的战火中，锻炼、成长、壮大起来的一支队伍，是具有坚强攻坚能力和野战能力的正规兵团之一，为山西解放立下了汗马功劳。运城歼敌3万，临汾歼敌2.5万，晋中歼敌10万，太原歼敌13.5万，在不到两年的时间里，歼敌29万，出色地完成了党中央赋于的战略战役任务。

太原人民扶老携幼，涌上街头，依依不舍地为子弟兵送行。

英雄的人民解放军，人不解甲，马不下鞍，又踏上征途，参加解放全中国的战斗去了。

再版后记

该书1981年初版。在庆祝太原解放65周年之际,再做一次修订。

早在1947年,毛泽东就明确指示,徐向前哪里也不去,就留在山西,打阎锡山,直到解放太原为止。

后来的历史证明,徐向前在山西打的这几仗,都是硬仗。阎锡山的晋绥军有一定战斗力,所以都是很难打的攻坚战。解放战争时期,解放军的十大典型攻坚作战,运城、临汾、太原东山之战均在其中,就可知难攻之一二。

从打运城开始,徐向前就明确提出,打了运城,打临汾;打了临汾,打晋中;打了晋中,打太原,一步一步,早就列入他的作战计划,最后全部如期实现。

这次修订,也是遵循了这个思路,增加了太原攻城之前的几个战役:三打运城、激战临汾、横扫晋中。

徐向前元帅为本书题写了书名,当年太原前指参谋长陈漫远将军审阅了主要章节。所有这些都让我们备受鼓舞,并永远铭记和感激。

这次修订再版,得到了山西人民出版社的大力支持。当年参加太原战役的老首长阎同茂、曹步墀、赵安然、王根成、李连仲、朱英信、常守义、魏述生等提供资料并给予了指导,李而炳将军、陈亚洲先生给予了热忱的支持和鼓励,在此一并表示衷心的感谢。

虽然修订做了努力,错误和缺漏仍会存在,敬请读者批评指正。

程秀龙　吕福利

2014年3月于北京